静かにことばは揺れている

崎谷はるひ

JN282836

幻冬舎ルチル文庫

CONTENTS ✦目次✦

静かにことばは揺れている

✦カバーデザイン＝齊藤陽子（CoCo.Design）
✦ブックデザイン＝まるか工房

イラスト・志水ゆき✦

静かにことばは揺れている

りいいいいん、と音が鳴る。

水晶と音叉《おんさ》が奏でる澄みきって高いその音は、不思議なくらいにあまくやわらかく綾川寛《あやかわかん》二《じ》の耳に響いた。

本社一階にあるサロンには、正社員三十名余とカフェ、グッズショップの契約社員や業務委託の社員まで含め総勢五十名ほどが集まり、真剣な顔でセミナー講師の声に耳をかたむけている。

「水晶には、マイナスエネルギーを吸収する効果があると言われています。ヒーリングのアイテムとして欠かせないものですが、定期的な浄化《じょうか》も必要です」

耳にやさしい音を奏でる男は、本日のセミナー講師である白瀬《しらせ》乙耶《おとや》。本職はセラピストだ。それも音叉という、風変わりな道具を使う。

サロンの奥にある壁を背にして立つ彼は、周囲をぐるりと囲む形で座った社員たちをまえによくとおる声で説明を続けた。

「水晶と音叉を打ち鳴らすことで体内に残留したストレスやマイナスなものを消すことができ、また音による浄化も同時に行えると言われています」

穏やかな語り口は誠実そうで安心感を覚える。だが綾川は、やはりどうもこういう世界は苦手だ……と、内心つぶやき、長すぎる脚を組み替えた。居心地の悪さを感じるのは、セミナーのために急遽《きゅうきょ》用意したパイプ椅子のせいばかりではない。

（浄化ねえ。あくまでスピリチュアル系の話で押しとおすなら、うちでは無理だな）

へたをするときょうのセミナーのための経費は丸損になるかもしれない。白瀬への謝礼に、このために休みにしたショップ店員らの給与、営業していればあがるはずだった売りあげ。それらを取り返すにはどうしたらよいものか。

壇上の白瀬を冷めた目で眺めながら、綾川は頭のはしでこっそり電卓を叩いた。

綾川の経営する株式会社『グリーン・レヴェリー』は、世田谷区の鎌田《かまた》にある中小企業だ。業種はリラクゼーション系総合サービス。都内にいくつかの店舗を持ち、オーガニック系コスメや食材、リラクゼーショングッズやアロマテラピーなどの雑貨を主に扱っている。

系列ショップ『グリーン・レヴェリー』――もともとこのショップからはじまったため、社名と同じだ――のマクロビオティック系のカフェも人気はまずまずで、近年のロハスブームにあと押しされて、年々業績を伸ばしているベンチャー企業だ。

その総合プロデューサーとなる『彩《サイ》』は、綾川の年下の幼馴染《おさななじ》みであり、取締役でもある齋藤弘《さいとうひろむ》。彼は近年注目のアロマテラピストとしても名高く、この会社を立ちあげたメンバーのひとりでもある。

いまセミナーが行われている本社ビルの一階にあるサロンでは、定期的に『彩』のアロマテラピー講座や講習会を催している。講座は非常に評判がよく、同時にグッズの即売を行ってみたところ、毎回売り切れ続出という盛況ぶりだ。

企画は好評、ショップやカフェの運営も上々。しかし同じことの繰り返しでは当然、行きづまる。いろいろと新企画や展開を考えてはいたものの、突破口が見つからなかった。

——もうひとつ、目玉がほしいところだなあ。

今後の『グリーン・レヴェリー』の事業展開のなかで、なにか目新しいものはないかとこぼした綾川に、ひとつ提案があると言ったのは齋藤だった。

——知りあいが、ちょっとおもしろいことやってるんだ。頼めば協力してくれるかも。

そのひとことのおかげで音叉セラピーの講義を聞くこととなり、講師としてやってきたのが白瀬なのだが——彼の扱う施術《せじゅつ》法について、事前に齋藤からもうすこし詳しく聞いておくべきだったかもしれない。

(癒《いや》しだ浄化だって話は、どうも苦手だ)

マッサージやアロマ業界まわりの民間療法のなかには、かなり眉唾ものの施術がまかりとおっている。

近年のスピリチュアルブームとも相まって、年々うさんくさい施術法をうたう者は増え、いいかげんな霊感商法まがいの業者がいるのも事実だ。

知識のない客がそれらを見極めるのは非常にむずかしく、おかげで正規の施術者たちが肩身の狭い思いをするという、嘆かわしい現状がある。

綾川は現実主義者であり、臨床《りんしょう》例や根拠のはっきりしない施術にはかなり懐疑的なほうだ。なにより社長として、自社のカリキュラムにそうしたものを取り入れる気はいっさいない。女性が好みそうな神秘的でロマンチックな言語でごまかされるほどあまくもない。

（ともあれ軽く、突っこんでおくか）

齋藤の紹介ということで、チェックがぬるかったかもしれない。綾川が軽く手をあげると、白瀬が「なんでしょう？」と微笑《ほほえ》んだ。

「浄化とか言われてもよくわからないんですが、科学的な根拠については？」

最前列にいた綾川が放ったストレートな問いかけは、いささか挑戦的な響きを孕《はら》んだ。だが、うさんくさげな表情には慣れているのか、白瀬はにっこりと微笑んだ。

「医療用音叉は現代医療でも意外に多く使われています。いちばんメジャーなのが、健康診断などで皆さんも経験されたことと思いますが、聴力測定ですね」

似たような質問をしょっちゅう受けているのだろう、すらりとした指でいま鳴らした音叉を握り、彼は慣れた感じで説明を続けた。

「そのほか脳神経外科では神経損傷の検査にも使われていますし、内分泌代謝科《ないぶんぴつたいしゃか》などでも糖尿病の治療、そして知覚障害の計測にも導入されはじめています」

白瀬のよどみない言葉で語られた意外な実情に、綾川は「へえ」とちいさくつぶやく。それが聞こえたのか、彼は柔和に目を細めてみせ、軽く会釈《えしゃく》するような仕種《しぐさ》をした。

「音叉セラピーはまだ日本ではマイナーな治療法ですが、欧米の医療分野では保険が適用されるなど、信頼度の高い代替療法です。筋機能調整医学《キネシオロジー》、脊椎矯正医学《オステオパシー》などのカイロプラクティック系医学で研究され、発展してきました」

日本でも、柔術整体やカイロプラクティックの施術者で、この治療法を取り入れはじめている人間も多数いるのだとつけくわえ、白瀬はまた音叉を手にとった。

「細かい説明をすれば、まだまだいろいろとあるのですが、まずはシンプルに音だけを受けいれてみてください」

室内にはふたたび、耳に清《すが》しい音が満ちた。りいいん、いいん、いいん……と、やわらかく細く消えていく音は、全身を包みこむようにやさしくあまい。

「きれいな、気持ちがいい音だと思われませんか？」

「まあ、それは」

涼やかに微笑む彼にうなずいた綾川は、感心ともつかないものを覚えた。音がうつくしいことを否定できなかったのもあるが、やさしげなのに意外な押しの強さを感じたからだ。

「音叉はともかくとして、クリスタルヒーリングについては、たしかに科学的な実証はされていません。納得いただけないようでしたら、さきほどの説明はスピ系の好きな女性のお客さま向けか、暗示による偽薬《プラシーボ》効果があるのだと考えてくださってもかまいません」

そこまで開き直っていいのか——と綾川が問うより早く、白瀬はさらっと言ってのけた。

「ただ、パワーストーンを使った民間療法にはそれなりに歴史もありますし、じっさいの効果もばかにはできません。そのあたりの話は今回の本題と逸《そ》れますが、ご希望ならお話いたしますよ？」

「いえ、けっこう」

苦笑した綾川は軽く手を振ってみせつつ、白瀬の穏やかな笑顔に内心舌を巻いた。

「耳に気持ちいい、身体《からだ》に気持ちいい。ヒーリングやセラピーと呼ばれるものはそれが基本です。理屈やなにかは、ある意味あとづけというか、売り文句というか」

笑いながらの言葉に、彼のまえにいた数人がくすくすと笑った。なかには、ぽうっとした表情で白瀬に見とれている女性スタッフもいる。

微妙に浮ついた雰囲気だが、それもしかたないことだろう。白瀬は奏でる音色に似合う名のとおり涼やかな容姿をしている。ぱっと見はまじめで誠実そうな印象のほうが強いけれど、よく見ればけっこうな美形だ。

さらりとしたショートの黒髪は昨今の流行にくらべてかなりあっさりしているが、なにより清潔そうで、細面に似合っている。切れ長で黒目勝ちの目をふちどる睫《まつげ》毛は影が落ちるほど長い。造りはどこまでも繊細で端整《たんせい》。きつい表情でもしたら迫力のありそうな美形だが、その表情はどこまでもやさしげで穏やかだ。いつでも柔和に微笑んでいるような唇の形も、彼にあまい印象を持たせている。

身長は一七〇センチ台のなかばくらいだろう。服装はシンプルなブラウンのスーツ。アースカラーのシャツに、ダブルノットに結んだストライプのネクタイ。

(差し色にも遊びはなし、徹底的に同系色でまとめてるな)

ややもすれば野暮《やぼ》ったくなりそうなものだが、スタンダードなファッションゆえに、彼の容姿とスタイルのよさを引き立てている。

派手すぎず、地味すぎず、安心感を持たせる語り口にやわらかい表情。控えめに言っても、かなり女にもてそうだと綾川は思った。

(施術の腕だけじゃなく、顔でも人気が出るな。使えるかもしれない)

いささか失礼なことを考えたが、綾川はなにも下世話な想像をしたわけではなかった。容姿であれなんであれ、売りに使えるものは使う主義からきた発想だ。

観察する綾川のほうはといえば、目の覚めるようなブルーのシャツに、シルバーにも見える光沢のグレージャケット。ラフな印象のデザインスーツは、一歩間違えると夜の商売に見えかねない。下品になるのはどうにか避けているが、綾川の茶色いロングヘアに派手作りな顔では、なにをどうやっても『よくて業界人、悪くてホスト』という具合にしかまとまらない。それだけに、相手の誠実そうなルックスには敏感になる。

外見で信用されるタイプの人間に対しての、ちょっとばかりのうらやましさも、あるかもしれない。綾川はこの顔のおかげで押し出しも強いが、反面警戒されることも多いからだ。

そんな複雑な内心をよそに、白瀬の話は続いていた。

「ひとやすべての生き物は原子レベルでみると常に振動しています。さらに体内の臓器や神経などには、固有の周波数があります。体調が悪いということは、その周波数が乱れているんです。そしてなぜ、その体調不良に音叉が有効なのか」

言葉を切り、白瀬は手に持った音叉を軽く鳴らした。ふわりと、その空間を包むような音色が響き渡る。

「音には共鳴する特性があります。音叉が発する特定の周波数が体内組織と共鳴し、正しい周波数に戻すことで、全身のバランスが整います」

なめらかな声で語る白瀬は、かつて齋藤が勤めていたリラクゼーションサロンで同僚だったことがあるそうだ。

しかし年齢こそ齋藤と同じ三十二歳、綾川よりふたつ年下だが、セミナーの講師として堂々と振る舞う彼の落ちつきぶりは、齋藤より格段にうわまわって見えた。

「周波数って、具体的にはどういう感じなんでしょう？」

手をあげて質問したのは、この会社の営業部員である降矢《ふるや》信仁《のぶひと》だ。熱心にノートをとっている彼にうなずいて、白瀬は言った。

「百聞は一見にしかずですね。じっさいにやってみましょう」

　室内をぐるりと見まわした白瀬は「綾川社長、よろしいですか」と名指しで手招いた。いちばんまえに陣取っていたためだろう。綾川が自分を指さすと、彼はこくりとうなずく。

「実験台になっていただけますか？　こちらにどうぞ」

「あ、はい」

　手招かれた綾川は、手近にあった椅子を用意され、「上着を脱いでください」と指示される。言われるままにして腰かけたところで、細い指にそっと髪を触れられた。

「ちょっと、髪、失礼しますね」

　綾川の髪は数年まえから伸ばしたままで、いまでは背中につくほどの長さがある。適当にくくっていたそれを白瀬は結んだ根元から持ちあげ、左肩からまえに流す。

「では、リラックスしていてください」

　うなずくと、白瀬は大ぶりの音叉《チューナー》を軽く叩き、うわん、という音を鳴らした。震えるチューナーの根元の部分を肩に押しあてられると、意外なほどに心地いい振動が伝わってきた。

「ちょっと低周波治療器っぽいな」

　綾川の言葉に、白瀬は「筋肉を共鳴させてますからね、原理は同じです」と答えた。

「うん、でもあれより、なんだろう……ナチュラル？」

　不思議な感覚だった。チューナーは金属で、当然ながら触れた表面は冷たい。なのに、皮

膚一枚したの筋肉が、じわじわとあたたかくなってくる。

「電気で強引に動かすのとは違いますから。これは骨に共鳴させ、筋肉や神経に対応する周波数のタイプなので凝りや痛みを取り除く作用があります。あくまで自然に振動させていますので、身体にも違和感がありません」

音叉セラピーに対してどこか懐疑的で、揚げ足をとるような質問をした綾川だったが、いざ施術を受けると、驚くくらいに音が肌に滲《し》みてくるのがわかった。

肩や背中など、何カ所かにわけて音叉を押しあてられたあと「どうです？」とやわらかに白瀬が問いかけてきた。

「肩、軽いですね」

とくに凝っているつもりはなかったが、腕をまわすとその軽さに驚かされる。背中の筋肉もやわらいでいて、狭い椅子に座っていたための窮屈《きゅうくつ》な感じも消えていた。

「いまは簡単にほぐしただけですが、このあとマッサージすると効き目がかなり違います」

通常の状態と、音叉セラピーをほどこされたあとのやわらいだ筋肉では、凝りの質がかなり違うと白瀬は言った。

理屈はいまひとつわからないながら、我が身に起きた現象は否定できない。綾川が目をしばたたかせると、我が意を得たり、とばかりに白瀬が笑う。

（ほらみろ、って顔だな）

自慢げなその表情に、これは意趣返しだったのかと苦笑が漏れた。白瀬は涼しい顔で綾川から視線をはずすと、くるりと室内を見渡して、言った。

「興味のある方で、試してみたい方はいらっしゃいますか？」

「あ、じゃあ、わたしお願いしていいですか」

企画開発部のやりて社員、塚本《つかもと》がさっと手をあげ、いそいそと白瀬に近づいた。綾川と同じようにチューナーをあてられると「わ、効く！」と嬉しそうな悲鳴をあげる。

そのあと幾人か試したところ、ほぼ全員が「これは効く」と顔をほころばせていた。よくわからないと言ったのはそのうちのひとり、ふだんから筋トレやストレッチをかかさず、ほぼ凝りを経験したことがないというサロンのマッサージ施術者だけだ。

だが、そのなかで妙に及び腰の人間が一名いた。

「音叉かあ……」

顔をしかめてぼそりとつぶやいたのは降矢だ。妙な表情に、「どうしたよ、降矢」と綾川が問えば、彼は「うーん」と唸《うな》った。

「いや。学生時代のことを思いだして、ちょっと歯が痛いんですよね」

「なんで音叉で歯が痛むんだ」

綾川が怪訝《けげん》な顔をすると降矢は頬をさすりながら言った。

「ギターをかじったことがあるんですけどね。チューニングのとき、それこそ音叉を鳴らして、口にくわえて音を確認しながらやるんですけど、虫歯があるとその振動がすっげえ滲みるんですよ」

「あ、それは痛え」

　ばかな話をしていると、白瀬がくすくすと笑っていた。

「ギターチューニング用の音叉と、こちらの音叉は違いますので……」

　用途によって独特な形やサイズをしているそれらは、たしかにふつうのチューニング用音叉とは違う。白瀬はそのうちの小振りなひとつを取りあげ、降矢に「どうぞ」と渡した。

「試しに、鳴らしてみてください」

　わかった、と降矢はうなずき、水晶とそれを鳴らした。白瀬の音よりも不器用な響きだが、目を閉じてそれを聞いていた降矢は「ん？」と首をかしげる。

「これ、たしかにギターチューニングのアレとは音が違うかも」

「この音は五二八ヘルツ。ソルフェジオ《solfeggio》音階、ソルフェジオ周波数とも呼ばれています。グレゴリア聖歌にみられる音階で、ミサのときに合唱すると癒しの効果があったという説があります。ただし現代音楽にはいっていない周波数だと言われているものです」

　その『失われた音階』と周波数は一九七四年にジョゼフ・プレオという自然療法医の博士によって再発見され、近年の研究でＤＮＡ修復にも役立つとされていると白瀬は続けた。

「てことは、これくわえたら虫歯治りますかね？」

「虫歯は細菌が酸を作ってエナメル質を溶かすものなので、歯医者さんにいかれないと無理だと思いますが」

降矢の冗談まじりのツッコミもあっさりと返して、白瀬は微妙な顔でやりとりを見ていた綾川へと目をあわせた。

「綾川さんも、どうぞ？」

医療用音叉の存在は納得したものの、ソルフェジオ周波数とやらで、またうさんくささを覚えてしまったのは見透かされていたのだろう。

どうにも半信半疑の顔で説明を聞いていた綾川を積極的に引き入れようというのか、白瀬はまたも名指ししてくる。助けを求めるように年下の幼馴染みを見やれば、「やってみればいいじゃん」とおもしろそうに笑うだけだ。

（めんどくせー男紹介しやがって、齋藤め）

マッサージサロンのセラピストらは、もともとスピリチュアル系に精通している人間が大半で、あからさまに納得していない顔をしているのは綾川だけだ。

そしてさきほどの実験——綾川にとってはそうとしか言いようがない——で、軽くなった身体を実感しただけに、あまり強く否定もできない。

「軽く鳴らすだけでいいので」

「わかりました」

自分の手にはずいぶんとちいさく感じられるスティック状の水晶と音叉を両手に持つ。落としたら割れそうな水晶の扱いにはいささか怯《ひる》んだが、まあとにかく音を鳴らせばいいのだろう、と軽く音叉にぶつけてみたところ、珍妙な事態が起こった。

「……あれ？」

こん。と間抜けな音をたてただけで、まったく鳴らないのだ。おかしいな、と首をかしげながら、ふたたびチャレンジしてみるが、何度やってみても、こん、という抜けの悪い音以外に、聞こえてこない。

「妙だな。おい、ちょっと齋藤、やってみ」

「え、う、うん」

いきなり話をふられた齋藤は、おっかなびっくり打ち鳴らしてみる。すると、白瀬よりは不安定ながら、きちんときれいな音が鳴った。

「降矢は？」

「……鳴りますねえ」

混乱しつつ何人かにやらせてみたけれど、音が鳴らないのは綾川だけだ。どういうことだ、と顔をしかめていたところ、白瀬はじっと綾川の手元を見たのち「もしかして」と首をかしげた。

「綾川さん、なにか武道とか、やってらっしゃいました？」

「え、ああ。剣道を、高校のときまで」

「それですね」

なんでここで剣道が関係ある、と綾川が目を瞠《みは》ると、白瀬はおかしそうに言った。

「格闘技の経験のあるひとって、寸止めとか、型の稽古をするでしょう。打ちつけたものの衝撃を止めるくせがついちゃってるんじゃないかと」

「あっ」

言われてみれば、水晶を音叉に打ちつけるとき、無意識に打撃の衝撃を逃がすように手首を使っていた気がする。もういちど、今度はなるべく力を抜いて意図的にゆるく打ち鳴らしてみると、少々ひずみはあるものの、一応は鳴った。

「なるほどなあ……でもなんか、よけい疲れるぞ、これ」

「綾川さんは、このパワーストーンと波動があわないのかもしれませんね」

くすくすと笑われて、綾川は微妙な気分だった。手さきは器用なほうだし、これだけ単純なことでできないことがある、というのは正直言って悔しい。だがあまりムキになるのもみっともなく、手を出してうながす白瀬に水晶と音叉を返した。

「さて、なにかご質問はありますでしょうか？」

はい、とふたたび手をあげたのは勉強熱心な降矢だ。彼も綾川と同じく現実主義的な性格で、もともと大手企業でロハス系をまかされた際にも、まったくその手のものに興味がなかったというが、優秀な頭脳とそれを活かす努力のおかげで営業トークに困ったことはなかったらしい。

「なぜ白瀬さんは、この音叉セラピーをはじめられたんですか？　基本的にマッサージも含めての施術であるなら、ほかの方法でも効果は出ると思うんですが」

いい質問だ、とでも言いたげに白瀬は微笑んだ。

「音叉セラピーについては、身体に手を触れずにできる施術という点で着目したんです」

言葉どおり、この施術がはじまってから、白瀬は直接綾川の身体に触れていない。だが、かつて齋藤と同僚であったなら、マッサージのスキルも持っているはずなのにと訝《いぶか》る綾川は、続く言葉になるほどと思わざるを得なかった。

「ヒーリングサロンは、施術者の大半が女性で、サロン自体も女性限定とうたうところがほとんどです。こうしたマッサージはふたりきりで行うことも多い。そうすると女性はどうしても警戒してしまうんです」

経験があるのだろう、女性スタッフたちは一様にうなずいていた。

「音叉の場合、まず他人の手が触れずに身体がほぐれる、というのが女性客をリラックスさせます。男性相手ということで緊張されては、施術もなにもない。それから、べつの利点が施術するがわにもあります」

誰かが「利点？」とつぶやいた声に、白瀬は「施術者の体力の問題です」と言った。

「力のいるマッサージは、施術者の身体に負担をかけます。また、施術者が年齢を重ねると、どうしたって体力がなくなる。この業界の人間は寿命が短いんです」

相手の身体をほぐすために中腰で施術を行うため、この業界には腰痛持ちが多い。腱鞘《けんしょう》炎《えん》などの炎症をわずらうことも多く、癒す立場なのに自分が施術を受けながら仕事をすることも多々あるのだと彼は言った。

「鍼灸師《しんきゅうし》の場合は、鍼《はり》やお灸、温湿布などを使うことで、極力『自分の力』の消耗を控えることができるため、年齢がいっても施術者としてやっていけます。ただし鍼には特殊な技術と資格が必要になりますし、後続を育てるのにも時間がかかって、いろいろむずかしい」

しきりにうなずいているのは齋藤だ。彼自身、マッサージサロンで働いた経験があるため、身につまされるのだろうと綾川は思った。

「けれど音叉は、チューナーを選んで鳴らしさえすればいい。これができない、というひとはめったにいないと思います」

言葉を切って、わざとらしくちらりと綾川を見る。

「俺は例外ってことか」

「社長は施術をなさるわけではありませんから、まあよろしいでしょう」

あえて先生気取りの物言いに全員が笑い、綾川もまた苦笑いするしかなかった。

（こっちから呼んでおいてなんだが、けっこうなクセモノかもなあ）

けれど五十人の人間を相手に講義をし、今後の企画の要として誘致するのに、ただの優男《やさおとこ》では話にならない。これくらいしたたかなほうが手応えがあるし、信用にも足ると、綾川は感じた。

したたかで、きれいな男。こういう相手と仕事をするのは、意外におもしろいことになるのかもしれない。その予想は、不思議なくらいに綾川を楽しませてくれた。

＊　＊　＊

昼の休憩を一時間はさみ、午前午後の二時間ずつのセミナーは、無事に終了した。

「本日はお疲れさまでした」

「こちらこそ、お世話になりました」

終了後、綾川が白瀬へと挨拶に向かうと、笑みがわずかに力なかった。

「お疲れになりましたでしょう」

「いえ、皆さん熱心に聞いてくださったので、楽しかったですよ」

長時間の理論の講義だけでなく、じっさいに施術をやってみせたり、昼食時にも雑談まじりに質問が飛び交ったりしたため、白瀬は実質的に五時間ぶっ続けでセミナーを行っていたようなものだ。それでも笑みを絶やさない白瀬を、綾川は感心して眺めた。

（細いわりにタフだな。心身ともにそうでなきゃ、癒し系なんてやれないか）

マイナスエネルギーがなんたら、浄化がうんぬんとか言われると、綾川はどうも引いてしまうのだが、東洋医学で言うところの『気』の概念は理解できる。

目のまえに病人や愚痴《ぐち》ばかり言う人間がいると、支えるがわも知らず影響を受け、じわじわと弱るものだ。マッサージ師だったころの齋藤がしょっちゅうその状態に陥《おちい》っていたし、綾川にしても、相手の疲労にあてられるという経験はある。

また、集団に向かって話すことには体力がいる。相手が話し手に集中していればいるほど、視線や気配が質量を持ったプレッシャーとなって襲ってくる。

ましてやセラピストである白瀬のところには、心も身体も癒されたいと願う人間が彼を求めて集まってくる。そして求められることは、吸い取られることでもある。白瀬はそれによく対応しきれていると思う。

（こういう点を含めて……な）

あきれ顔の綾川が眺めたのは、白瀬をぐるりと取り囲んだ女性スタッフたちだ。

綾川の読みどおり、四時間のレクチャーで白瀬は女性スタッフの心を摑《つか》んだようだった。セミナーの真っ最中はさすがにミーハーな行動は慎んでいたようだが、終わったあとには、まるでアイドルを囲むかのごとく騒がしかった。

「もっと音叉のこと知りたいんです、今度お電話してもいいですか？」

「わたしも音叉セラピー受けてみたいです！　予約できますか？」

このように、講座にかこつけた話題をふっている者はまだいいほうだ。スタッフのなかでも若い連中は、「白瀬さん、おいくつなんですか？」「彼女いますか？」などと、本気か冗談かわからないような、直球な質問までぶつけている。

「すげえな、おい」

あきれたような綾川の声に、苦笑いで答えたのは齋藤だった。

「きょうは若い子も多いからね。ショップとかカフェの新人も研修に連れてきたから」

「うちの会社、男ほとんどいませんからね」

隣で言葉を引き取ったのは、直営ショップ『グリーン・レヴェリー』店長の白石《しらいし》だ。彼女はショップ立ちあげからの古株で、綾川よりも年上の三十八歳。二児の小学生の母でもあるためか、若いスタッフたちがきゃいきゃいと騒ぐさまを、おかしそうに眺めている。

「男いないって。俺らの存在ってどうなるわけですよ、白石さん」

綾川が雑《ま》ぜ返すと、白石はおおげさにかぶりを振ってみせた。

「社長は最近こそ女装も控えてますけど、やっぱりファーストインプレッションは拭えませんよ。あのダイナマイトなおかまちゃんぶりはインパクト強かったですし」

「あー、ね」

白石の言うとおり、二年ほどまえまで綾川は女装姿でひとまえに出ていた。

それは、綾川の妻の彩花《あやか》が四年まえに交通事故で亡くなったことにはじまる。男手ひとつで子どもを育てることになった当時、まだ二歳だったひとり息子の寛《ひろい》を受けいれてくれる保育施設が、なかなか見つからなかった。

そのためしかたなく、会社に連れてきて寛の面倒をみていたのだが、息子は母親である彩花の服や香水を綾川が身につけてないと癇癪《かんしゃく》を起こして手がつけられなかった。

しかし一九〇センチ近い綾川にくらべ、彩花のほうは一五〇センチちょっとと小柄。服を着るというより胸にあてたり肩に羽織《はお》るか、ショールなどを巻いているしかなかった。

はたから見ればかなり異様な光景だったとは思うが、寛をなだめるにはそれしかなかった。やけくそも手伝い彩花の服を羽織って子育てをするうちに、寛は『女の格好をしている父親』であれば落ちつくのだと知った。

綾川にしても胸中複雑であったが、彩花の服を引っかけて見苦しくしているよりはましだと、自分用にサイズの大きなインポートのブランド品を見繕《つくろ》い、『やるなら徹底的に』と化粧も覚えた。そのとき化粧や女性服をどう調達すればいいのか、教えてくれたのは白石だ。

「たった四年まえですけど、あのころ女性スタッフもぜんぜんすくなかったですしねえ」

「本社の社員、五人だったしな」

子育てに協力してくれたひとりである白石の、しみじみとしたつぶやきにうなずくと、にやりと笑って脇腹を小突かれた。

「にしても、あれがキャラ作りになるとは、わたしも予想しませんでしたよ」

「いいじゃないかよ。おかげで宣伝になっただろ」

ちいさな会社で、取引さきが直接店にくることも多かった。その際、いちいち着替えていられずに対応するうち、綾川はすっかり『子持ちの女装社長』として世間に定着してしまった。おもしろがった相手が取材スタッフをひきつれてきたり、テレビのコメンテーターとして引っぱりだされたりもして——結果、会社を大きくするのに一役買ったのは間違いない。

だが弊害《へいがい》がまったくなかったとも言えない。あまりにも、インパクトがありすぎたのだ。

「最近になって入社した子たちは全員、ジミーチュウを履いた社長のほうがデフォルトなんで。いまのほうが『男装』って感じらしいですよ」

「勘弁《かんべん》してくれよ……もうぼちぼち、二年近く経つのに？」

綾川ががっくり肩を落とすと、長い髪がさらりと広い肩をすべった。手入れの行き届いたそれを、なんのために切らずにいるのか知っている白石はにやりと笑う。

「テレビだの取材だのあると、やっぱり女装する羽目になってるでしょ。もうあと数年して、世間が忘れるまであきらめてください」

「寛が小学校にはいるまでには、そのイメージ消したかったんだけどなあ」

「無理でしたね。もう、寛ちゃんも一年生になっちゃったし」

物心つきはじめた息子が、『女装パパ離れ』しはじめたのをきっかけに、綾川は徐々に服装をもとに戻していった。社内ではほぼ男の格好をしているが、いまだに長い髪を切らないのは、幼い寛がぐずったときの予防策にすぎない。

女装はせいぜい、テレビ出演のときくらいとなり、それも今後は減らしていく予定だが、世間のイメージは簡単には消えてくれず、なかなか悩ましい。

「ともあれ、そんなわけで社長は男性にカウントされません。んで、齋藤さんは『彩』として崇める対象だし。降矢さんは——」

白石は言葉を切って、長身で端整な容貌のスーツの色男をじっと眺め、ふっと皮肉に笑った。

「うちの子らが好きそうなタイプじゃないんですよねえ、肉食っぽくて」

「なんだ、傷つくなあ」

あははと笑う降矢は言葉と裏腹、まるで傷ついたように見えない。もてる男の余裕まるだしだが、じっさいのところは本命の恋人がいるため、他方からの秋波《しゅうは》はどうでもいい、ということを綾川は知っていた。

その恋人というのは、白石の容赦ない分析を聞いて苦笑いをしている齋藤だ。

（まさか、こうなるとは思わなかったがなあ）

及び腰だった齋藤をこの会社に転職してきた降矢が口説き落とす形でそうなったらしい。

中学生のときからゲイの自覚があった齋藤は、見た目はひどく地味でおとなしいタイプだ。

齋藤にはちゃんと才能もあるし、ひとに認められる美徳もたくさん持っているのに、自分の容姿にコンプレックスがある彼は妙に卑屈で自信がなかった。そのせいか恋愛もうまくいかず、妙な男にばかり引っかかっては修羅場を繰り返し、綾川は長年、齋藤の男関係には気をもんでいた。

だが、ここ二年は降矢の存在ですっかり落ちついている。

――おまえらこうなったらぜったい別れんなよ。こじれたら辞めるって言いかねないからな。とくにそこのばかが。

社長命令だと脅したのは、綾川なりの心配だった。色恋沙汰ですぐナーバスになる齋藤を知っているだけに、このふたりが別れたら面倒だと思っていたが、驚いたことに夢中なのは降矢のほうで、あれよあれよという間に同棲《どうせい》にまで持ちこんだようだ。

（ま、幸せそうなら、それでいいが）

寛も小学生になり、齋藤も落ちついた。これからさらに彼らは成長し、綾川の手を離れていくのだろう。彼らの保護者としてひたすら奔走《ほんそう》し、心を痛めた日々もいずれ遠くなる。

綾川にとって喜ばしいことなのだが、そのことに妙な寂しさを覚えるのも本音だった。

「いろいろ、変わってくな」

ぽつりとこぼした綾川の言葉を、古株の白石は違う意味に受けとったのだろう。「会社も大きくなってきましたしね」とうなずいた。ただのひとりごとでしかないし、誤解されたならそれでいいと、綾川もあいまいに笑う。

「ところで、ぼちぼち先生を救い出さないと、でしょう？」

「あ、だな」

白石はくすくすと笑って女性に囲まれた白瀬を見やった。潮時と見計らって、綾川はかしましい集団に近づくと、大きな手を打って注目を集めた。

「ほら、もう解散！　業務に戻るやつは戻る！　ショップに帰るやつは帰って、仕事しろ！」

えーっ、と女子学生かのような拗《す》ねた声があがる。不満たらたらの女性陣をひと睨《にら》みで黙らせたあと、綾川は困ったように笑う白瀬へ、営業用の明るい笑みを見せた。

「白瀬さん。ご迷惑でなければ、このあとお食事とか、いかがですか？」

「え、そんな。お気遣いなく」

恐縮したように手のひらを見せた白瀬に対し、さらに誘いをかけたのは、ふだんならば人見知りの齋藤のほうだった。

「白瀬さん、いきましょうよ。ひさしぶりに話したいし。俺、セミナーの間はほとんど話せなかったから」

「齋藤さん、でも……」

ためらう白瀬に、齋藤はひどく機嫌のいい顔で「予定ないって言ったじゃないですか」と食いさがった。あまり他人になつかない齋藤が、めずらしくも強引な様子に綾川は驚く。

「飲み代は社長が出してくれますから」

図々しい言いざまに苦笑した綾川が「おい」とちいさな頭を小突くと睨まれた。

「なんだよ、どうせもともとそのつもりだっただろ。接待なんだし」

綾川たちの気の置けないやりとりに一瞬目をまるくした白瀬だったが、期待で目を輝かせている齋藤の押しには逆らえなかったらしい。

「じゃあ、お言葉にあまえて……」

眉《まゆ》をさげたまま微笑んだ彼の言葉に、耳ざとい塚本が声を張りあげる。

「えっ、白瀬さんと飲み会⁉」

「ずるーい社長、ずるーい！　わたしら、まだ仕事あるのに！」

「ああもう、うるさい！　きょうはあきらめろ、また次に機会作ってやるから」

もともと接待のための席は用意ずみで、綾川、齋藤、降矢、白瀬の四人ぶんしか予約を入れていない。あくまで親睦会を兼ねた企画営業陣との打ちあわせだと説明しても、「女子の参加はだめなんですかっ」と食いさがってくるものもいた。

（あーもう、こうなるとふだんのフレンドリーさがアダになる）

ちいさい会社、しかも女性が大半なだけに、はっきりとした壁のある縦割りの組織作りはしてこなかったのだが、ひとたび流れが狂うと大騒ぎになる。

「連れてってくださいよ！　じゃなきゃ合流します！」

「だーから、打ちあわせだっつうの！」

とくに熱心だった塚本は「まじりたい」と訴えたが、綾川は首を縦に振らなかった。

それぞれまだ業務もあるし、なにより白瀬を疲れさせてもまずいということで、この日は綾川が強権を発動することとなった。

「全員、きょうの講習のレポート書いて提出するように。期限はあさって。文字数は制限なしだけど、最低でも原稿用紙一枚ぶんは書けよ」

申し渡すと、「ぎゃっ、宿題!?」とわざとらしくうめくものもいる。

「そ、宿題。というわけで全員、仕事に戻れ」

またもやブーイングをあげた女子社員に「やかましい！」と綾川は一喝《いっかつ》した。

「手書きでもパソコンでもいいけど、フォーマットはA４でな。で、えーと、提出は白石さんと山脇《やまわき》さん、それから小野《おの》さん」

山脇はオーガニックカフェ一号店『Sai』の店長で、小野は直営リラクゼーションサロン『彩―sai―』の店長だ。

「それぞれ回収して、俺に提出してください」

わかりました、と大人な三人がうなずいたのを機に、綾川はさりげなく白瀬の背中に手をあてて、女性たちでごった返すサロンから脱出した。

＊　＊　＊

外に出るなり降矢と齋藤は「車をまわしてきます」と駐車場のほうに向かった。ビルまえの道路沿い、ふたりで残される形になった綾川は、塚本らのはしゃぎっぷりを詫びた。

「さきほどはやかましくて、申し訳ありませんでした。白瀬さんみたいなタイプ、うちの連中は弱いんで。あまり悪く思わないでやってください」

「はは、いいえ。にぎやかで、楽しかったですよ。あれはもう、なにかにかこつけて騒ぐのが楽しくて、騒いでらしたんでしょうし」

わきまえた発言とも、余裕ともとれる言葉だった。いずれにせよ、そつがないのには違いないが、嫌みはない。綾川はしみじみと言った。

「白瀬さんはもてそうですね」

「ええ？　あはは。なんですか、それ」

眉をハの字にして白瀬は笑う。なるほど、このあっさりした態度が草食系というやつなのだろう。同じ言葉を降矢に言えば、おそらく『知ってますけど、知りません』といったふうな、あえて秋波を無視していると知れる、無駄にさわやかな笑みが返ってくるはずだ。

男女問わず、さらっとした感じのする人間が綾川には好ましい。そういう意味では白瀬もまた、綾川の好きな――恋愛の意味はないが――タイプだ。

(うさんくさいとか思ったけど、悪かったかな)

いささか偏見の強かった自分に反省していると、白瀬が穏やかに切り返してくる。

「もてるっていうなら、綾川社長こそでしょう」

「あー、いえいえ。俺はぜんぜんですよ」

「そうですか？　かっこいいのに」

白瀬はその一瞬、ちらりと横目で綾川を見やった。

(……ん？)

妙に含みのありそうな目つきに思えたが、もしかするとかつての女装社長の姿を揶揄《やゆ》されたのかもしれないと思った。

あちらの姿を知っている人間は、大抵綾川の素顔に驚く。女装中は一応、派手なブランドファッションに負けないようメイクもばっちりなので、相当に印象が違うらしい。

スタッフいわく、女装中は『ド迫力の性別不詳のスーパーモデル』で、素顔は『ビジュアル系ミュージシャン』らしい。

むろん、いずれにしろ濃いタイプのうえに、万人に受けいれられる変貌ではないのは重々承知だ。『よそゆき』の綾川に対して、嘲笑する人間はすくなくないことも理解している。

表面では笑って受けいれていても、目だけが軽蔑を滲《にじ》ませているなどということもしょっちゆうだし、そういう冷たさを受け流すすべはとっくに覚えた。

（いや、でも、このひとはそういう意地悪いタイプじゃねえか）

ちらりと流し見られたとき、悪意は感じなかった。ただ、なにかを探るような目つきだと感じただけの話だし、もしかしたら暑さで神経が過敏になっているのかもしれない。

社屋を出たとき、六時をまわっているというのに外は明るかった。夏至はすぎたが、一年でもっとも日の長い時季だ。本格的な夏はまだだけれども、スーツのままではさすがに耐えがたい。空調のきいていた室内との温度差に、じわっと汗が浮いてくる。

「暑くないです？」

自分が耐えかねてそう言うと、白瀬は「いえ、それほどでも」と涼しげな顔で微笑んでいた。

我慢できずに綾川は上着を脱ぎ、軽くたたんで肩に引っかける。

（あたま、くくりてえ）

長すぎる髪に熱がこもってうっとうしい。正直、白瀬がいなければ適当に巻いて結いあげて、バレッタかヘアクリップででも留めたいところだ。

「まだ明るいですねえ」

顔に手をかざして目を細め、白瀬は空を見る。三十すぎの男とは思えないなめらかな肌には汗もなく、触れたらひやりと冷たそうだ。

「……体温、低いですか？」

自分でもなぜそんなことを問いかけたのか、綾川はわからなかった。白瀬も一瞬、「え？」と驚いた声をあげるが、さすがの冷静さですぐに切り返してくる。

「いえ、わたしはむしろ平均よりすこし高いくらいですよ。三十六度五分から八分くらい」

「そうなんですか。涼しそうなんで、低いのかなと」

「あはは。体温低かったら、むしろ暑がってますよ」

それもそうだ、と綾川がうなずくより早く、ふわっと乾いてあたたかいものが頬に触れる。くすぐったいようなそれは、白瀬の手のひらだった。

「……ね？　手もあたたかいでしょう」

「あ、そう、ですね」

十五センチほどしたの位置から見あげてくる男と目があった。いきなり顔をさわられても、不思議といやな感じはしない。セラピストとして、他人の身体に触れるかげんを知っている手だからだろうか。

（いやでも、こりゃおかしいだろ）

三十男が三十男の頬をやさしくさわる。戸外とはいえふたりきりだ。これが女相手ならば、誘いをかけているのかと思うところだ。

「綾川さんこそ、暑いんですか。汗かいてます」

「え……いや……」

「でも、いいにおいしますね。なんだろう？」

すん、と目を閉じて白瀬は鼻を鳴らした。その角度と表情が、まるでキスでも待つかのように見え、綾川はぎくっとする。

「髪の毛、長いからですかね？」

「はは……かも、しれません」

触れたときと同じく、すっと手のひらは離れていった。ほっと息をついて、綾川は自分が呼吸を止めていたことを知った。

(なんだったんだ、いまの)

妙な緊張を感じた自分に戸惑い、意味もなく頭を掻く。頭皮のあたりが湿っぽく蒸《む》れているのが指さきに伝わる。結んでいる根元のあたりはことに熱っぽかった。動揺を覚えている綾川のことを知ってか知らずか、白瀬は明るい声で問いかけてきた。

「そちらも、体温は高いみたいですね」

「ああ、ええ。コレのせいかもしれませんが」

ふざけたように笑ってみせながら長い髪をつまみ、そのついでに髪を結んだ紐を引き抜く。テレビ局のスタイリストが「どうしてもやりたい」と言い張り、肩下二十センチのローレイヤーにゆるいパーマをあてた髪が、ざらりと崩れて風になびいた。

頭にふっと風がとおり、肩の力を抜いた綾川は長い前髪をかきあげる。じっとそのさまを見ていた白瀬は、目を細めた。内心の読めない、アルカイックスマイルで彼はつぶやく。

「……やっぱり、もてそうな感じですけど」

「ホスト系には見えるみたいですね」

いちいち否定するのもめんどうくさいと、綾川は苦笑いする。

「ご謙遜《けんそん》を。さっきの女の子たちも、本当は綾川社長といっしょに飲みたかったんじゃないですか？」

「いや、あいつらは俺のこと男だと思ってませんし」

言い訳じみたことを口にして、やはり流れがおかしいと綾川は感じた。言葉だけなら世間話でしかないが、白瀬から探りをいれられているような気がするし、妙に思わせぶりな空気を感じる。

（なんだ？　この変な感じ……コナかけられてるみたいな）

これで相手が女だったら間違いなくアプローチなのだが。そう考えたとたん、この駆け引きめいた会話の終着点が、唐突にわかった気がした。

「白瀬さんって、齋藤と仲がいいんですよね」

「ええ。一時期とはいえ、同僚でしたから。といっても、彼が退職する時期とわたしが勤めはじめた時期が重なったのは、二カ月程度なんですが」

それがなにか、と首をかしげてみせる彼に対して覚えていた腑に落ちなさ。それは、これだけそつなく、顔立ちもきれいな男相手に、無駄にコンプレックスの強い齋藤が、おいそれと心を開くのが信じられなかったからだ。

（あのどんくさい弘が、昔の同僚程度の相手にあそこまでなつくわけないんだよな）

二十年近いつきあいの綾川にしてみると、言うほど悪くないルックスだとは思うのだが、齋藤は自分の顔を『地味で暗い』ときらっている。そのためか、美形だったり押しの強い、自信のありそうなタイプには、まず腰が引けて近寄らない。

「ということは、マッサージサロンを辞めてからのほうが？」

「そうですね、どちらかというとプライベートの交流のほうが長いです」

うなずいたあと、「といっても、同業としてお互い、情報交換するほうが主でしたが」と白瀬がつけくわえたことで、ますます綾川は訝しんだ。

（弘のプライベートの知りあい。ってことは、もしかしてそっちか？）

齋藤には、綾川以外にノンケの友人はすくないと聞いている。つまりは白瀬も『お仲間』の可能性が高い。さきほどからの一連の行動は、やはりアプローチだったのだろうか。

綾川が女装している理由や、じっさいのセクシャリティについては、世間の想像するままにまかせている。齋藤がどの程度白瀬と親しいかは不明だが、友人の個人的な事情までべらべら話す男でないのはたしかだ。となれば、白瀬がこちらも同類とみていたのは間違いない。

（やばいな。誤解されてるか）

隣にいる男からほんのりと漂う微妙な気配に、綾川はめずらしくもあせった。

「ええと、あの、白瀬さん」

「はい？」

どこまで話せば、失礼にならず誤解を解けるだろうか。綾川が考えをめぐらせるより早く
――ある意味遅きに失して――降矢の運転する社用車が、やっと到着した。

「すみません、駐車場まえに宅配のトラックが停まっちゃってて。遅くなりました！」

「……まったくだよ」

声を張りあげた降矢に助けられたような、話の腰を折られたような奇妙な気分のまま、綾川はやたら思わせぶりな男を車までエスコートする羽目になった。

＊　＊　＊

降矢の案内で連れていかれたのは、ちいさな創作和食の店だった。有機野菜を使った料理と自家製の果実酒が評判で、店主こだわりの酒も種類が豊富。綾川や降矢のような肉食タイプの腹もちゃんと満たしてくれる、なかなかの店だった。

パーティションで区切られ、簡易個室となる奥まったテーブル席の上座には白瀬。メイン

ホストとなる綾川はその向かいで、隣に降矢、その向かいに齋藤が座った。

「まずは、お疲れさまでした」

「こちらこそ」

乾杯をすませたあと、様式美としてひとしきりお互いをねぎらう。とはいえ完全なプライベートの飲みではないから、勢い仕事の話に持ちこまれた。

「白瀬さんは、どういうところでこの音叉療法について学ばれたんでしょうか」

旬の野菜の天ぷらをつつきながら問いかけたのは、こうした場でもっとも場のつなぎがうまい降矢だ。白瀬は箸《はし》を止め、軽く小首をかしげながら話しはじめた。

「一年ほどまえまでは、ＥＡＰの専門企業で、訪問型オフィスリラクゼーションの会社に所属してたんです」

Employee Assistance Program、略してＥＡＰは、従業員支援プログラムのメンタルヘルスケア・サービスだ。一九七〇年代末期、アメリカの企業が深刻な社会問題となっていた薬物依存やアルコール依存の社員に悩まされていたことから、アルコール中毒のケアプログラムとしてはじまった。ストレスによるうつ病が増加傾向にある日本でも、九〇年代後半ごろから福利厚生の一環として取り入れる企業が増えているのだそうだ。

「そこの関連会社がインディーズの音楽レーベルだったので、音楽療法を視野にいれたことから、この音叉療法にいきついたわけです」

「へえ……」

綾川は、相づちを打ちつつ話に聞き入った。齋藤はすでに知っている話なのか、白瀬の話に口をはさまずにこにこと笑っている。もともと、そうしゃべるタイプではないが、リラックスしているのは表情でわかる。

「音楽療法っていうと、モーツァルト聴かせてリラックスしたりっていうあれですか」

「クラシックに限らず、自分で演奏するパターンもありますけどね」

訪問リラクゼーションの会社ではアロマテラピーやオイルマッサージ、むろん通常の指圧もサービスにはいっていたけれど、この音叉療法に白瀬は魅《み》せられたのだと言った。

「独立したあと、その会社での音楽療法の一環で、プロのピアニストの演奏会と音叉セラピーの講習会がありまして。そこに招待されて、音叉に興味を持ったんです」

「音叉セラピーは独立されてから、だったんですか」

綾川の言葉に、白瀬は「ある意味必要に迫られて」と肩をすくめてみせた。

「さっきもセミナー中にすこし話しましたが、ヒーリングサロンはやはり女性客が多いんですよね。施術者も女性が多い。男が個人サロンを開く場合は、そこがネックになるので、触れずにできる施術というのは、かなり利点が大きかったんです」

「それって、セクハラみたいな問題もあるからですか？」

降矢の問いに、白瀬は顔をくもらせた。

「みたい、というか、もっとひどいものもあります。たまにこっちが言いがかりをつけられることもあって……ふたりきりにならないよう、うちは受付に知人の女性をおいています」

軽く眉をひそめた白瀬に、綾川は「なにかあったんですか」と問いかけた。白瀬は口をつぐんだけれど、怒ったような口調で暴露《ばくろ》したのは齋藤だった。

「白瀬さんがまだマッサージサロンにいたころの話だけど、変なところをさわられたとか言ってきた女性客がいたんだよ」

「ちょ、齋藤さん。その話はいいでしょう」

「よくないです！　あの女には、俺いまだに腹がたってるし。言いがかりつけて、責任とってつきあえだの結婚しろって、完全に電波なひとだったじゃないですか」

むすっとした齋藤の弁によると、難癖《なんくせ》をつけた彼女は要するに、白瀬狙いだったらしい。言うことを聞かなければ出るところに出るとまで言われたと、当時を思いだした齋藤は腹だたしげに言った。

「一応、不正行為防止にカメラも設置されてたしね。あと、隣で施術してたこともあったけど、口説いてきたの女のほうだったから、俺も同僚も証言できたし」

カメラの映像には不審なものは映っておらず、施術ルームもカーテンで仕切られただけのベッドが併設してあるような店だったため、証人にはことかかず、逆に営業妨害で訴えると店が伝えてどうにかあきらめてくれたそうだ。

綾川が「それ、ストーカーじゃないか？」とあきれて言えば、降矢も顔を歪《ゆが》めてうなずいていた。齋藤はため息をついて「どっちかっていうと脅迫詐欺だったかも」と言った。

「結婚できないなら慰謝料払えとか、斜めうえに飛んでったからね」

「あーでも、そういう怖い客、たまにいたな……」

降矢が大手の営業時代に、やはりクレーマーの客に絡まれた話をはじめ、世間には意外に怖いことが多い、という話題で盛りあがったが、白瀬はぽつりとこうつぶやいた。

「でも、過敏になる女性客の気持ちもわからなくはないんです」

「どういうこと？」

「じっさいにセクハラ被害に遭う方も、いなくはないので」

嘆かわしいと言いたげに白瀬は顔を歪めた。

「悪質なマッサージ店なんかだと、盗撮していたり……もっと最悪な場合、そのまま女性に手を出すところなんかもあるらしいですから。もちろん、きちんとした資格と技術を持った施術者が大半なんですけど、風評被害もばかにならないんです」

近年ではメンズエステと銘を打ち、風俗店がマッサージの名目で営業することが増えた。表向き提供するのはマッサージやリラクゼーションだが、個室のなかでどのようなサービスが行われているのかについては、定かでない。

その弊害で、名の知れていない弱小店舗は風俗業と誤解されることも多く、またじっさいにモラルの低い施術者がいるのも、情けないが事実だと教えられ、綾川は顔を歪めた。

「風俗系の話は知ってましたけど、ふつうの店でですか？　それ、完全に犯罪ですよね」

「ええ。でも怖くて泣き寝入りするしかないらしいです。むしろネットにその手の映像が流出して、はじめて事件として立件されることもあるとか」

「AVでそういうシチュエーションものが流行《はや》ってるのは聞いたけど、まじにあるんだ」

顔をしかめた降矢の言葉に、齋藤はほんの一瞬、彼を睨む。綾川があきれ顔で隣の男を小突くと、とりあえず双方、痴話げんかのタネは引っこめたようだ。

「すみません、すっかり変なほうに話が逸れましたね」

微妙なやりとりに気づかなかったのか、それともあえてか。白瀬はさらっと話題を戻し、あの穏やかであまい笑みを浮かべた。

「音楽療法についてですが、さきほどの会社からはヒーリングミュージックのCDなんかも出てるんですよ。収録曲にはソルフェジオ音階も使われてます。宣伝するわけじゃありませんが、もし施術の際にBGMとしてお使いになるなら、お勧めしますよ」

「関係者割引、ききます？」

綾川が冗談めかして問いかけると「訊《き》いてみます」と白瀬が微笑んだ。

「で、社長。本格的に企画たてます？　音叉セラピー。きょうのお題目は、勉強会ってことにはなってましたけど、今回のセミナーも新サービスに取り入れるつもりなんでしょう」

降矢の問いに、綾川は「ああ」とうなずいた。この男はつくづく話が早くて助かる。

今回、リラクゼーションサロンや本社の面々ばかりでなく、カフェの社員までも講習会に呼んだのは、新規店舗としてそれらを併合したタイプの店を企画中だったからだ。

いままではそれぞれがべつの店舗となっていたが、マッサージを受けたあとに同じ建物のなかで食事やお茶を楽しみ、ファッション関係の買いものもできる複合型テナントをやってはどうか、と降矢に提案され、まずは手はじめに、さほど大がかりな施設のいらないリラクゼーションサービスを……と考えたとき、齋藤から音叉セラピーの話が出たのだ。

「習得するのに時間かかるタイプの施術じゃないし、カフェの隅っこにコーナーを作っておけば充分だろ？」

「そうですね、マッサージ用のチェアひとつ置くくらいのスペースがあれば問題ないと」

準備も簡単、場所もとらない、手も汚れないし相手の衣服も乱さずにすむ。料理を扱う店と併合するサービスとしては、悪くない気がしたと告げると、降矢もうなずいた。

「オイルのように肌に直接塗るとかじゃありませんから、パッチテストも不要ですしね。提供するがわにも受けるがわにもリスクがすくないのがこの施術の利点のひとつですね」

「だよな。ひとまずはテスト的にやってみるのもいいかもしれない。あと何回か、もっと本格的に講習会やる必要はあるけど――どうですか？」

降矢とふたりであれこれ青図を描いてはいたが、肝心の人材がいなければどうにもならない。白瀬にふると、彼は「わたしでよければ」と快諾《かいだく》してくれた。

「具体的には、どのように？」

「まずはうちのスタッフへの本格的な講習。それから、『彩』がやってるようなイベント形式のセミナーも考えてます」

実働《じつどう》した段階で、また新たに仕事内容が増える可能性もあるが、それはそのときにまた契約内容をあらためる条件でどうだと告げると、白瀬は了承してくれた。

「業務請負の契約になりますが、スケジュールのこととか、問題はありませんか？」

「個人経営ですから、そのあたりは自分の裁量でなんとでもなります」

ならば後日、正式にスケジュールを確認するということで、あっさりと話はまとまり綾川はほっと息をつく。数時間まえ、セミナー開始時にはどうなることかと思ったが、このぶんなら無事に新企画も動かせそうだ。

「それじゃ、担当はどうするかな。塚本じゃ、まだ企画まわすのは手にあまるか？」

綾川のつぶやきに、齋藤がぱっと顔を明るくした。

「あ、俺が——」

「いや、俺がやります」

齋藤が手をあげかけたところで、降矢がやや強引に割ってはいった。綾川は内心「ん？」と思ったが、続いた降矢の言葉にはうなずくほかない。

「齋藤さんは『彩』の企画本、三冊目のほうがあるでしょう。原稿遅れてるって話ですし。それにスケジューリングだのブッキングだのの実務は、俺のほうが適任かと思いますが」

「そのとおりだな」

綾川があっさり降矢に担当を決めると、齋藤は「そんな……」と眉をさげた。しょげた彼を綾川は睨みつける。

「拗ねるとこじゃねえだろ。仕事だぞ」

「で、でも、俺が今回の話、持ちこんだのに」

めずらしく食いさがった齋藤の言いぶんも一理はあるが、ことを仕切ってひとの配置をするのは降矢のほうが圧倒的に得意なのは事実だ。

「適材適所。事務仕事は苦手なんだろ。そういうのは降矢にまかせて、ちゃんと企画書のほうを書け」

あきらめろと一瞥《いちべつ》すると、齋藤はむっと口を尖《とが》らせた。またも見せたひどく子どもっぽい反応に、綾川はいやな予感を覚えた。ふだんの齋藤は、ここまで感情をあらわにするタイプではない。それにさきほど、白瀬の過去について触れたときも、彼にしては饒舌《じょうぜつ》すぎた。

（ちょっと待て、たしかさっきこいつ、おかわりしてたな）

はっとした綾川が齋藤のグラスを見ると、キンカン酒はすでに空だ。妙に機嫌がいいと思っていたら、知らぬまにペースをあげていたらしい。やばいと思った綾川が年下の幼馴染みをあらためて見ると、その頬は暗めの照明でもわかるくらい赤くなっていた。

「白瀬さんと仕事したかったのに……」

「セミナーでも顔をあわせますし、そうでなくても話せるじゃないですか」

くすくすと笑って、白瀬が隣にいる齋藤の肩をやさしく叩く。完全に酔っている齋藤に、綾川は一瞬で冷や汗をかいた。

(この、ばか！　接待の席で酔っぱらって、他人にあまえるやつがあるかっ)

たしかに白瀬は彼の友人かもしれないが、仕事は仕事だ。まして齋藤は酔うと誰彼かまわずあまえるという悪癖がある。はらはらしていると、案の定、齋藤はあまえた声を出した。

「でも、白瀬さん、あれからずっと忙しいって、連絡くれなくて」

「申し訳ありません。海外に講習にいったりしていたもので」

しかたないな、とでもいうように苦笑しながら齋藤をなだめる白瀬はべつだん怒ってもいないようだ。こうして酔った齋藤に慣れてもいるのだろう。ひとまず仕事相手を不快にさせずにすんでよかったと綾川は胸を撫でおろしたが、隣から発生している険悪なオーラに気づいて、またもや顔をしかめることになった。

「キンカン酒、配合変えたみたいですね。まえは軽いリキュールだったのに、ベースをブランデーにしたみたいだ」

メニューの説明をあらためて眺めながら、重苦しい声でぼそりとつぶやく降矢に、綾川は内心「うわあ」と思った。

「おまえが選んだ店だろ。リサーチ不足だ」

「……ゆうべ寝かせなかったのが悪かったかな」

さらにぼそぼそと言う降矢の脇腹を、綾川は肘で小突く。

(妬《や》いてる場合かっつうの。場所わきまえろっ)

この男は余裕ぶって見えるくせに、どうにも齋藤については心が狭くていけない。

一時期は綾川にまで妙な悋気《りんき》を燃やしていたようだが、今夜は齋藤と仲のいい白瀬に気が気ではないらしい。そしてひとの気も知らぬ齋藤は、ふにゃふにゃになりながら、ついには白瀬にもたれかかってしまい、降矢はますます額に青筋を立てる。

綾川は、ひたすら帰りたかった。

「すみません、冷たいおしぼりもらっても――」

「俺がいってきます」

心配そうな白瀬の声に降矢が腰をあげ、綾川は「じゃあ、ついでに俺もちょっと失礼」と愛想笑いで彼に続いた。接待の基本、会計をこちらがすませるのも目的だったが、妙に暗雲立ちこめた男と話をつけるのがさきだ。

「すみません、お願いします。……ほら齋藤さん、これ飲んで」

連れだって立つふたりに軽く頭をさげた白瀬は、赤い顔の齋藤に水を飲ませようとしてい

た。

「齋藤さん？　だいじょうぶですか、気分は？」

「いい気分です、ふふふふ」

ぐにゃぐにゃの身体を支えて困り顔をする白瀬に、齋藤はご機嫌で笑うばかりだ。

（うわ、ちっともだいじょうぶじゃねーわ。あの野郎、正気に戻ったら説教だ）

とりあえずいまは、もうひとり説教をしなければならない相手もいる。綾川は降矢に向かって「ちょっとこい」と顎《あご》をしゃくり、白瀬のいる席から離れた、人気《ひとけ》のないトイレまえへと向かった。

手洗い場、と書かれたドアのまえは喫煙所も兼ねていた。箱庭ふうのディスプレイがなされ、手水《ちょうず》を模した水道の脇には灰皿がある。木製のしゃれたベンチに腰かけた綾川は、猛烈な勢いで煙草をふかし、険しい声で叱責《しっせき》した。

「……おまえさ、あんなとこでセミナー講師にガンつけんなよ！」

「すみません」

口だけは謝りつつ、すでに降矢は隠しようもなくぶすっとしている。教師に怒られる高校生か、と綾川は頭が痛くなってきた。

「すみませんじゃねえよ。なに考えてんだ、接待の場で」

あきれを隠さず睨みつけると、降矢は自分でもおとなげないとわかっているのか、言い訳じみたことを口にした。

「悪いとは思ってますよ。でもあいつ、仕事仲間っつうよりゲイ友じゃないですか」

あ、やっぱり。などと思ったことはおくびにも出さず、綾川はあえてしかつめらしい顔を作る。

「それがどうしたってんだよ。弘にも……ああいや、齋藤にもダチのひとりやふたり、いたっていいだろが」

名前を呼んだくらいで睨まないでほしい。しかたなく言い直しながら、悋気もすぎる男に綾川はやるせなさを覚え、深々と煙を吐いた。二年もの間胸焼けがしそうなくらいべたべたしているくせに、相変わらず降矢は暑苦しい。

「あのなあ、なんでそう、誰彼かまわず妬くんだよ」

「齋藤さんがゆるすぎるからですよ。俺がもともとノンケだったからって、バリケード張りめぐらしまくってたくせに、ご同類にはあんなぐにゃっぐにゃで」

「ガキかおまえは。だいたい白瀬さんがゲイだったにしても、どう見たってありゃネコだろ」

ついでに言えば、コナをかけられたのは齋藤ではなく自分だとも言えず、こんな場所で専門用語まるだしの濃い話をしている自分にも遠い目になる。綾川が煙をふかしていると、降矢は暗い声で吐き捨てた。

「あっちの連中ってタチネコ関係ないところもあるみたいですから」

「え、そうなのか？」

「あんたのほうが詳しいんじゃないんですか、いろいろ」

「知りたくて知ったわけじゃねえっつうの……」

じろりと睨まれて、綾川はうんざりした。かつてふたりがこじれて膠着《こうちゃく》した際、起爆剤になればと齋藤の男遍歴を教えて脅したことで、降矢にはちょっと——いやかなり、恨まれているらしい。

ついでに言えば、綾川が齋藤の初恋の相手だというのも気に入らないようだ。たしかに齋藤には、中学生のころカミングアウトのついでのように告白されたことがある。だが、当時すでに彩花とつきあっていたため、綾川はすっぱりと断った。

降矢はそのことを知って以来、無駄に悋気を燃やしているようだが、そもそも十三歳の少年が十五歳の少年に恋心を抱いたところでごく淡いものでしかなかったし、齋藤にしても「あきらめるために言いたかった」と最初から玉砕《ぎょくさい》前提の告白だったのだ。

(けっこう根に持つよなあ、こいつ)

いまはラブラブなのだから、どんとかまえていればいいものを。ため息をつきつつ、ヒートアップしている男を綾川はたしなめた。

「ともかく、弘はいまはおまえひと筋なんだから、それでいいだろが。嫉妬もすぎると見苦しいぞ」

「しなきゃしないで拗ねるんですよ、あのひとは。っとにめんどくさい……」

なぜに接待の場で幼馴染みと部下の痴話げんかの愚痴を聞かねばならんのか。さらに遠い目になった綾川は、やっていられないと吐き捨てた。

「俺がめんどくせえよ！　めんどくせえならさっさと別れろ！」

「いやです」

色恋沙汰を仕事に持ちこむなと厳命したかったが、そこだけきっぱり即答する降矢にはなにを言っても無駄な気がした。

「会計しとくから、もうおしぼりもらって戻れ！」

降矢の頭を小突いて追い払った綾川は、長い脚を放り出してがっくりとうなだれた。

気分がささくれてしかたなく、食事中ゆわいていた髪をまたほどき、わしわしと乱暴にかきまわす。長い髪がカーテンのように顔のまわりを覆い、苦虫を嚙み潰したような表情を隠した。

「あー……もう、やだ、あいつら」

(変わっていって寂しいとか、本気でないわ)

しち面倒くさい幼馴染みは、まだまだ当分、綾川の手をわずらわせるようだ。つい数時間まえに感じた寂寥《せきりょう》は、ただの勘違いだったらしいとため息が出る。

だが、綾川の苦労はこれだけでは終わらなかった。

会計をすませて席に戻ると、さらに青くなるような事態が待ち受けていた。

「あ、あの、あのふたりは」

テーブルのうえの料理は、すでに片づけられていた。残っているのは白瀬と彼の手元のグラスだけで、齋藤と降矢の姿はない。

「さきに帰っていただきました。齋藤さんがもう、かなり酔ってらしたので……」

接待相手を放置で帰宅。綾川は血の気が引き、眩暈《めまい》すら覚えた。

いますぐ、本気で、首にしたい。ふたりまとめて懲戒解雇《ちょうかいかいこ》だ。そう思ったとしても、誰も綾川を責められないだろう。

「本当に、申し訳ありません！」

真っ青になって深々と頭をさげると、白瀬は困ったように「あはは」と笑った。

「そんな、齋藤さんとは知らない仲でもないですし、そこまでされなくても」

「いえ、仕事は仕事ですので。友人であることにあまえるようなことは、あってはなりません。後日、この件については、正式に謝罪を――」

「……困ったなあ」

ふう、と長いため息をついた白瀬の声が、トーンを変えた。はっとして顔をあげると、そこには夕方見つけた、濡れたような目がある。

「遠慮する降矢さんに、帰っていただいていいと勧めたのはぼくです」

人称が変化したとたん、まるでひとが変わったようにも思えた。黒目勝ちの目がすうっと細められ、頬杖をつく姿や所作のすべてがなまめかしくなる。

（なんだ、これ）

清潔で誠実そうで、人好きのする彼とは別人のような色気に圧倒され、綾川はろくに反応もできず、棒立ちになった。

「綾川さんと、もうちょっとお近づきになりたいと思いましたので。いけませんでしたか」

「いや、そんなことは」

重力を感じさせないような、なめらかな動きで白瀬は立ちあがった。まなざしに気圧《けお》され、硬直していた綾川の肩に、手がかかる。肩のしたでゆるく波打つ髪のひとふさを、細い指にそっと巻きつけていた。

「直接お会いして、とてもすてきな方だと思ったので……できれば、個人的にも、おつきあいしたいところなんですが」

やばい、キスされる。と予想した瞬間には、もう唇が触れていた。驚きに目を瞠り、反射で逃げようとしたとたん、髪を引かれてさらに深く奪われる。

「う……っ」

不意打ちをくらって無防備になっていた唇には、すぐに濡れたものが滑りこんできた。

（いや、待て、待て待て待て）

想定外すぎて動けない。身長差のせいで深く首を折ることになった綾川は、背筋に痛みを感じつつ、それどころではない混乱に見舞われていた。

白瀬の舌は、さきほど口にしていた果実酒の香りがした。たっぷりと唾液に濡れてなめらかで、動かす方向を変えるとすこしざらりとした味蕾《みらい》の感触。

なまなましい、ひとの、他人の、舌の味だ。この数年、ひとりで父親と母親を同時にこなして、もうそんなものは忘れてしまっていた。

だというのに、これはいったいなんだろうか。

（ちょっ、腰に、なんか）

覚えのある電流が走り、綾川はぎくっと背中を強ばらせた。このままではのっぴきならない事態に陥りかねず、それはそれでアイデンティティの危機だ。

そして、状況のまずさにも冷や汗をかく。いくら個室仕立てとはいえ、背の高い綾川の頭はパーティションのうえから見えかねない。

（とにかく、ストップだ、ストップ）

白瀬の肩に手をかけると、その薄さにも驚いた。あまり乱暴にすると怪我をさせかねないが、そよぐように動くなまめかしい舌から逃れるべく、綾川はぐっと手に力をこめた。ねっとりと吸いついていた唇をどうにか引き剝がし、肩で息をしながら腕の長さぶん距離をとる。

「……っあの！　ま、ままま、待ってくださいあのっ」

　ぶざまなほどに動揺する綾川を見つめ、白瀬は濡れた唇をぺろりと舐めた。

「強引でした？　こういうの、おきらいですか」

「いやっ、ま、まっ……俺、俺はそっちじゃない！」

「え？」

「だから、男が好きなわけじゃないんだっ」

　あわてるあまり、言葉を選んでいる余裕すらなかった。ぽかん、とする白瀬は意味がわからないというように、「え、でも」と目をしばたたかせて綾川の股間に触れてくる。

「応えてくださったように思ったんですが」

　するりと撫でる、その手つきが絶妙すぎた。一瞬走った痺《しび》れにあわて、もはや恥もなく、わっと叫んで綾川は飛びすさった。

「いや、これは不可抗力でっ。っていうか、妻が亡くなってからもう何年も……っていや、それはどうでもいいんですが！」

「……つま？」

　きょとん、と白瀬は目をまるくした。齋藤からは、綾川の詳しい事情は聞いていなかったらしい。友人がべらべらと個人事情を話すタイプでなかったことは喜ばしいが、こんなことなら言っておいてほしかった、と綾川は身勝手に考えた。

無邪気にすら見える表情には、さきほどの妖しいまでの色気は残っておらず、綾川は肩からどっと力が抜けるのを感じた。

「あー、ええと、ですね。俺、子持ちのやもめでして。女装はあくまで行きがかり上というか、子育ての一環からはじまってまして」

「……こそだて。で、女装?」

とんとん、と白瀬は自分の細い人差し指で、さきほど濡らしたばかりの唇をつついている。考えこむときのくせなのかもしれないが、妙にかわいらしい仕種だった。

「あの、もしかして、お子さんがお母さんを寂しがって、代わりにとか?」

「そのとおりですっ。で、以前は余裕がなくて会社で子育てしてたんで、取引さきに女装のまんま出ていくしかなくて、そのうちあんな事態にっ」

とにかくこの事態をどうにかすべく、綾川は自分の事情をまくしたてた。白瀬はやはり目をまるくしたまま聞いていたが、さきほど妖しく光った目が、おかしそうにくしゃりと歪む。そして、唐突に笑いだした。

「は……あはは! なんだ、すみません、見こみ違いしちゃった」

けらけらと笑う声に邪気はなく、本気でおもしろがっているようだ。ひとまず、あの圧倒的な色気が霧散《むさん》したことにほっとして、綾川は再三詫びをいれた。

「いやあの、本当に誤解をさせて申し訳ない」

「それはこちらですよ。ああ、失礼してしまいました。すみません。忘れてくださると、ありがた……」

ぷーっと、また白瀬は噴きだした。いったいなにがどうなっているのかわからず、綾川のほうがぽかんとなってしまう。細い身体を二つ折りにして、彼はひくひくと笑い続けた。

「そ、そうか。さ、さっき、いいにおいだなと思ったの、子どものにおいだ」

「え……？」

「べ、ベビーパウダー、使ってませんか」

笑いすぎて引きつけを起こしつつの質問に、綾川はうなずいた。

「あ、はい。うちの子、肌が弱くて、あせもができるんで、夏場は毎日」

「あー、やっぱりそうか……あはは、あははは！」

そこまで受けなくてもいいだろうというくらいに、白瀬は遠慮無く大笑いしていた。だがその大口を開けたばか笑いのほうが、穏やかそうなアルカイックスマイルや誘惑的な微笑よりも、綾川には好ましく思えた。

茫然《ぼうぜん》としている綾川に気づき、白瀬は「すみません」とどうにか笑いをおさめた。それでもまだ笑いの余韻《よいん》に唇を震わせている彼へ、綾川はおずおずと切りだした。

「ああ、ええと。きょうのことと、今後の仕事の件は」

「綾川社長が気にせずいてくださるなら、むろん、ふつうにおつきあいいただけると嬉しいです。こちらのほうが失礼したんですから」

長い息をつき、目尻に浮かんだ涙を拭った白瀬は「セクハラのお詫びに、次回のスケジュールは優先させていただきます」と言った。

「え、それとこれとは」

「いえ。『グリーン・レヴェリー』さんとは、いいおつきあいをさせていただきたいので。水に流していただけると、嬉しいです」

やわらかく微笑んだまま、白瀬は手を差しだしてくる。ずいぶんさばけた性格らしいと綾川は感心してしまった。これが齋藤なら、いたたまれずに走って逃げているところだろう。

(百戦錬磨《れんま》ってやつか？　慣れてんだろうな)

女にももてそうだと思ったが、このルックスなら男にももてるだろう。いずれにせよ、水に流してくれるならこちらのほうがありがたい。

そう思った綾川が握手に応えようとしたとき、彼の手が小刻みに震えているのに気づいた。まだ笑っているのだろうかと顔を見たとたん、間違いに気づく。白瀬のポーカーフェイスは、耳や顔の赤みまでは消し去れなかったらしい。

(違うのか。誤解して、恥ずかしくて、笑ってごまかしたのか)

それとも、勘違いをした自分自身がおかしくて笑ったのかもしれない。いずれにしろあまりじょうずなごまかしとも言えなかったが、綾川は、動揺しているのを必死に隠そうとする白瀬を好ましく思った。

ちょっと恥をかいたけれど、すました顔でやりすごそうとする大人な相手はきらいじゃない。そして、そのやりすごしかたがへたな相手も、やっぱりきらいじゃない。

「こちらこそ、今後ともよろしく」

しっかりと手を握り、笑いかけると、薄い肩がほっとしたように力を抜いた。

世慣れて見えた男の、意外な不器用さは、綾川の胸にくすぐったい好感を植えつけた。

＊　＊　＊

白瀬との業務請負契約を正式に結んだのは、珍妙なハプニング含みだった飲みの席から二週間後のことだ。

現在『グリーン・レヴェリー』で雇用している施術者たちに講師としてレクチャーするほか、まずはテスト的にサロンでヒーリングサービスを行うこととなった。

直営のカフェでも、週一回のサービスイベントを行うことになり、そのなかに『彩』のアロマテラピーと絡めた白瀬のパフォーマンスを含めることも決定。

そのイベントの売り込み文句や提供するサービスの詳細を決めるにあたり、白瀬もまじえての一回目の会議が開かれた。

「いきなりの新規サービスより、お披露目《ひろめ》があったほうがいいだろ。で、まずはどうユーザーにアピールするかだな」

会議室も兼ねた三階の取締役室に、綾川の声が響き渡る。

「すでにスケジュールは決まってる状態だけど、『彩』のイベントで白瀬さんの音叉セラピーを紹介したいと思ってる。タイムスケジュールの調整は可能だろ？」

降矢に問いかけると「できます」との即答が返ってきた。

いまはもうじき学生たちが夏休みにはいるという時期だが、九月の末には齋藤のアロマテラピーイベントを催すことはすでに決定している。準備期間までは二カ月弱しかないけれど、そのなかのミニコーナーで音叉セラピーを紹介したいと綾川は提案した。突発の話でも融通《ゆうずう》が利くのがちいさい会社のいいところだ。

綾川は先日受けたセミナーで引っかかった点を、今回は忌憚《きたん》のない言葉で述べた。

「とりあえず、宇宙だなんだのって触れこみになると、引くやつがいるのはたしかだから、この音の共鳴ってところと、音波の周波数？　そのあたりを売り文句にしていきたい」

なるべく、カイロプラクティックからはじまった治療法だという面を押し出し、振動が凝りに効く、という点を売りにしていこうと決める。

「スピリチュアルな話は、毛嫌いするひともいますからね」

ちらりと綾川を見て笑ってみせる白瀬に、「毛嫌いまではしてないですよ」と綾川は反論した。

「個人的なファンタジーについては好きにすりゃいい。信じないやつは信じないし。不信心ってのもある種の宗教だと俺は思うんですけどね」

「なぜ？」

「ぜったいにないということを信じてるからでしょ。じゃなきゃ、俺みたいに適当だ」

ふざけた言いざまに、「適当なんですか？」と白瀬は笑う。

「適当、適当。きちんと崇める相手はいなくても、なにごとかあれば神頼み。まあそれも、叶わないことが大半だけど」

綾川の言葉に白瀬がふっと眉をくもらせた。その瞬間、妻を亡くしたという話を彼が思いだしたのだと気づき、深読みや同情はいらないと、綾川は明るく笑ってみせる。

（変に気を遣われてもなあ）

状況が状況だったとはいえ、いささかプライベートな話をしすぎた気もする。とはいえ、あの場ではしかたがなかったことだと綾川はどうにか割りきることにした。

「じゃあとりあえず、インフォメーションのための下案、提出をお願いします。詳しくは降矢のほうと打ちあわせて」

「了解しました」

白瀬と降矢が同時にうなずき、議題は次に移った。

「いま使用しているオイルのほかに、飲めるエッセンシャルオイルも取り入れたいんです。オーガニック百パーセントで原液塗布もできるタイプを見つけたんですけど」

ミントやレモンなどのタイプであれば、水に垂らしてサービスドリンクにすることもできる、と発言したのは直営リラクゼーションサロン『彩―sai―』の店長、小野だ。

「飲む、ってオイルを水にいれてか？　えぐくないのか」

「言われると思って、持ってきました。試飲してみてください」

ミントオイルを垂らした水を飲んでみると、思ったよりは油っこさもなく、すっきりしたあと口だった。

「でもこれなら、ミントティでいいんじゃない？」

「じっさいにドリンクとして提供するかどうかはさておき、売りにはできると思います」

フランスのメディカルアロマを取り入れたエッセンシャルオイルの会社は、まだ日本での直営店が少なく、希少性も高いのだと小野は言った。

「場合によっては、うちと直売契約するのもありかと思うんですけど」

けっこうな入れこみようだが、ざっと見た販売価格に綾川は顔をしかめる。レアアイテムとしても、これをアロマテラピーの全身マッサージにがんがん使うとなると、かなり厳しい価格だったからだ。

「コスト的にはどうなんだ？」

「試算表は作成しましたので、検討お願いします」

提出された書類では、一応予算内におさまってはいる。小野なりに考えたのだろうことは知れたが、売りあげとしてはいささか綱渡りのようなものを感じた綾川は「もうすこし考える」という返答にとどめた。

その後もいくつかの企画を提案されたり、却下《きゃっか》したり採用したり、とディスカッションは続き、午後になったところでこの日の会議は終了した。

「……それじゃ、本日の会議はここまで。懸案事項については、来週また返答する」

綾川が放った解散のひとことで、それぞれに部屋を出ていく。腰を浮かせかけた白瀬に、綾川は声をかけた。

「白瀬さん、このまま残っていただいてよろしいですか？　ついでに契約書、確認してほしいので」

「あ、はい」

部屋に残ったのは、先日の飲み会のメンバーと同じ、男四人だった。すでに口頭では確認してあった契約内容を記した書面を渡すと、しっかりと読みながら白瀬は疑問点などを口にし、降矢や綾川がそれぞれに答える。

「――では、月々の契約料のほかに、イベントの出演時には別途、出演料としてお支払いするということでよろしいでしょうか？」

「了解いたしました」

「音叉セラピーのワークショップについては、人数ではなく一回ごとの契約料となっておりますが、その点も問題ないでしょうか？」

手際よく迅速に契約書類を作成したのは降矢だ。一度目の打ちあわせの席で、互いの条件になんら不満はなく、すんなりと話はまとまった。

ちなみに個人で音叉セラピーを習いにいくと、一回の講習にひとり三万円程度はかかると聞き、綾川は青くなった。だが細々したことを包括《ほうかつ》しての継続契約にすることで、白瀬にはかなり譲歩してもらった形になったが、彼自身は「なにも問題はないです」と笑った。

しかし、あまりにあっさり了承する白瀬が心配になったのか、同席した齋藤がいらぬことを言いだした。

「白瀬さん、こっちが言うだけ言ってるけど、無理はしてない？」

綾川が軽く睨むと、白瀬はくすくすと笑った。

「問題ないから了承したまでですよ。本社会議には週にいちど、同じ日に数時間のレクチャーなら、ふだんの施術にも影響ありませんし」

「なら、いいんだけど」

ひどく心配そうな齋藤に、綾川は思わず雑ぜ返す。

「ひとのことより、自分はどうなんだ」

「え？」

「本の企画書、まだ煮つまってねえんだろ」

　ぎくっとしたように齋藤が顔を強ばらせる。もともと、のほほんと庭いじりをしてハーブを育てていられればいい、というのが本音の彼は、自分の名前が冠される企画本について、どうにも及び腰だった。それでも三冊目、もういいかげん慣れたと思っていたのに、どうも今回は仕事が遅い。

「なにぐずぐずしてんだよ。まだレシピのストックもあるし、ちゃちゃっとまとめればいいだろう」

「だって……今回は、写真メインにしたいとか言われるから……」

「料理のか？　だったら書く文章の量もすくなくていいんだから、助かるだろ」

　なんの気なしに言ったのだが、そのとたん綾川は齋藤からじっとりとした目で睨まれた。ただならぬ気配に思わず顎を引くと、低い声で齋藤は吐き捨てた。

「料理とかハーブの写真じゃなくて、俺の写真だって言われたんだよっ」

　齋藤は、『彩』としてどれほど有名になろうとも、ひとまえに顔を出すのをいやがっていた。それを降矢が根気よく説得し、直接客と顔をあわせるイベントに出たり、自分の本の著者近影まではどうにか認めるようになったのだが、そこまでが限界で、どんなに依頼があろうとテレビには出たがらなかった。

「いまだってもう限界なのに、これ以上ひとまえに出るのはいやだ」

今回の本は臨場感を出すため、料理を作っている状況そのものを撮影し、掲載したいと言われたのだそうだ。

「あー……そりゃ、困ったな」

さしもの綾川も、今回は強く言いきれなかった。

ここまで齋藤がいやがるのは、単なる容姿のコンプレックスばかりではない。

かつて彼は自分のセクシャリティに悩むあまり、無茶な遊びをしたことがあった。そしてタチの悪い男に引っかかったあげくインターネットの掲示板に社名や本名などの素性をばらされ、言いたい放題のことを書かれたのだ。

以来齋藤は、自分という存在が表に出ることをますますいやがって、非常に怯《おび》えるようになってしまった。

大抵のことなら叱りつけてやらせる綾川でも、これぱかりは強く言えない。どうしたものか、と降矢ともども困り顔になっていると、白瀬が涼やかな声でこう言った。

「どうして？　撮ってもらえばいいじゃないですか」

さらっと告げる彼に、綾川と降矢は「いや、それは」と言いかけて口をつぐんだ。白瀬が齋藤とどこまで親しいのか、どの程度の事情を知っているのかわからない以上、それは無理だと言うわけにはいかないからだ。

だが、さらに続いた言葉で白瀬もまた事情を承知のうえだとわかった。

「昔、ネットで叩かれたからなんだっていうんですか。もう顔出しも何度かしたでしょう？」

「で、でも……また噂になったら……」

「それについては綾川社長もいらっしゃることだし、気にすることもないと思いますよ」

この会社にはゲイがいる、と言われたところで、痛くも痒くもない話だ。綾川は女装姿のままバラエティ番組にも出ているし、雑誌のインタビューなども宣伝のために逆に利用している。

子どもがいることも知られているが、大半の人間にはゲイだと思われているだろう——事実、それで白瀬は綾川に迫ってもきたのだ。

「そもそも『彩』の人気はあくまでブログでの人徳や、提供するサービスにあると思います。ネットで悪口言うしかできないような男が、数年まえのあやふやな情報で中傷したところで、なにか困ります？　それにいまさらですよ齋藤さん。言われるならとっくに言われてます」

表情も穏やかだし、けっしてきつい口調でもない。だが白瀬の言葉には逆らえない空気があった。綾川も降矢も口をはさめずにいると、齋藤はもそもそと「困ることはないけど……」とうつむいてしまった。

「あなたの価値はその程度で揺らぐものじゃないんだから、堂々としていればいいんです。

何度も、そう話したでしょう？　プロの方にまかせれば、あとはきれいにかっこよく撮ってくれますよ」

「……はい」

「じゃあ、これで問題ないですね？」

齋藤がふたたび神妙な顔で「はい」とうなずいたことに綾川は驚いた。唖然としていると、白瀬がちらりと綾川を見て、軽く首を振ってみせる。

（いまはこの話にさわるなってことか）

目顔で了承を伝えると、にっこりと笑って彼は話題を変えた。

「次にわたしがこちらに出向くのは、来週の同じ時間ですね」

「え、ああ、はい」

「では、それまでに降矢さんのほうに、企画書の下案をメールさせていただきます。それと、申し訳ありませんけれども、きょうは施術の予約がありますので、これで……」

腰を浮かせた彼に、綾川は「外までお送りします」と立ちあがる。降矢と齋藤には残ってさきほどの話をつめておくようにと告げ、ふたりはその場をあとにした。

階下に降りる途中、階段の踊り場あたりで白瀬が声をひそめたまま話しかけてきた。

「……さっきの件ですが、よけいな口出しをしてすみません」

「ああ、いいえ。逆に助かりました。ただ、驚きましたけど」

たとえ不承不承《ふしょうぶしょう》という態度であれ、白瀬はあの齋藤に顔出しの話を拒否させなかった。いままで自分や降矢が、なにをどう言って聞かせてもだめだったのに、いったいどうして……と綾川が問いかければ「何度か、相談を受けたので」と白瀬が苦笑した。

「先日の打ちあわせのあとも、この件でお電話いただいてたんです。齋藤さんも友人にというより、カウンセラーとして話を聞いてほしかった部分もあったようで」

「カウンセラーもやってらっしゃるんですか？」

「一応、資格だけは持ってます。施術の際、必要な面もあるので……それから、さきほどは失礼しました」

なるほどとうなずきつつ、白瀬の話術が巧みなのはそういうことかと納得していた綾川は、彼が気まずそうな顔で述べた謝罪の意味がわからなかった。

「え？　なにがですか」

「ゲイばれについても、綾川社長がいるからいいだろう、みたいなことを言ってしまって」

「ああ、なんだそれですか。べつにいいですよ。半分は、それが狙いでしたし」

どういうことだと目をまるくした白瀬に、綾川は過去の経緯を説明した。

「あのばかが枕探しした男に名刺抜かれて、金を盗れなかった腹いせに、ネットで素性ばらされたのはもう、ご存じですよね？」

「ええ、それはうかがいました」

「個人情報は掲示板の管理者に通報して、早めに削除されてますし、ゲイコミュのBBSだったからさほど話は拡がりませんでした。でもあいつ、もう神経がおかしくなるんじゃないかってくらい、怯えてたんでね」

綾川は当初、『女装社長』としてメディアに取りあげられるのを拒んでいた。だがあえて表に出たのは、齋藤のためのカモフラージュでもあったのだ。

狙いは大成功で、ネットの噂でもお茶の間の風評でも、ゲイであるのは綾川だ——ということで落ちついた。

「綾川さんは、それでよかったんですか？」

「最初のうちはうるさかったけど、俺はけっきょくは、ただの中小企業の社長で、人気商売ってわけでもない。テレビでおもしろおかしく取りあげられたところで、製品を購入したり、カフェにくる客にはあんまり関係なかったようなので」

むしろ『彩』のイメージが壊れるほうが、よほどダメージがあっただろう。すぐに削除された掲示板の投稿内容は『淫乱』などと齋藤を罵《ののし》り、下品で卑猥《ひわい》な、悪意にまみれたものだった。

「変な話ですけど、女装してようがなんだろうが、仕事ちゃんとして子どももちゃんと育ててりゃ、誰にも文句言われる筋合いないですし。本当の俺を知らない他人にどうだこうだ言われたところで屁でもない。それにいまとなってはもう、俺自身と女装社長がだんだん、結びつかなくなってきてますしね」

もともと取引の場や打ちあわせなどで女装することはすくなく、近しい相手には、あくまで受け狙いのパフォーマンスだと言うと「捨て身ですねえ」と笑われて終わりだった。問題はなにもないと笑う綾川に、白瀬は目を細める。

「強いですね」

「まあね、父親ですから」

綾川を見あげていた白瀬は、その言葉に一瞬、せつなそうな目をした。理由はわからなかったが、なぜだか綾川はどきりとする。

「……そうですね。お子さんが、いちばん大事だと思います」

だがすぐに、あのアルカイックスマイルを浮かべてみせるから、見間違いかと思ったくらいだった。

「小学生でしたっけ？　お名前は、なんていうんですか」

「寛です。自分の名前から一文字とって」

「男の子さんですか」

にこやかに子どもの話を聞いている白瀬は、ときどき妙に感傷的な顔をする。彩花を亡くしたことに、同情でもしているのだろうか。

（あんまり過剰に反応されるのも困るんだけどな……それともカウンセラーだからか？）

だが綾川がそれに触れるなと示せば、ちゃんと引いてくれる。ひとに立ち入りすぎないすべをしっかり持っているのだろう。

むろん、最愛の彼女が急逝《きゅうせい》したことは、綾川にとっていまでもきつい思い出だ。けれどもう四年が経ち、すでに彩花のいない日常に慣れはじめている。それを寂しいと感じることもあるけれど、寛の存在が綾川を救ってくれている。

「日が落ちるのが早くなってきましたね」

「相変わらず、暑いですけどね」

外に出て、他愛もない話で間をつなぐ。次回はよろしく、とお互いに挨拶を交わし、ほっそりとした彼が会釈して去っていくのを見送った。

ひとりになったとたん妙な疲れを覚えたことで、綾川は自分が緊張していたのを知る。

「……まー、まったくなんにもなかった顔、してくれたよなあ」

つぶやいて、がりがりと頭を掻く。

強引にキスを奪われて以来、顔をあわせるのはきょうがはじめてだが、白瀬は終始涼しい顔をしていた。ふたりきりになったところで先日の夜のことをにおわせる真似もしなかった。いっそ見事なまでに『なかったこと』として振る舞う白瀬に、なかば感謝し、なかば気が抜けたような気分にもなった。

それでも白瀬が、しっかり引き際を心得た大人でいてくれたのはありがたい。

このままあたり障りなく、うまくつきあっていければいい、と綾川は思っていた。

＊　＊　＊

数日後の日曜日、綾川は息子の寛とともに、渋谷《しぶや》に買いものに出かけていた。

成長期の子どもは日に日に背が伸び、あっという間に大きくなる。すでに数カ月まえの服も窮屈になってきた愛息子《まなむすこ》は、ひさしぶりに父親と出かけられてご機嫌だった。手をつないで歩きながら、そわそわと問いかけてくる。

「おとうさん、きょうはずっといっしょですか？」

「ん、休みだからな。夜までずっと、いっしょだ」

その瞬間、寛はぱっと顔を明るくする。ふだんは綾川の母であり寛の祖母である知美《ともみ》に面倒をみてもらっているが、彼女とは同居しているわけではない。

「いつも、お父さんいなくて、ごめんな」

「ううん。だいじょうぶです。ごめんはいらないです」

ときどき、タイミングによってはひとりで留守番をさせることもある。寂しいなどとだだをこねることもないからよけいに不憫《ふびん》で、ちいさな頭を何度も撫でる。子ども特有の、つるつると手触りのいい髪をかきまぜると、寛は嬉しそうに笑って首をすくめた。

「あっ、おとうさん。あそこです、あそこ」

ちいさな手に引っぱられ、綾川は息子がエスカレーターで転ばないようにしっかりとその手を握りしめた。

この日の最大の目当ては、デパ地下スイーツ、限定販売の芋ようかんだ。国内産の高級芋を、和菓子職人が丹念に練り、こしらえた逸品は人気が高く、すぐに売り切れてしまう。

オーガニックカフェでスイーツ製作担当の山脇からも太鼓判《たいこばん》を押される美味な菓子は、寛の大好物だった。

「んじゃいくぞ、寛！」

「はい！」

しっかりと手を握り、目当てのコーナーへと近づいた父子は、すでにひとでごった返している売り場のなかを、芋ようかん目指して進んだ。

しかしさすがに休日の人気コーナー、みっしりとつまったひとの波に、なかなか進めない。

「おとーさん、早くっ」

「い、いや、無理……っつか、これじゃ売り切れかどうかもわかんねえな」

母親に似たのか、はたまた年齢か。小柄で小回りのきく寛はともかく、一九〇センチ近い男は、女性客がひしめくこの手の場所では身動きがとりづらい。だが目的の和菓子は寛と母親の好物であるし、なんとか手にいれたかった。

綾川はしゃがみこむと息子のちいさな頭を引き寄せ、重々しく命じた。

「よし寛、作戦〝U〟でいくぞ！　まだ芋ようかんがあるか、見てこい！」

「はい！」

びし、とちいさな手で敬礼した寛は、小型ロケットのように飛んでいき、女性客の隙間を縫ってコーナーへと近づいていく。ちなみに作戦〝U〟とは――〝鵜飼《うか》いの鵜〟作戦の略だ。この場合、綾川が鵜飼いで、寛が鵜の役割となる。

むろん寛には、他人の迷惑にはならぬよう騒ぎすぎたり暴れないように、ひとにぶつかったりしないように、とは言い含めてある。そして作戦成功の合図は、『かけ声』だ。

「おとーさん、あったですよーっ！　いっこだけあった！」

「すぐいくから待て、待て」

はしゃぐ寛の声に苦笑しながら、ぴょこぴょこと手をあげる息子のところへ向かう。なんとか目当ての売り場まえに近づいたところで、寛の頭を「えらい」と撫で、化粧箱にはいった高級芋ようかんに手を伸ばした、そのときだった。

「あれ」

人気商品、最後のひとつに同時に手を伸ばした相手がいた。すわライバルか、と視線をあげた瞬間、「あっ」と相手も驚いた声を出す。

「綾川さん？」

その相手は、白瀬だった。そして男がふたりして、芋ようかんの箱のうえで手を重ねていることに気づく。

「あ、どうぞ。買われるんですよね」

「いえいえ、そちらが……」

気まずく手を離し、無駄にゆずりあっていると、寛が綾川のシャツのはしを引っぱった。

「おとうさん、買わないですか？　さくせん、しっぱいですか？」

「え、あー……」

眉をさげた息子の顔に、ちらっと白瀬を見ると、なぜか彼は茫然として固まっている。視線のさきはと言うと、しょげた顔でいる寛だ。

「白瀬さん？」

「あっ……お、お子さん、ですか」

笑顔のポーカーフェイスとでもいうべき白瀬は、ほんの一瞬だけ動揺をあらわにしていた。だがすぐに立ち直り、不思議そうな寛と目をあわせると、くすくす笑いながら「ここは、ボクの勝ちですね」と言った。

「綾川さんがどうぞ」

「あ、はあ。すみません。寛、ゆずってくれたから、お礼言いな」

「ありがとーございます！」

ぺこっと頭をさげた寛に、白瀬は思わずといったふうに笑み崩れた。

「かわいいですね、こんにちは。寛くん、何歳ですか？」

「ろくさいです！」

元気よく答えた寛に目をあわせていた白瀬は、ふと周囲のひとだかりに気づいたように視線をめぐらし、そっとちいさな手をとった。

「いい子だ。……パパがお会計する間、あっちで待ってようか？」

「いや、そんな、申し訳ない」

ちいさな子どもが混雑したなかにいるのは、本人も危ないし、周囲にも迷惑がかかる。気遣わせたことにあわてた綾川が遠慮するより早く、無邪気な寛が言った。

「ぱぱじゃないです！　おとうさんです！」

「そうだね、お父さん、いっしょに待とうか」

目顔で「気にしないで」と告げられた綾川は、苦笑で詫びて会計をすませた。袋にいれられた芋ようかんを手にふたりを探すと、コーナーの脇にある休憩スペースで笑いあっていた。

「そっか、作戦だったのか」

「はい、せいこうしました！」

機嫌のよい寛の声に、綾川の顔もほころぶ。綾川に似たのか妻に似たのか、息子はもともと人見知りはしないけれど、初対面の男相手にああもご機嫌なのはめずらしい。

（つくづくおしゃれな男だな）

チェックのシャツにスキニージーンズと、レザーハイカットスニーカー。スタイルがよくなければ着こなしがむずかしいスキニーだが、白瀬はさらっと身につけている。だが、それが汚れるのもかまわず、床に片膝をついて寛と目をあわせていることにこそ、感心した。

（子どももぎらい……って感じじゃねえしな）

さっきの反応はなんだったんだ――と綾川は自問する。白瀬は寛を見て、凍りついたようになっていた。なにがあんなにも彼を驚かせ、動揺させたのだろう。

（子どもいるって信じてなかった、とか？　いやそういうたぐいの話じゃねえし）

ノンケだという話を信じてなかったということだろうか。それにしては驚きがすぎる、と悶々《もんもん》としながら考えこんでいる綾川に気づいたのは、寛のほうが早かった。

「おとうさん、こっち！」

「すみません、なんか、子守させちゃって」

「そんな。たいしたことしてませんよ」

近づくと白瀬がさっと立ちあがる。そして綾川の手にした戦利品に目を止め、微笑んだ。

視線に気づき、綾川は苦笑する。

「さっきも言いましたが、ゆずっていただいてありがとうございます」

「あは、いえいえ。ここの芋ようかん、おいしいですよね」

「おいしいです！」

会話にはいりたいのか、寛がぴょこぴょこと跳ねる。それを見おろして「よかったね」と微笑む白瀬は、本当にやさしげに目を細めている。正直、彼の常に穏やかな笑顔はどこかうさんくさいと感じていた綾川ですら、一瞬見とれそうなくらい、いい笑顔だった。

「こんなに喜んでるんだから、寛くんといっしょに食べてください」

「よかったんですか？　おつかいものとかだったんじゃ」

「あ、いえ。自分で食べようと思っただけなので。わたしは、また次の機会にしますから」

社交辞令が終わると、会話がぶつっととぎれた。先日のきょう、という感じで、綾川にしてみるとどうも気まずい。

「ええと、近くにお住まいですか？」

「ああ、はい。住まいは、仕事場と同じなので」

「あ、そうか。用賀《ようが》でしたっけ。じゃ、うちともわりと近いんだ」

間抜けなことを訊いてしまった。あせった綾川がわざとらしく明るく言うと、白瀬も「そうですね」と微笑む。

だが、言葉はそこまでだった。またもや会話がとぎれ、どうしたものかと相手をうかがった綾川は、白瀬が微妙に視線をはずしているのに気づいた。

どうやら、平然とした顔ではいるものの、白瀬もうまく話を続けられないらしい。

（まあ、そりゃそうだよな）

つい先日、会社で顔をあわせたときには涼しい顔をしていたが、あれも白瀬なりに平静を装《よそお》っていたということなのだろう。もともと予定のうえでの会議ならば覚悟もしていただろうし、公の場でそれなりに取り繕うこともできる。

だがこの日はお互いプライベートで気を抜きまくり、しかも予想外の顔あわせだ。

（いたたまれねえのは、どっちも同じか）

そもそも誤解のうえとはいえキスした仲で、しかも誘いをはね除けてしまったのだ。気まずくならないわけがない。わざとではないにせよ、誤解されやすい状況を作ったのはこちらのほうで、綾川もかなり動揺したけれど、彼が恥をかいたと感じたことは間違いないだろう。

そういえばキスをされたあとも、笑ってごまかしながら白瀬の手が震えていたことを思いだした。ポーカーフェイスは得意なのかもしれないが、完全にしらを切りとおせるほど、厚顔ではないのだろう。そう思うと、よけいに居心地が悪くなった。

適当に切りあげて別れるか、と綾川が口を開きかけたとき、かわいらしい声が下方から聞こえた。

「……しらせさん、芋ようかん、食べれないですか？」

いつの間に名前まで知ったやらと驚いていると、寛のくりくりした目は白瀬をじっと見つめていた。

「ぼくと、おとうさんと、いっしょに食べれませんか？」

「寛、食べれませんか、じゃなくて、食べられませんか、だ」

思わず注意したあと、綾川は「いやそうじゃなくて」と自分に突っこみをいれる。

「いきなり、そんなこと言ったらご迷惑だろ」

「どうしてですか？　おいしいものは、みんなで仲よくわけて食べましょうって、先生が言いました」

たしなめたけれど、寛はきょとんとしたまま綾川を見あげてくる。無心な目に困り果て、綾川はごにょごにょと言うしかなかった。

「いや、まあ、そうなんだけどな？」

「ひとりじめは、よくないです。あっ、でも、ぼくとおとうさんと、おばあちゃんもいるから、えっと、さんにんじめ？」

あれ？　と指を折って数える寛に、ぷっと白瀬が噴きだした。綾川も笑いながら、息子の言いたいことを翻訳する。

「要するに、白瀬さんもいっしょにどうですか、ってことか？」

「そうです！　おうちでみんなで食べればいいです！」

喜色満面で言った寛に、白瀬は驚いたように手を振ってみせた。

「そんな、とんでもない」

「……おとうさん、だめですか？」

恐縮する白瀬の気持ちもわかるが、きらきらした目で見あげてくる寛に勝てるわけがない。ふだんがわがままを言う子どもではないだけに、望むようにさせてやりたかった。

「悪いけど、こいつの言うとおりにしてやって」

顔のまえで拝むように手を立ててみせ、「ごめん」とこっそり謝る綾川に、なぜか白瀬は複雑な目をしたまま「おじゃまでなければ……」とうなずいた。


奇妙ななりゆきで白瀬を招待する羽目になってしまった。寛に指を握られたままの彼はそれなりに楽しげで、恐縮しつつも微笑みながら、綾川の住まいへと訪れた。

「あれ？　会社にずいぶん、近いんですね」

「ああ、うん。自社ビル買ったとき、ついでに引っ越したんだ」

綾川は、会社から徒歩で十五分の場所にマンションを借りていた。

「寛になにかあったら、すぐいけるだろ」

「なるほど……」

「乙耶くん、こっち、こっちです！」

話の途中で、寛が白瀬の手を引っぱる。どうやら父親とばかり話しているのが気にいらなかったらしい。

「えらく気にいられましたね」

あはは、と白瀬は困ったように笑うけれど、悪い気はしないようだった。

不思議なことにそれからの数時間、綾川はそれなりになごやかな時間をすごすことができた。それというのも、寛がなぜだか白瀬に徹底的になつきまくったからだ。

「乙耶くん、乙耶くん、この本ね、ぼく好きなんです」

「そうなの？　おもしろい？」

「はい。いっしょに読みますか？　このね、主人公の子がね、龍と冒険するんです」

お気に入りの本を持ってきて、あらすじをぜんぶ話してしまっては、声に出して読む。あげくは白瀬のきれいな声が気にいったのか、読んでくれと膝に乗ってはせがむ。

かと思えば、大好きな特撮番組のＤＶＤを引っぱりだし、見よう見ようと誘う。

おまけに気づけば、いつの間にやら『乙耶くん』呼ばわりだ。

（まいったな、もう。やっぱり店屋物にするか、外で食ってくりゃよかった）

仕事相手に子守をさせている状況に、綾川は気が気ではなかった。しかも、白瀬にまで手料理を振る舞うことになってしまったのは、寛が無邪気に放ったひとことのせいだ。

――ぼく、おそとで食べるより、おとうさんのごはんが食べたいです。

平日ほったらかしの愛息子に、そう言われてしまえば逆らえない。他人さまに食べさせるようなものではないけれど、と前置きをしたのち台所にこもったのだが、隣接した部屋の会話はまる聞こえで、よけいに落ちつかない。

「……でねでね、乙耶くん。これがね、かっこよくてね！」

（うわー、ふだんより声がでけえよ、寛）

常にないハイテンションの寛に、白瀬がうんざりしてはいまいかとはらはらした。

料理をしつつの綾川は、注意をしようにも手が離せない。その間、子守をさせて申し訳ないと詫びる間もなく、綾川そっちのけで寛は白瀬とばかり話し続けていた。

「おーい、寛。お客さんにあんまり迷惑かけるな」

パーティションで区切られた台所からリビングへ、声をかけるのが精一杯だったのだが、とたんに寛はしょげた声を出した。

「……乙耶くん、ぼく、迷惑ですか？」

「そんなことないよ？　ほら、DVDいっしょに見ようか。なんていうの？」

「雷電戦隊ライジンガー！」

ご丁寧に、変身ポーズをとって番組タイトルを言う寛に、白瀬は手を叩いて「おー、かっこいい」などとはやしたてる。そうこうするうちにDVDが作動したのか、オープニング音楽がはじまり、寛の歓声が聞こえてきた。

「あっこいつ、わるいやつなんです！　ドクターゴーヨク！」

寛の大好きな戦隊ヒーローものの悪役は、名前のとおり強欲なキャラクターだ。最近はピカレスクヒーロー的な人気のある悪役もいるけれど、ドクターゴーヨクはいまどきめずらしいくらい正統派の悪役で、子どもたちにもきらわれている。

「あくのそしきのマッドサイエンティストで、カミナリパワーをあくようするんですよ！　すぐ怒るし、子ども叩くし、わるものです！」

「そうなのか、怖いねー」

「怖くないです、ライジンレッドがやっつけるんです！」

興奮気味に語る寛の説明は、綾川には耳にたこができるほど聞かされたものだ。おかげで最近、聞き流してしまっていたのだが、逐一相づちを打ってくれる白瀬の態度がよほど嬉しいのか、寛はテンションがあがりっぱなしだった。

ちらりとリビングを覗《のぞ》いてみたところ、愛息子はちゃっかり白瀬の膝に抱っこされ、座椅子状態でご満悦だ。

(なんだこの、仲よしっぷり……ま、いいけど)

すっかりのけ者気分になりつつも、きゃっきゃと楽しそうな寛を見るのは悪くない気分だ。

長い髪を適当にまとめてバレッタで留めた綾川は、手元の料理に集中した。

「おーい、できたぞ。寛、DVDは止めて。ごはんだから手ぇ洗って」

「はあい」

夕飯はあり合わせの食材で、シーフードのパスタ。トマトとエビとホタテをガーリックバターで炒《いた》め、バジルを散らしたそれは、簡単なうえに見た目もきれいで、綾川の得意料理でもあった。

スープは手抜きで申し訳ないながら、缶詰のものをあたためた。サニーレタスとツナのサラダを添え、適当に盛りつけると、男の料理でもそれなりに見栄えはする。

「乙耶くん、おてて洗います」

ぱっと立ちあがるよい子ぶりはえらかったが、そこでも寛は白瀬をおともさせていた。彼は逆らわず、「はいはい」と笑って子どものあとに続く。

そして食卓を囲めば、今度は自分の好物であるエビをフォークに刺して勧める始末だ。

「乙耶くん、これおいしいですよ」

「あはは、ありがとう。でもそれは寛くんのだから、ちゃんと食べて。ぼくのはたっぷりあるからね」

「おいしいですか?」

「おいしいですよ」

そんな具合で、寛が話しかけるたびに白瀬はにこにこと笑い、すべての言葉に笑みを返し、おもちゃで遊び、徹底的にかまいまくってくれた。

おかげで綾川の住まいである3LDKのマンションは、夜遅くまで寛の笑い声が絶えなかったのだが、すこしばかりはしゃぎすぎてしまったらしい。

「白瀬さん、コーヒーでも……うわ、すみません！」

食後のコーヒーを淹れた綾川がリビングに顔を出すと、はしゃぎ疲れた寛は白瀬の膝で眠りこけていた。床に敷いたラグに座る彼は、「しぃ」と唇のまえに指を立てた。

「もう、ほんとすみません。連れていきますから」

白瀬に頭をさげると、「起こすと可哀想だから、しばらくこのままで」と彼は言った。

「申し訳ありません、すっかり相手させちゃって」

「楽しかったですよ。寛くん、かわいいですね」

小学生の子どもの相手というのは、かなり疲れるはずだ。正直、綾川も寛と一日中いっしょにいるのは嬉しいが、パワーに圧倒されることもある。しかも他人の子どもとなれば面倒に思っても不思議ではないのに、白瀬は言葉どおり機嫌よく笑っていた。

「子ども、慣れてるんですか？」

「いえ、そんなこともないんですが……昔から、子ども好きなんですよ」

その言葉が本心からだと知れたのは、いとおしいものを見るように寛を眺める目つきからもわかる。やさしく髪を梳《す》く手つきに、白瀬も子どもがいればさぞいい親になるのだろうと綾川は思ったが、それが不可能であることに気づき、せつなくなった。

（ゲイってことは、子ども作る可能性、低いのか）

齋藤もいまでは開き直っているが、一時期は気にしていたことがあった。代わりに寛をかわいがりまくるのだと、遊びにくるたびにかまいつけている。

(むずかしいな)

恋愛する相手に同性を選ぶことを、綾川は個人的に否定しない。思春期に齋藤がゲイであると打ち明けられてから、そういう人間もいるのだな、とあっさり認めていた。ひとの気持ちは自由であるべきだし、彼らのようなタイプの人間を不幸と決めつけるほど傲《おご》ってもいないので、とくに同情もしない。

ただ、なにかを選ぶと、なにかをあきらめなければならないこともある。そういうふうにできていることが、残念だろうな、と思うだけだ。

眠った寛のちいさな身体にタオルケットをかけてやり、綾川もその隣に座る。

「よく寝てる。遊んでくれて、ありがとうございました」

「こちらこそ、寛くんには遊んでもらいましたから」

言葉を切って、お互いなんとなく笑いあった。ふたり揃ってしばらく無言のまま、寛の寝顔を眺めていると、白瀬がぽつりと問いかけてきた。

「ふだんお仕事が遅いときは、寛くんはどうなさってるんですか？」

すうすうと寝息をたてる寛の頭を撫でながら、白瀬は静かに問いかけてきた。ほっそりとした指の動きに知らず見とれながら、綾川は答える。

「近くに母親が住んでるんで、預かってくれてます。あっちも働いてるんで、あんまり負担かけられないんですけど。ときどきは民間の学童保育とかに臨時で世話になったりですね」

それでも、だいぶ手がかからなくなって助かった。二歳ぐらい、彩花が亡くなったばかりのころは、綾川の母がどうあやしてもおさまらず、会社で子育てをする羽目になっていたことを告げると、白瀬はほんのすこし顔をくもらせ、目を伏せた。

「大変なんですね、親になるって」

「ん、まあ。でも俺の場合、母親も助けてくれますし……ただ、ちょっと軽いアレルギーあるんで、食べものと着るものに注意しないといけないんですけどね」

「もしかして、芋ようかんはそれでですか？」

察しのいい白瀬に、綾川は「そのとおり」とうなずいた。

寛は卵と牛乳のアレルギーで、そのくせあまいものが好きだった。発症したことに気づいたのはここ一年ほどで、プリンやアイスクリームを食べると、発疹《はっしん》が出るのだ。

気づくのに遅れたのは、綾川の母が洋菓子より和菓子が好きで、おやつに食べさせていたのはまんじゅうやようかんなどが大半だったためだ。保育園の年長になり、そこでデザートにケーキやプリンが出るようになって、はじめて症状がわかった。

「さほどひどくはないんで、薬飲ませて、徐々に慣らしてるんですけど。食べたいもの食べさせてやれないのは、ちょっと可哀想だなと思って……」

「じゃあ、カフェのケーキとかも、ひょっとして」

「はは。最初はマクロビ料理だけだったんですけど、寛がケーキ食いたいって言うんで、なんかできないかっつったら、スタッフの山脇が張り切ってくれて……白石や齋藤も、仕入れのついでに、肌にやさしい子ども服を探してくれたりしてね」

寛は母親こそいないけれど、祖母や会社の女性スタッフらにたっぷりあまやかされ、しつけられている。そのおかげか、いまのところとくに曲がることもなく育っていると思う。

「みんなが、おかあさんなんですね」

「そうですね。助けられてばっかです、ほんとに」

母性愛は本能ではなく、後天的な知識によるものという説もあるが、綾川は女性特有の『保護本能』とでもいうべきものは信じている。庇護《ひご》する対象があるとき、女性たちはとんでもなく強くもなるし、結束も固くなるのだ。

「あかんぼ抱えて茫然としてるのが、見てらんなかったんじゃないですかね。そのおかげか、女装なんて素《す》っ頓狂《とんきょう》な真似しても、笑って許してもらえました」

「ふふ。でも迫力の大柄美人って感じだったじゃないですか」

白瀬のからかいに、綾川も明るく笑った。

「そりゃテレビにしょっちゅう出るようになればね、スタイリストさんがつきましたから。でも最初はほんと、どこの化け物だって感じでしたけどね」

「そうですか？　あれはあれで、さまになってましたよ」

「え？　そんな最初のころから見てたんですか」

綾川が招かれるのは、大抵はグッズ宣伝のための奥さま番組か、オネエ系タレント勢揃いの球数稼ぎだ。メインのコメンテーターというわけでもなく、にぎやかしでいることが大半のため、初期にはろくに認識もされていなかったはずだ。

驚いて白瀬を見ると、なぜか彼はうっすら赤くなっている。

「あ、いえっ。齋藤さんから、おともだちが出るって聞いてたんで、それで」

「はあ……」

妙にあせっている理由がわからず、綾川が首をかしげていると、もぞもぞとちいさな身体が身じろぎをした。

「おとうさん、いもよーかん……」

起きぬけいちばん、寛が言った。大人ふたりは、その素直な食い意地に噴きだしてしまう。

「お、そうだな。お客さまにお出しするから、手伝え、寛」

「はあい」

「お茶淹れるから、お茶托《ちゃたく》な」

「はあい」

祖母によくしつけられた寛は、お手伝いをいとわずちょこまかとよく動く。こういうフットワークの軽さは彩花ゆずりなのかもしれない、と綾川は微笑んだ。

ふと気づくと、綾川を白瀬が見つめていた。

(なんだ……？)

白瀬がときどき見せる、せつないまなざし。だが彼は綾川が深い感情を読みとるまえにすぐに笑ってしまうので、いつもなにも見えなくなってしまう。

「なんでしょう？」

「ああ、いえ。なんでも」

(いや、べつにどうでもいいんだが)

もやもやしたものを感じていた綾川は、寛のはしゃぐ声で我に返った。

「おとうさん、はやく！　お茶淹れないと！」

「あ、ああ。いまいく」

気づけば、白瀬の手を引いた寛がさっさと台所に向かっていて、綾川はあわてながら、彼らのあとを追った。


またもや寛がおおはしゃぎし、芋ようかんを三人で食べたあと、白瀬は暇《いとま》を告げた。

「すっかり遅くまでおじゃましまして、申し訳ありませんでした」

「いえ、こちらこそ、お引き留めして。ほら寛、ご挨拶は」

芋ようかんへの食い意地か白瀬に『食べさせる』と言った約束のためか、いちどは目を覚まして騒いだ寛だったが、目的のものをテーブルに用意したあたりでまた舟をこぎ出した。

「乙耶くん、ばいばい……」

綾川が抱いたままうながすと、寛は力なくむにゃむにゃしながら、それでも白瀬に手を振ってみせる。そのちいさな手を白瀬がそっと握りしめた。

「ばいばい。……またね、寛くん」

聞いているほうが照れそうなくらいに、やさしい声を白瀬は出した。握った手を揺らして
「おやすみ」と告げられたとたん、寛はこてんと綾川の肩に頭を乗せ、眠ってしまった。

「ああ、もうこりゃ、あとは起きないな」

軽い——といっても、日に日に重くなる息子の身体を揺すって綾川が笑う。それをじっと見つめていた白瀬は、しばし逡巡《しゅんじゅん》するように黙りこんでいた。

「白瀬さん？」

なにかあるのか、と綾川が問いかけるより早く、白瀬は口早に言った。

「あの、よかったら、またうかがってもよろしいですか？」

「え？」

礼儀正しい白瀬が、自分からそれを言いだしたことに驚いた。その視線は寛へと向けられ

ている。彼の視線はなにかを思いつめ、うらやむような、憧れるような目をしていた。

（また、あの目だ）

いちどは自分に気があるのかと勘違いした。同情されているのかとも思ったけれど、どうも様子が違う。そう考えている自分に気づき、綾川は訝しんだ。

そもそも、相手のなかにあるものを探るほど、深い知りあいでもない。けれどこんなにも気になってしまうのは、やはり唐突なキスのせいなのだろうか。

（べつに、どうでもいいだろ。つうか、なんかこいつ、めんどうくさいにおいがしてるぞ）

仕事づきあいとプライベートはわけておきたい。齋藤や降矢ともかなりぐだぐだになってきているが、彼らは社員で身内。白瀬は取引相手で、あまり深く関わると厄介なことになりかねない――それは、わかりすぎるほどわかっているのに。

「あの、だめですか」

すがるような、せつないようなまなざしに負けて、綾川は「いつでもどうぞ」と応えてしまっていた。

＊　＊　＊

月日は流れ、白瀬と綾川が初対面した音叉セラピーのセミナーから一カ月が経った。

企画本の写真撮影にぐずぐず言っていた齋藤も、白瀬にたしなめられたあとからは文句のひとつも言わず、ひたすら出版社との打ちあわせとレシピの整理や原稿書きに明け暮れている。

白瀬の音叉セラピーのレクチャーについては、ワークショップを開く形で社員たちに週に二度、時間を決めて研修を受けさせることでマスターさせた。

「もともとマッサージやセラピーの知識や資格はお持ちの方ばかりですから、音叉の使いかたと種類さえ覚えれば、あとはそれほど問題ないですよ」

との白瀬の言葉どおり、綾川のスタッフたちは呑みこみも早かったらしい。ひとり二度ずつの講習を終えると、口述テストのあとで認定書を渡された。

ちなみに多忙なはずの齋藤も率先《そっせん》してワークショップに参加したがり、今後のことも考えて綾川は許可したけれども、降矢の機嫌がすこぶる悪かったのは余談だ。

「お疲れさまです。白瀬さん、お昼いかがですか」

「ああ、ごいっしょしてよろしいですか？」

定例会議が終わり、午後からスタッフたちへのワークショップをはじめる白瀬へと綾川が声をかけると、にっこり笑ってうなずいてきた。

「いまならランチタイムだし、ちょっとそこまで。十分くらい歩きますけど」

近場のパスタ屋で昼食をとることに決まり、世間話をしつつ徒歩で向かう道すがら、白瀬は綾川の顔色を見てふと顔をしかめた。

「なんだか、お疲れじゃないですか？」

「はは。あと二週間ほどでイベントですからね」

笑ってごまかそうとしたけれど、本当にそれだけか、という顔をされてはごまかしきれない。「じつは」と綾川はため息をついた。

「寛の小学校が、夏休みになっちゃったんですよ。家も近いから俺も気をつけてるし、母もなるべく早めに仕事を切りあげて面倒みてくれてるんですけど、どうも機嫌が悪くて」

不機嫌だからといって、大騒ぎしたり暴れたりするような子ではない。だが、綾川が家に帰ってもちいさな唇をむっつりと結んだまま、かたときも離れようとしないうえに、夜更かしがひどくなっている。

「お母さま、お仕事忙しいんですか？」

「小物とか雑貨のインポートショップで雇われ店長やってるんです。ある程度の融通は利くんですけどね、パートさんにまかせっきりってわけにいかないし」

母子家庭で、女手ひとつで育ててくれた母の、いまの生き甲斐は店でもある。むろん寛はかわいがってくれてもいるが、店長という責任のある立場では身動きがとれない部分もあり、どうしたものかと頭を悩ませていた。

「保育園のころは遅くまで預かってもらえたり、夏休みにも預かり保育があったんですけど、小学校じゃそうもいかないんで」

「じゃあ、寛くん、ずっとひとりなんですか？　以前は会社に連れてきてらしたんでしょう。近いんですし、そうなさったらどうですか」

「昔はもうちょっと、仕事の余裕もあったんで、社内で遊ばせてられたんです。でも最近、ありがたいことに忙しい状態なんで……連れてきてほったらかしにするわけにいかないし、却《かえ》ってまずいんですよ」

「まずいって？」

伸びてきた業績のおかげで、最近の『グリーン・レヴェリー』はよくも悪くも殺気立っている。連れてきたところで、かまっている余裕もない。当然ながら、スタッフたちに子守をさせるわけにもいかないのだが、寛がいると気のいい彼女らはそれなりに気を遣う。

「じつはいっかい、試しに連れてきてみたんですけど。俺が仕事のことで齋藤とやりあってるのが聞こえちゃったらしくて、寛が『けんかしないで』って泣きだしちゃって」

「あー……」

大人同士が意見交換のためにバトルするのと、けんかしているのとの違いは、まだ寛には理解できない。どうにかなだめたけれども、泣きじゃくる子どものおかげでその日のディスカッションは中断せざるを得なかった。

「やっぱり、もういちど学童保育に申し込むしかないですかね。なかなか空いてるとこもないんで、あきらめてたんですけど」

共働きや母子家庭、父子家庭などの事情で、子どもを預かってほしいという親はかなりの数が存在する。対してそれを受けいれる機関はお話にならないくらいにすくない。もちろん綾川も、夏まえから受けいれてくれるところを探したのだが、どこも満杯だと断られたのだ。

「どうしたもんかな」

ぼやいた綾川の隣で、白瀬は無言だった。仕事相手に愚痴をこぼしたことに気づいてはっとした綾川が、「すみません、つまらない話を」と詫びようとしたときだ。

「あの。わたしが、寛くん、預かりましょうか？」

「えっ？」

「六歳の子どもをひとりにするのも、ちょっと不安でしょう。わたしなら、時間の融通もききますし」

「でも、白瀬さん、お仕事は」

「施術を夕方から夜の予約に切りかえればすむ話ですから。寛くんの場合、問題なのは、午前中とお昼ですよね？　お母さまか綾川さんが、すこし早めにお仕事終えてくだされば、交代で見られると思うんですけど」

ありがたい申し出ではあったけれど、立場を考えると、そこまであまえるわけにはいかない。反射的に断ろうとした綾川を制するように、白瀬は穏やかに微笑んでみせる。

「むろん、断ってくださってかまいませんが……この場合、仕事がどうとかいう話は、いったんおいておきませんか？　齋藤さんの友人を、ベビーシッターとして雇ったと考えてみたらいかがでしょうか」

「いや、しかしですね」

「大事なお子さんのことですし、わたしのことが信用ならない、というなら、しかたないんですけど」

そう言われてしまうと、ものすごく断りづらい。わかっていて言っているらしい白瀬の、しらっとした顔を見ていると、反論する気力が萎《な》えた。

なにより先日、たったいちど会っただけだというのに寛は彼になついていて、ことあるごとに「乙耶くん、もうこないの？」と訊いてくるのだ。

「聞きかじり程度ですけど、学童保育の受けいれ数って、かなり狭き門ですよね？　この夏休みの時期に、いまから探すのって無茶じゃありませんか？」

「でも個人でやってるとこなら、どうにか」

「脅すわけじゃないですけど、それって、知人より信頼できるところだっていう可能性、あります？」

たたみかけられ、綾川は答えに窮《きゅう》した。民間の託児所や便利屋のような子守サービスを利用することも考えたけれど、子どもの虐待が騒がれるいまのご時世、どんな人間が現れるかわかったものではない。しかも夏休みの期間、一カ月みっちり頼むとなると、責任をとりきれないと断られる可能性は高い。

「それに、この夏の猛暑は半端じゃないですよ。数時間とはいえ、子どもをひとりにするのは危険だと思うんですけど」

「それは……まあ……」

すべては白瀬の言うとおりだった。六歳になり、だいぶ手が離れたといっても寛はまだ小学校一年生だ。親離れには遠く、時間の自由がきく彼が見てくれると、たしかに助かる。

(でも、なんでそこまで子守したがるんだ？　まさか違う意味で子ども好きってわけじゃないだろうな)

あまりの勢いに、いらぬ想像もしかけたけれど、逆にあのときのキスが不穏な疑いを打ち消した。

——直接お会いして、とてもすてきな方だと思ったので……。

綾川が好みだと言うのならば、すくなくとも子どもを対象にする性的嗜好はないはずだ。

こんなことを考えなければならない世の中にうんざりしつつも、綾川は白旗を掲《かか》げた。

「……本当に、お願いしても、よろしいんですか？」

弱りきった綾川がそう伝えると、白瀬の顔がぱっと明るくなった。「もちろんです！」と嬉しげに言う彼は、本当に子どもが好きなのだろう。そして続いた白瀬の言葉に、綾川はあらぬ想像をしたことに対して、罪悪感を抱かされた。

「わたしも昔、あまり親にかまわれなかったので。休みの期間、遊んでくれる誰かがいればいいのにって、思ってたんです」

「そうなんですか？　共働きだったとか？」

「……まあ、そんなような感じですね」

顔をくもらせながら、あいまいに笑う白瀬には、なにか痛い記憶があるのだろう。気になりはしたけれど、他人の過去はうかつにさわっていいものではない。

「わかりました。いつからお願いできますか？」

問いかけると、きょうはさすがに無理なので、あすからにでもと白瀬は即答した。

「それじゃ、あしたから……あ、もちろん謝礼はちゃんと」

「いりませんよ、そんなの」

「そういうわけにはいきません」

押し問答になったが、民間の機関に頼んだら、半日で数千円はとられる。むしろ仕事として頼んだほうが信用できるし割りきれる、という綾川の主張に、白瀬は渋々折れた。

家に帰り、むくれていた寛に「あしたから白瀬さんがきてくれるぞ」と言ったところ、ここ数日にはないほどのおおはしゃぎだった。

「乙耶くん？　毎日いるの？　ぼくと遊んでもらっていいの？」

「あんまり、迷惑かけるなよ」

「かけません！」

歓声をあげて飛びあがるさまを見て、これはこれでよかったか、と思う。同時にこうも寂しがらせていたことに気づいた綾川は、それからしばらく寛を抱っこしたままでいた。

しかしながらつれない息子は、ぐいと父の手を押しのける。

「おとうさん、暑いです」

「え……」

「それより、乙耶くん、あした何時にくるんですか？　なにして遊ぼう！」

おもちゃやDVDを引っぱりだしてはうきうきしている寛を眺め、綾川は「おとーさんより乙耶くんかよ……」と、へそを曲げた。

＊　＊　＊

息子の愛を奪われて、おとなげなく拗ねた気分になりはしたものの、白瀬が面倒をみてくれるようになって助かったのは事実だ。しかも寛が一方的になついているだけではなく、白瀬もまた、寛を猫かわいがりしているようだった。

「本当に寛くん、かわいくていい子ですね」

「ご迷惑かけてません？」

「とんでもない。しつけもちゃんとされてるし、やさしいし。毎日、ばいばいってするのが残念なくらいですよ」

そこまで入れこむのはどういうことだと思いつつ、愛息子をかわいがられ、手放しで褒《ほ》められるのは、綾川にしてもまんざらでもない。

あれこれ話してふたりが取り決めたのは、毎日朝の十時から夕方まで、白瀬が綾川の自宅で寛の面倒を見る。そして四時には『グリーン・レヴェリー』まで寛を連れてきてもらい、その場で綾川か祖母の知美と世話を交代するというスケジュール。

白瀬への謝礼は、一日につき二千円——それ以上は白瀬ががんとして受けとらないと言った——で、寛の食事代など、かかった経費は別途請求、ということで落ちついた。

だが、別れる時間になっても寛は白瀬と離れたがらなかった。

「ほら寛、乙耶くんにばいばいってしなさい」

会社のサロンで知美へと引き渡された息子は、ぐずぐずとして目を潤ませている。まいったな、と綾川は自分の首のうしろに手をあててさすった。

「やですー……」

「やですじゃないだろ。わがまま言うと、あしたきてもらえなくなるぞ」

毎日毎日、朝から夕方までべったりだというのに、寛は白瀬を見て涙ぐんでいる。面倒を見てもらうようになってから十日も経っていないというのに、寛はすっかり『乙耶くんっ子』と化してしまい、綾川は少々困っていた。

おかげで白瀬との別れ際は、なだめるのが大変なほどだ。この日も拗ねてむくれた寛は知美に抱っこされたまま、肩に顔を埋めて黙りこんでしまった。

（まいったな、もう）

気疲れのせいか、首のうしろが重たい。無意識に手のひらでさすっていると、白瀬は寛の頭を撫でながら、くすくすと笑ってみせた。

「またあしたね、寛くん」

「あした？　ぜったい、あした？」

「うん、ぜったいあした」

涙目のまま「ばいばい」と手を振る寛は、我が子ながらたしかにかわいい。

「それじゃ母さん、きょうは遅くなるから。あとよろしく」

「わかったわ。寛二が帰ってくるまでは、部屋にいるから。白瀬さんも、ありがとうございました」

「いえ、わたしはなにも。お気をつけて」

ぺこりと頭をさげ、寛を抱いて去っていく知美は一七二センチと、女性にしては長身だ。

五十五歳という実年齢が嘘のように顔立ちも若々しく、ひいき目抜きにもけっこうな美人だと思う。

「しかし、お母さまお若いですね。最初、お姉さんかと思いました」

「はは。わりと昔から間違えられる。歳とらないんだ、あのひと」

若くして綾川を産んだ彼女は、息子が小学生のころ夫と離婚した。細かい事情はいまだに知らされていない。どうやら離婚後からつきあっている彼氏もいるようなのだが、知美いわく「もう結婚はこりごり」だそうで、いまだ再婚もせずにいる。

いまとなっては、男と女にはいろいろあると理解できるが、子どもの時分は母親のことがよくわからなかったものだ。

「さばけてるひとでさ。弘のことも俺の女装についても、そうしたいならいいんじゃない、でおしまい。彩花と学生結婚するっつったときも、同じだった」

「そうですか……」

しんみりと相づちを打った白瀬は、綾川がしきりに首をさすっているのをじっと見たあと「お疲れですか」と問いかけてきた。

「え？　そうでも……」

「ちょっと、失礼」

さきほどから自分の手をあてがっていた首筋に、白瀬の細い指が触れた。綾川の体温をたしかめるように目を伏せた彼は、「そこに座って」とサロンにあった椅子を指さす。

「軽くほぐします。首、凝り固まってますよ」

「え、いや、いいですよそんな」

「五分だけです。お代はいただきませんから」

だったらなおのこと悪いと綾川は言い張ったが、白瀬は強引に綾川を座らせ、しなやかな指で首の凝りをほぐしはじめた。軽く押されただけで、心地よさに息が漏れる。

「ほらやっぱり。がちがちじゃないですか」

「すみません……」

「謝らなくていいですから、リラックスしてください」

綾川はもう抗う気力もなく、だらりと椅子の背に体重を預ける。触れられているだけで、疲れが吸い取られていくようだった。いつのまにか気持ちまでもほぐれ、ほっと息をついたところで、白瀬がそっと問いかけてくる。

「あの、綾川さん。もしかしてゆうべ、寛くんとけんかしました?」

唐突な問いに、綾川はぐっと口を結んだ。強ばった肩から手を離されて、綾川は背後にいた彼を振り仰いだ。

「……どうしてですか?」

「きょう、めずらしく昼間からぐずってたので……なにかあったの、って訊いたら、おとうさんが意地悪なんです、って言ったきり、黙っちゃったんです」

「うわ、まだ拗ねてんのか」

まいった、と綾川は頭を掻きむしる。綾川にはどうにもできないことなので、寛がなにを言っても聞けないと突っぱねたのだが、かなりふて腐れてしまったのだろう。

「なにがあったんですか？」

「たいしたことじゃないんですけどね」

また愚痴を言ってしまうことに内心情けなさを覚える。だが同時に新鮮でもあった。

彩花が亡くなって以来、綾川は仕事仕事で、他人とプライベートをわかちあったことなどろくになかった。もともと友人だった齋藤とも仕事上のつきあいのほうが比重がおおきくなっていったし、なによりいま彼には嫉妬深い恋人がいるため、以前のようには話がしづらい。

(子育ての愚痴とか、母さんにもろくに言ってなかったしなあ)

母の知美には心配をかけるだけなので、なおのこと弱音は吐けなかった。

気づいてみると、綾川自身の個人的な感情を吐露する相手など、この数年ろくにいなかった。だが、ここまで寛に関わらせた白瀬を相手に遠慮しても、もはや意味がないのだろうと綾川は開き直った。

「寛が、オムライスが食べたいって言うんだけど……卵アレルギーなんですよ」

白瀬は意外な言葉を聞いたように「オムライス？」と目をまるくする。

「この間ファミレスにいったとき、キッズプレートにちいさめのオムライスがあって。旗が立ってて。やっぱ子どもってそういうの好きだろ？　食べてる子、うらやましそうに見てて」

　はあ、とため息をついた綾川に、「定番のメニューですからね」と白瀬も眉をさげた。

「ぜんぜんだめなんですか？　卵」

「医者の話だと、そこまでひどいアレルギーじゃないから、そのうち大きくなって体質変われば平気になるかも、って。ただ、食べるとやっぱり発疹が出たりするので」

　重度のものではないとはいえ、うっかり卵のはいった料理を食べてしまったとき、痒《かゆ》い痒いと泣いていた寛の姿は痛々しくて忘れられない。なにより、身体に悪いとわかっていてそれを食べさせることは、親としてぜったいにできなかった。

「でも、あいつ、いつもはほとんどわがまま言わなくて。食べさせてやりたいのは山々なんだけど」

「それは、可哀想ですね」

　ぽつりとつぶやいた白瀬は、なにかを考えるように細い指を唇にあてた。とんとん、と叩くあのクセは、理知的な彼に似合わないようでいて、どこか妙にかわいらしい。その指がぴたりと止まったかと思いきや、白瀬は綾川の顔を勢いよく見あげてきた。

「な、なに？」

「オムライスってそれ、半熟のオムレツ開いたとろとろのやつですか？　それとも、薄焼き卵で包んだタイプ？」

　口早に問いかけられ、勢いに押されつつも綾川は答える。

「キッズメニューのは、とろとろ系じゃなかったな。黄色くて、しっかりした、いかにもなやつだったけど」

「じゃあ、平気かな……」

　なにか考えこみ、しばし無言だった白瀬は、首をかしげてまた問いかけてくる。

「えっと、寛くんはケチャップとかのアレルギー、ありませんか？」

「ああ、そっちはだいじょうぶ」

「小麦粉は平気ですか？　あと、鶏肉は？」

「小麦粉アレルギーはない。鶏肉は微妙かな。一応はだいじょうぶだと思いますけど……」

　ふんふん、と何度かうなずき、白瀬は「あの」と綾川を見あげた。

「ちょっとアイデアがあるので、あした、試してみてもよろしいでしょうか？」

「えっ？　いいですけど」

　目をまるくした綾川に、白瀬はふふっと笑った。

　いったいなにをするつもりか、と問いかけたが、白瀬は「内緒です」と楽しげに微笑むだけで、いっさい明かそうとはしなかった。

＊　＊　＊

翌日になり、綾川は一日中、なんとなくそわそわしながらすごした。

（内緒っていったい、なんだ？）

白瀬の残したあのひとことが、どうにも気になってしかたない。

できるだけ早く帰宅できるよう仕事を調整し、退社したのは定時の六時。徒歩十五分の道のりをほとんど走って、五分で自宅へ到着した。

「ただいま！」

玄関のドアを開けて声をかけたとたん、ちいさな足音が迫ってきた。

「おとうさん、おかえりなさいっ」

頬を紅潮させ、目をきらきらさせた寛が、弾丸のような勢いで玄関まで走ってきた。どん、と飛びつかれた綾川は、嬉しい反面、いったいなにに興奮しているのかと不思議になった。

「どうした、寛？」

「あのね、あのね、オムライスなんです！　乙耶くんが作ってくれるの！」

「えっ」

アレルギーがあるから無理だと、白瀬には告げたばかりだ。いったいどうして、と綾川は驚いた。寛を抱えて台所へと急ぐと、たしかに、ケチャップとなにかを炒めたような、あまくて香ばしいにおいが漂っている。

「白瀬さん、オムライスって、どういう――」

言いかけて、綾川は口をつぐんだ。調理テーブルのうえにはなぜか、半分に切られたかぼちゃがでんと乗っかっている。その横には、皮を剝かれたあとの残骸が、きれいによけられていた。

「お帰りなさい。台所、お借りしてます。あ、知美さんはさきほどお帰りになりました。デートだそうで」

微笑んでいる白瀬の言葉は、半分も聞こえていなかった。

（オムライスで、なんで、かぼちゃ？）

どうやらいま作っている料理に使った気配はあるけれど、スープにでもするのだろうか。

綾川がひたすら首をかしげていると、白瀬がくすくすと笑った。

「もうすぐできますから。種明かしはあとで。ほら寛くん、お父さんにお手々洗うように言った？」

「あっ、そうだ。おとうさん、うがい手洗いです！」

「あ、ああ」

息子に引っぱられて洗面所にいくと、じゅわあ、となにかが焼ける音がした。自分の家で誰かが料理している音――それも母親ではない誰かというのは、ずいぶんとひさしぶりで、なんだか奇妙な気分だった。

（でも、なんでかぼちゃ……）

そして綾川が頭のなかをクエスチョンマークでいっぱいにしながら、ダイニングテーブルへと向かうと、そこにはたしかに三人ぶんのオムライスがあった。

「すごい！　オムライス！」

寛はきゃあきゃあと、聞きとれない言葉を叫んで飛び跳ねている。綾川はやっぱりわけがわからず、ぽかんとした顔をさらしていた。白瀬は、楽しそうに笑っている。

「これ、いったい」

「あ、大人用はふつうのオムライスです。でもチキンライスのほうは、材料も同じにしちゃいましたけど。これが、種明かしです」

白瀬が見せたのは、グルテンミートの缶詰に、かぼちゃのペーストだった。

「以前、ネットでアレルギー系のことを調べていたときに、レシピがあったのを覚えてたんです。かぼちゃのペーストにタピオカ粉をまぜて、偽のオムライス」

「あ、なるほど」

かぼちゃで黄色く色づけしたタピオカ粉のクレープを、薄焼き卵に見立ててあるらしい。そして鶏肉代わりのグルテンミートを細かく切り、下味をつけてチキンライスもどき。味つけはふつうにケチャップだそうだ。

「すげえな、見た感じ、ぜんぜんわかんねえ」

ひとしきり感心していると、白瀬は「味はまあまあだと思いますけど」と謙遜した。

「表面の部分だけ食べると、味はさすがにクレープみたいな感じですけどね。ケチャップで味つけをちょっと濃いめにすれば、わからないと思って」

冷めるまえにどうぞ、と言われて、綾川と寛は席に着いた。ちいさなスプーンを握りしめた寛が、わくわくしているのは見てわかる。

まっしろい大きめの皿は、おそらく白瀬が持ちこんだのだろう。ケチャップで器用にくまの絵を描いた小ぶりのオムライスには、ちょこんと旗まで立ててある。つけあわせには、これもグルテンミートを使ったというフリッター。アスパラガスとニンジンのソテー。ガラスのちいさめな容器には、卵をいっさい使わないかぼちゃのプリン。

見た目もきれいな、パーフェクトなお子さまランチだ。

「食べていいですか？　いいですか？」

「はい、どうぞ」

「いただきますっ……おいしい！」

ひとくち含むなり、寛は目をまんまるにして叫んだ。ほっとしたように白瀬が微笑む。やわらかいまなざしに、なぜだか綾川のほうがどきりとした。

もともときれいな顔をしている白瀬だが、寛をまえにした彼は格段に雰囲気があまい。ぼんやり見とれていると、視線に気づいた白瀬が照れたように笑った。

「あ、大人用は一応、卵は本物ですので。ただフリッターは同じグルテンミートですけど」

「ああ、はい。いただきます」

揚げたてのフリッターを食べてみると、あつあつで美味だった。小麦粉のグルテンで作られているはずのグルテンミートは、ふつうの肉となんら遜色《そんしょく》のない食感と味だった。ガーリックとスパイスでしっかり下味をつけてあるからだろう。

「うわ、ビール飲みたくなるな、これ」

「あはは、買ってくればよかったですね」

オムライスは定番の味だったが、これも美味だった。感心しながら食事を続ける綾川のまえで、寛は無心に食べ続けている。

「寛、うまいか？」

「ん！　ん！」

こくこく、とうなずいた愛息子は、口いっぱいにオムライスもどきを頬張って咀嚼《そしゃく》している。こうもご機嫌な様子はひさしぶりに見るもので、なんだか胸がつまった。

「……ありがとう、白瀬さん。俺、代用品とか思いつきませんでした」

「いえ。たまたま知ってただけのことですから」

寛の頬についたケチャップを拭ってやりながら、白瀬へと礼を告げる。ほっとしたように笑う彼の姿に、綾川もつい笑みがこぼれた。

食事を終えても、またもや寛が白瀬を離さなかった。綾川も料理を作らせておいて、さっさと追い出すような真似もできず、勢いそのまま自宅で飲み会となった。フリッターの残りをつまみにどうしてもビールが飲みたくなり、近所のコンビニまで走ってくると「そこまで飲みたかったんですか」と白瀬は笑っていた。

しばらく仕事の話や世間話でなごみつつ、白瀬にべったりになっている寛の相手をしていたが、ふと時計を見れば九時近い。ふだんならすでに寝ている時間だと気づき、驚いた。

「こら、寛。もう遅いから、風呂にはいりなさい」

「えー、やです。もっと乙耶くんと遊びたい」

最近ようやくひとりで入浴するようになった寛だが、白瀬がいるときに出るあまえの虫のせいか、しばらくぐずぐずとしていた。

「寛。夜更かしになるだろ、風呂!」

すこしきつく言うと、寛はなぜか不安そうな顔になり、白瀬の膝にちいさな手をついてすがるように見る。

「まだいる？　乙耶くん、まだいる？」

「いるよ、だいじょうぶだから、お風呂に入っておいで。出たら、乙耶くんがパウダーつけてあげるから」

「うん！」

ようやくほっとしたように、寛は夕オルと着替えを摑んで風呂場へと向かった。

「もう、ほんとすみません。いつもは、あそこまであまったれじゃないんですけど」

「かまいませんよ。あの、図々しい話ですけど、きょう、寛くんが寝るまでいっしょにいてもいいですか？」

「それは、いいですけど」

この間から、どうも寛の様子が変だ。白瀬も気づいているらしく、微妙な表情で目を伏せてしまう。綾川はビールで喉を潤したあと、こらえきれずに問いかけた。

「寛のやつ、どうも最近、あまえぐせがひどいんです。なにか、ありました？」

「なにかってことはないんですが……」

綾川の問いに、白瀬はしばらくの間沈黙していた。ややあって、彼はせつなげに眉をよせて口を開いた。

「……寛くん、ばいばい、っていやがるでしょう」

「ああ、それが？」

「ぼんやりと、覚えてるらしいんですよ。彩花さんが亡くなったときのこと」

はじめて聞く事実に、綾川は目を瞠った。「どういうこと」と急いた口調で問えば、彼はぽつりぽつりと話しはじめた。

「交通事故に遭われたんでしたよね？　お買いものに出て」

「ああ。仕事の雑貨の買い付けで、俺に寛を預けて、ちょっといってくるって……」

――ママ、ちょっといってくるね。ちょっとだけ、ばいばいね。

まだ言葉もおぼつかない寛のちいさな手を握り、彩花はそう言って出かけていった。

あれは四年前の冬だった。前日、東京では突然の雪が降り、路面は凍結していた。そして運悪く彼女の乗った車が渋滞の玉突き事故に巻きこまれ、ひどい怪我を負ったと聞かされたのはそれからたった三時間後、病院に担ぎ込まれた彩花が亡くなったのは、さらに三日後のことだった。

「ばいばいのあと、ママは戻ってこなかったって、この間、言ったんです」

白瀬の言葉に、綾川は真っ青になったまま、口元を手で覆った。

「だから寛くん、本当は、『ばいばい』って言うのはきらいなんですって。ちょっとだけが、ちょっとだけじゃなくなるから……帰ってこないかもしれないから」

「知らなかった」

いままで寛がそんな話をしたことなどなく、覚えているとも思っていなかった。別れ際の挨拶に深い意味などないと、そう思って、しつけのつもりで言わせていた。

「いままでも、そんな思い、させてたんだろうか」

「いえ、それはありません。綾川さん、すみません、ぼくの言いかたが悪かった」

こわばった綾川の背中に、白瀬は手を添えてくる。寛もいないのに、人称が『わたし』ではないあたり、彼もかなり動揺していることが知れた。

「彼がそう思ったとしたら、ぼくがつきあいが浅いからです。じっさいに、学校の友人とはなんのわだかまりもなくさようならの挨拶もしているそうですし、ともだちと遊んでいるところも見ました。ふつうに『ばいばい』って手を振ってました」

トラウマになってなどいないと懸命に告げる彼に、綾川はほっと息をつく。

「でも、どうして白瀬さんだけ？」

「たぶんですけど……いずれ、いなくなるのがわかってるから、じゃないでしょうか。ぼくはあくまで、夏の間だけの、短いつきあいですし」

それがわかっているから、白瀬も最初はあまりべったりにならないようにと気をつけていたらしい。

「でも、こっちがなるべく距離を置こうとしたのに気づかれたみたいで、よけいにあまえてくるようになってしまって。すみません、配慮が足りませんでした」

「いいえ、いたらなかったのは俺ですから。むしろお気遣いいただいて、本当に申し訳ない」

深々と頭をさげながら、綾川は二重の意味でショックを受けていた。息子の心に残った痛みに気づいてやれなかったこと。そして、白瀬が『夏の間だけ』と言いきったことだ。

（いや、そりゃ当然だろうけど）

あくまでいまの状況は緊急措置でしかなく、仕事上のつきあいは続くだろうけれど、いつまでも白瀬に頼るわけにはいかない。ここはむしろ、寛には可哀想だがこれ以上深入りしてくれるなと言うほうがいいことは、綾川にもわかっていた。

だが、口をついて出たのは、まるで真逆のことだった。

「夏休みが終わってからも、たまに寛と遊んでやってくれませんか」

「え？」

「もちろん、いまみたいにご面倒をかけるつもりはないです。でもあいつ、本当に白瀬さんには、なついてるんで。親ばかで申し訳ないんですが、迷惑ついでと思って、お願いできませんか」

白瀬は目をまるくしていた。図々しい頼みだとあきれられているのかもしれない。綾川がいくらなんでも無茶を言ったと顔を歪め、話を撤回《てっかい》しようとしたとき、白瀬が口を開いた。

「……いいんですか？」

「いいもなにも、お願いしてるのはこっちのほうで」

「そうじゃなく。綾川さんは本当に、ぼくといっしょにいて、いやではありませんか？」

綾川は驚いた。あれ以来、事故のようなキスのことをほのめかされたのははじめてだった。ずっと素知らぬ顔をしてお互いに接していたけれど、白瀬も完全に忘れたわけではなかったらしい。

「べつに、いやだと思ってたら、いっしょに飯食ったりしませんけど……」

まじまじと見つめると、白瀬が困ったように眉をよせ、うっすらと頬を染めている。その顔を見ていると、なんだか急におかしくなった。

変な男だ。突然迫ってきたかと思えば、すかした顔で知らんぷり。ずいぶんさばけた大人だと思ったのに、いまごろになってあわてたように「いやじゃないのか」と訊いてくる。見た目よりもずっと、不器用な人間なのかもしれない。そう思うと、妙に微笑ましく思えてきた。

「じゃあ飲みともだち、みたいな感じでいませんか。それなら、子どもを預けても問題ないでしょう？　そりゃ、いちどあんなことしてしまったので、友人になるのは遠慮すると言われるかもしれませんけど」

なんだか白瀬は必死のようだった。ますますおかしくなりつつ、なぜだか綾川はその顔から目が離せなかった。

「あー、いや、俺はそういうの気にしないんで。だいたい弘も、いっぺん告白してきたあとからのほうが、仲よくしてるし」

流れでうっかり口をすべらせると、白瀬は驚いたように目をしばたたかせた。

「さ、齋藤さん、綾川さんのこと好きだったんですか？」

「あ？　ええ、つってもあいつが中学生のころの話ですけど。カミングアウトと同時にかまされたんで」

過去の経緯を話すと、白瀬はますます目をまるくした。

「ふつう、その状態で友人づきあい続けるのって、至難《しなん》の業《わざ》ですよ」

「そうですか？　つってもまあ、もともと幼馴染みだし、ゲイだからってどうってこともないと思ったし……どっちにしろ、彩花ももういましたから。あいつが女でも結果は同じだからなあ、って」

「本当に、綾川さんって、懐深いひとですね」

しみじみとした声であきれとも感心ともつかないつぶやきをこぼした白瀬がおかしくて、綾川はからかうように言った。

「ま、つっても弘はいきなりキスはしませんでしたし？　あのアプローチはさすがに俺も、驚きましたけどね」

「……もう忘れてください。いつもあんなことはしてません」

顔を歪めて頬を赤らめた白瀬に、「ああはい、それはなんとなくわかります」と綾川はあっさりうなずく。白瀬は、「どうして」とまた驚いた顔をした。

「だって白瀬さん、あのあとえらく動揺してたでしょ。手も震えてたし」

「そういうことは、気づいても黙ってるのがマナーですよ」

綾川のざっくばらんな性格に慣れてきた白瀬は、わざとらしく睨んでくる。こういう顔をすると、ふだんと違ってずいぶん印象が幼くなるのだな、と綾川はぼんやり思った。

「ふだんやらないのに、なんでまた？」

からかうつもりではなく、単純に疑問だと問いかければ、渋っていた白瀬はやけくそのように口を割った。

「チャンスかなと思っちゃったんですよ。ぼくたちみたいなタイプだと、なかなか、ふつうの場所での出会いっていうのもむずかしいですし……この歳になるとね、ぼちぼち、ちゃんとパートナーほしくなって」

「二丁目とかは？」

「遊びにいくにはいいですけど、どうもね。ぼくはああいう歓楽街は、向いてなくて」

苦笑して白瀬は「意外と臆病なんですよ」と大胆な誘いをかけた自分を笑う。その後のちぐはぐだった反応を見るに、言葉のとおりなのだろうと綾川は思った。

臆病なくせに、大胆。やっぱり不思議な男だと思う。

「セックスだけほしいわけじゃないですよ。いっしょにね、理解してくれて、支えてくれるひとがほしい。……まあでもこれは、ゲイに限らずむずかしいですね」

かもしれない、と綾川はうなずいた。

「男とか女とか関係ないですね。人間関係はなんでもむずかしい」

「うちのお客さまたちも、似たようなことで悩んでらっしゃる方、多いです。結婚したからと言っても、お互いに思いやれなければけっきょくは、厳しいことになったり」

綾川が「そこは同意だなあ」としみじみ言うと、白瀬は目を伏せてつぶやいた。

「あんまり、高望みはしてないんですけどね……って、愚痴っちゃってすみません」

ふふ、と笑う顔が寂しそうで、どこかあきらめているようにも思えた。

「この程度、愚痴になりませんよ。齋藤にくらべたら」

「あはは、齋藤さんは素直だから」

けっして他人を悪く言わない、穏やかで落ちついた人格。本当に白瀬は齋藤と同じ歳なのに、比較にならないほど達観《たっかん》している。

社会全体の精神年齢がさがっていると言われる昨今、白瀬の三十二という年齢は、いまの時代ではまだまだ青年に属するだろう。同じ年齢の齋藤はまた特例だろうが、ごく平均的なタイプの降矢もあの調子だ。こうも落ちついている人間はそう多くないように思える。

(カウンセラーみたいなことやってるからか？　いや、そういうんでもないな)

綾川にキスをしたときのように、たまに暴走もするようだが、あれは相当の例外だったのだろう。

それとも、あれこれと放蕩《ほうとう》を尽くしたあとの、悟りなのだろうか。

（いや、それとも……なんか、思いつめてでもいたのか？）

白瀬の言葉の端々には、なにか痛みを乗り越えてきた人間特有の深さがある。いったい、そうまで悟るようになるにはなにがあったのかと、そんな気持ちがわいた。そして、彼のことを純粋に、もっと知りたいと思っている自分に気づいた。

（ダチになりたいってか。いい歳して、まったく）

ひどく感傷的なのは、めずらしくも自宅で飲んで、酔いがまわったせいかもしれない。このところ接待での飲みくらいしかなく、こんなふうにくつろいだこともなかった。

なにより綾川自身、齋藤以外とここまで深い話を他人とすることも、もう思いだせないくらいまえから、なくなっていた。

気持ちが無防備で、落ちつかない。理由もないのに、相手を信頼できると感じる。ひさしぶりの経験にこそ、綾川は酔っていたのかもしれない。

「綾川さんは、再婚はなさらないんですか？」

「しないですね。相手もいないし」

「これから、どなたか出会うかもしれないじゃないですか」

心地いい酔いのせいだろうか、ふだんなら言われるだけで顔をしかめるような問いにも、あっさりと答えることができた。

「いや、結婚はないです。彩花以外、俺に女はいないんで」

気負うでもなくさらっと告げると、白瀬は一瞬だけ驚いた顔をした。だがそのあとすぐ、ふわりと彼は微笑んだ。

「彩花さんとは、本当に仲がよかったんですってね。齋藤さんも、彩花さんはすごくすてきで、けんかしているのを見たことがなかったと言ってました」

「……あいつが言うのは、ちょっと美化されてますから。鵜呑みにはしないでくださいね」

齋藤が理想の夫婦と言ってくれるのは嬉しいけれど、そうきれいごとばかりではない事実もたしかにあったのだ。

意識がなつかしい記憶のなかに沈み、綾川はしばし黙りこんだ。白瀬はなにを言うでもなく、言葉を急かすわけでもなく、静かに飲んでいる。

心地のいい沈黙。じっと耳をすますと、寛が不器用にシャワーを使う音がかすかに聞こえた。世界いち大事だった女が残してくれた、世界いちの綾川の宝物。

「ただね、ほんとに再婚はしないです。俺にとって女は、彩花だけだから」

唐突にせつなさがこみあげ、同時に告白したいという欲が止められなくなる。ひと息にビールを飲み干した綾川は、新しい缶のプルトップを開けながら、勢いにまかせて話し出した。

「中学生になって、はじめて女を意識して、そしたら彩花がいて。そのまま、するっとつきあって、しあわせだったけど、楽しちまった」

白瀬はあの穏やかな口調で「楽？」とだけ言った。

「弘はなんだかんだ美化してるけど、彩花はかなり男っぽかった。ストレートだし、ごまかさないし、女みたいに――あ、めんどうくさいタイプのね――変な駆け引きもしなきゃ、拗ねもしなくてさ。二十歳になったら結婚しようって、中学のときには約束してた」

「……二十歳で？」

白瀬は驚いたように目を瞠った。「早すぎですかね」と綾川が笑えば「そんなことはないです」と彼は、感動したようにつぶやいた。

「すごく、すごくすてきなことだと思います」

本当に好きだった。この女だと思った。大事で、いっしょにいると楽しくて……だから学生の身でも、約束どおり結婚しようと思った。

けれど、たったひとりしか知らないことに対して、若かった綾川がまったく迷わなかったわけではない。

「ぶっちゃけ、いっかいだけしたんですよ、浮気」

「え……」

意外そうに目を瞠る彼に、綾川は自嘲の笑みを見せた。

「籍いれてすぐにね。酒はいって乗っかられて、勢いでやっちまった。相手は大学の同期で、美人で、彩花のことを舐めてかかってて……俺のこと、奪えると思ったらしい」

のちになって、その女との共通の友人から、綾川に酒を飲ませたのも、呼び出したのも計算尽くの、かなり周到に用意された罠だったと知った。けれどすべてはあとの祭りだった。

「ご丁寧に、その女が寝てる俺の代わりに、彩花からの電話に出て暴露してくれて。翌日は修羅場なんてもんじゃなかった」

「それは、まあ、そうでしょうね」

かすかに顔をしかめた白瀬は、彩花の心情を慮《おもんぱか》ったのだろう。綾川にしても苦い記憶でしかなく、ため息がこぼれた。だが、その後の彼女の対応は、さすがに彼にも想像できまい。

「俗説らしいんですけど、浮気において、女はその浮気相手を恨んで、恋人や旦那を恨まない。男は、浮気した恋人そのものを恨むって話があって。そういう意味でも彩花は、ものすごく、男らしかった」

「男らしい？」

「このチンカス野郎、あんたの脳味噌は下半身にあるのか、あとなんだっけ……およそ、女が言うなよってな罵詈雑言《ばりぞうごん》が飛んできて」

狙われている事実を気づきもせず、のこのこと狩り場に連れ出され誘惑に屈した綾川を、彩花は罵りに罵ったのだ。

「酒飲まされてはめられるなんて、情けない、いい歳してなにやってんだって。返す言葉もなかったですよ」

「うわあ……たしかにそれは、男らしい」

白瀬はくすくすと笑ってくれて、なんだか胸のつかえがおりた。「若気のいたりにしても、俺はどうしようもなく情けない男だった」と、綾川もまた笑いながら言った。

「でもいっちばん応えたのが泣かれたことでしたねえ」

綾川はしてしまったことに対して、言い訳する気はなかった。まだ二十歳で、未熟で、誘惑に弱かったのは事実だ。大学にいきながら、齋藤と彩花と作る会社の準備もして、順調に進んでいく未来にうぬぼれ、すこし傲《おご》っていたのかもしれない。

すくなくとも、きれいな女が媚《こ》びて色目を使ってくることに、ちょっとした優越感をくすぐられてはいた。

「謝ったのが許せないって。悪いことしたって素直に認めて、色っぽい女にふらついたこと白状したのが、いちばん腹たつって。言い訳してごまかすくらい、してのけろってね」

——だまされてやるから、そんくらいの甲斐性みせろ、ばかやろう！

怒りすぎて真っ赤な顔で、目をつりあげていた彩花の顔は、いまでも忘れられない。本当に怖くてたまらなかった。こんなことで彩花に捨てられたら、死んでしまうと思った。

「とりあえず、ぼこぼこに殴られたあと、腫《は》れが引いたころ許してもらえました」

——次にやったら、その理性のない棒ちょんぎって、あんたのこと捨てるからね。

という、たいそう怖い言葉つきだが、むろん綾川は神妙に「はい」とうなずいた。

相手の女はしばらくしつこくしてきたが、綾川はがんとして突っぱねた。むろん、酒の勢いで間違いを犯したことについては、一応の詫びもいれた。

なんとかあきらめてもらったときには、胸を撫でおろしたものだ。

「でもあいつ、顔は殴らなかったんですよ。仕事にさし支《つか》えるからか、つったら、『顔は寛二の唯一の取り柄でしょ』とかのたまいやがって」

「……いい女ですね、彩花さん」

白瀬の声は穏やかで、嘘がなかった。いい女だと、かつて本気で愛した女のことを言われて、綾川は誇らしさを感じて、何度もうなずいた。

「そうなんすよねえ。美人でもなきゃ、どっちかっつうとぽっちゃりだったし。でもなんかこう……好きだったな」

ふっと綾川は息をついて、目を伏せた。どうしてか、まぶたが疼《うず》いている。

嘘くさい、おしどり夫婦などではなかった。ときどき取っ組みあって、それでもちゃんと、お互いを信じて乗り越えようとがんばっていた――同志だった。彼女が思いがけない事故で、リタイアしてしまうまでは、ずっとそうしていくのだと信じていた。

「ずーっとねえ、あったかかったんですよ。護《まも》ってもらえる気がした。中一で、十三歳でそんな女見つけちゃったら、ほんと、あとは目にはいらなくて」

ちいさく洟《はな》をすすって、そういえばこんな話をしたのは白瀬がはじめてだと気づいた。齋藤では無理だ。彼は彩花を女神のように崇めていて、なまなましい夫婦間の愚痴など言えなかった。

「ほんと、結婚したかった。入籍したとき、役所の外でガッツポーズして、あいつにばかかって言われたけど、すっげえ嬉しかった」

口にしながら、誰かに聞いてほしかったのだと気づいた。できすぎの女神でも偶像でもない、だめなところもあって、いいところもある、ふつうの彩花を愛していたことを、知ってほしかった。

「うっかり浮気したけど？」

「それ言わないでくださいよ。まじでトラウマになってて、めっきり、だめなんで」

「……だめ？」

「再婚しないっつったのは、それもあるんですよね」

これもまた、綾川が長いこと誰にも打ち明けていない秘密だった。

「女はだめなんだ。誰がどうでも、ぜんぶ彩花とくらべちまうし、浮気してる気分になる」

彩花が亡くなってから、まったくきれいな生活を送っていたわけではない。むしろ彼女がいなくなってから半年くらいのほうが、遊ぶことは多かった。

あまりに長い間いっしょにいた半身が消えてしまって、やわらかい身体の感触だけでも追いたくて、適当に女を引っかけたこともあった。だがそのあと決まって、彩花を裏切った後味の悪さだけを感じることを自覚してからは、むなしいばかりだった。

（まだ、忘れられなかったんだよな）

気づいた以後もあきらめ悪く、誘いを受け、数回、試してもみた。まるっきりその気になれず、相手に恥をかかせる結果に終わってからは、無駄なことはやめた。

身を慎むと決めたわけでもなんでもなく、本当にむなしかった。キスもセックスもないというのに、色っぽく上目遣いをする女性と食事をしただけで、とんでもない罪悪感も覚えた。

「だから、女装でカマっぽくしてりゃ、楽だったんだ。誰もそんな男、誘ってこないし」

おまけに相棒であり弟分の齋藤がばかな男に引っかかり、スキャンダルから目を眩《くら》ませるためにあえて顔を売り出したこともあり、逃避のための女遊びはいっさいやめた。齋藤には、自分にかかったゲイ疑惑を綾川の女装でごまかすなど、申し訳ないと言われたけれど、綾川はむしろ、それでよかったのだ。

一九〇センチのビッグサイズの女装社長、キワモノ企業家と言われて見せ物になっていれば、当然ながら色恋沙汰など遠ざかる。

「女装して、お誘いが減りましたか？」

「激減」

けろりと言うと、白瀬はくすくすと笑った。

「でも、違うお誘いは増えたのではないですか？」

「あー、二丁目《ニチョ》のひとたち？　いや、そっちもちょっと親しくなると、俺がノンケだってわかったみたい。テレビで見るぶんには、わかりゃしないでしょうけどね」

「そうですね、わたしもわかりませんでした」

なじるでもなく、からかうように白瀬は言った。「誤解させて申し訳ない」と綾川が頭をさげると、彼はかぶりを振った。

「おまけにあのばか嫁、保険金残して、俺にこの会社でかくしろって言いのこしやがって」

この『グリーン・レヴェリー』を作ろうと言いだしたのは彩花だった。そしていまわのきわに、ずっと内緒にしていた保険金のことを打ち明け、言ったのだ。

――あれを、わたしたちの夢にいかしてね。

「言われちゃったからにはね、どうにかしないといけなかったんで」

「そうだったんですか……」

「まあでも、いろいろちょうどよかったんだ。あいつがいなくなって、暇になってたら、本気で潰れそうだったし」

寂しさを感じる暇がないくらい、ほかに考えることがたくさんあった。会社は忙しく、いつまでも腰の落ちつかない弟分の齋藤は手がかかり、さらに手のかかる寛の父であり母である多忙さのまえに、男としての自分など存在する余地はなかった。

ひとつひとつに必死で対処しているうちに、ふと、性的な欲求がすっぱり抜け落ちている自分に気づいた。我ながら枯れているとは思ったが、まあ、種は残したしいいか――そんなふうにすら感じていた。

　仕事も、子どものことも、心配事は山のようにあって、すべてが彩花のいない寂しさを埋める代償行為だと、本当は気づいていた。そしてほかのどんな女性であれ、彼女の代わりにならないことも。

「奥さんの言いつけ守って、やってこられたんですね」

「逃避かもしれないですけど」

「いえ。立派だと思います。一途なんですね。いいですね、そういうの」

　ふわりと白瀬は微笑んだ。癒しを仕事にしているだけあって、本当に彼のまとう空気は穏やかだ。自分の打ち明け話を相手がどう思ったかと、そういうことを意識させないのは、カウンセラーの資格も持っているがゆえの対応だろう。

「なんか、いらない話べらべらしゃべって、すみません」

「打ち明け話をするのは、好まれませんか」

　問われて、綾川はしばし考え、「いや」とつぶやいた。

「楽だな、いまは」

「では、口にする時期がきたということだと思います。それでよろしいんじゃないですか」

　言われて、肩の荷がおりていることに気づいた。ひさしぶりにじんわりきた目元に手をやって「はは」と綾川は笑った。白瀬はそれをやさしく見つめながら、ぽつりと言った。

「寿命っていい言葉でしょう」

「え？」

「命を寿《ことほ》ぐわけだから。終わりはくるかもしれないですけど、残るのは哀しいものばかりじゃない。だからあえて、終焉《しゅうえん》をさす言葉にめでたい字をあてた。そんなふうに、ぼくは思います」

「……そうかも、ですね」

手のひらで目元を覆ったまま、長く、深く、息をつくと、熱っぽいそれがかすかに震える。

「すみません」

「いいえ、なにも」

彩花のことで泣くのは、葬儀《そうぎ》以来、四年ぶりだった。喉の奥にはさまっていた痛いなにか、もうなくなったと思っていた刺が、じっさいにはまだしこりになっていたのだと感じる。

「なんだかなあ。……あいつ、もういねえんだよなあ、ちくしょう」

つぶやいて、綾川はやっとそれを認められた気がした。

気づくと肩にやさしい手が触れている。ほっと息が漏れたとたん、ぽろりと涙が落ちた。

「彩花さんのこと、好きだったんですね」

「そうですね。……愛してました」

口にした言葉が過去形であるのが哀しかった。けれどもう、彼女のいない時間に慣れはじめた自分がいたことを、どうしても認めないわけにはいかなかった。それはせつなくて、苦しくもあったけれども、正しいことのようにも思えた。

しばらく無言で涙を流す綾川の隣に、白瀬はただ、いてくれた。これといって言葉もかけず、ただ静かにそこにいる。それがこの瞬間、ひどくありがたかった。

「あー、すみません。みっともないですよ。泣くのは、心にもいいんです」

「みっともなくなんかないですよ。泣くのは、心にもいいんです」

ほかの誰かに言われたら、くさいことを言うなと笑い飛ばしただろう。だが白瀬の言葉はまっすぐに綾川の心に染みいって、彩花がいなくなって以来ずっと癒えきれずにいた、最後のかさぶたをやさしく覆うような、そんな感じがした。

(不思議なひとだ)

誰にも話したことのない本心を打ち明けていてさえ、綾川には白瀬がよくわからなかった。けれど、ひどく気になる。わからないから、気になるのかもしれない。

どこまでも懐深くやさしい。それは世慣れているかのようであり、逆に純真だからこその、世間知らずゆえのあまさのようでもありと、印象は、そのときどきでひどく揺れる。

「……どうしました?」

「ああ、いや。なんでも」

目があって、空気がぐっと濃くなった。そして綾川はひどい混乱を覚えた。

さきほど、女は一生いらないと言ったばかりだ。結婚しないとも。そしてそれは意地を張っているわけでも操《みさお》を立てているわけでもなんでもなく、単純に気を惹かれたり、その気になるような相手がいなかった、それだけのことだ。

むろん男に興味などない。なのに自分でもおかしいくらいに、気づけばじっと視線で白瀬を追っている。

なんだかまずい気がするけれど、悪い気分ではなくて、それがさらにまずいような——中学のときに覚えたきりのなにかが、ふたたび芽生えそうな、奇妙な予感がする。

そう考えたとたん、綾川はかっと頰を赤らめた。

(まずい)

誘われて、その気はないと袖にした。男をそういう対象で見たことはいちどもない。なのにこの瞬間、心の深いところに触れた白瀬が、自分の近くに——物理的な意味ではなく、気持ちの近くにいつのまにか、『いた』ことに気づかされた。

——直接お会いして、とてもすてきな方だと思ったので……。

混乱にまかせて聞き流していた言葉を思いだし、胸の奥が唐突にくすぐったくなった。

(いや待て、ちょっと待て、それはありなのか)

あんな形でふっておいて、いまさらわけもわからず意識しはじめるなどと、そんな調子のいいことでどうする。自分の都合のいい思考回路にあきれていると、様子のおかしさに気づいたのか、白瀬が小首をかしげて覗きこんできた。

「あの、綾川さん？　酔ってきました？　顔が赤い気が……」

「えっ⁉　い、いや、平気だと思うけど」

顔を近づけてきた彼から、とっさに距離をとった。あからさますぎた態度に、白瀬は一瞬顔をくもらせる。

（あ、しまった）

伊達にもてていたわけではない綾川は、他人の好意にはそれなりに敏感だ。おかげで相手が本気になるまえに、やんわりと釘を刺してもこれた。

綾川が本当はゲイではないと知る人間も、社内にはいる。それでもいっさいアプローチを受けなかったのは、白石がかつて言ったように、女装に恐れをなしてその気が萎えただけではない。誰に対しても踏みこまれるまえに、遠ざけてきたからだ。

けれど白瀬はそうするのが遅すぎた。目のなかにある感情が、まだ綾川に向いて熱を持っているのだと、ほんの一瞬で読みとれてしまった。

「……すみません、よけいなお世話でしたね」

そっと目を細め、白瀬は微笑んだ。ポーカーフェイスのアルカイックスマイル。この顔に惑わされ、同性だということに混乱して、彼の好意がどこまでのものか気づけなかった自分が呪わしい。

すでに白瀬は綾川に関わりすぎた。いまさらもう、壁を作ることはできない。なにより、綾川自身がそうしたくないと思っていることに気づいて、愕然《がくぜん》とする。

「仕事柄、ついひとの体調には過敏になってしまって。おせっかいで、すみません」

「いや……」

綾川が困惑している間に、するりと壁を立てたのは白瀬のほうだった。なぜだかそれが妙に不快で、かすかに顔をしかめてしまう。部屋の空気はますます濃くなって、どこへ向かうのかすこしもわからない。

横目で、うつむきがちにビールをちびちびと飲む白瀬の顔を見つめた。ほんのりと頬が上気しているのは酔いのせいか、それともさきほど絡んだ視線のせいなのか、判断がつかない。

(だいたいなんで俺は、こんなにこのひとのことばっか、考えてんだ?)

白瀬と出会ってからというもの、ペースが乱されっぱなしで落ちつく暇がない。おまけに齋藤にも母親にも話したことのないことまで打ち明けて、丸裸にされた気分だ。

なのに本人はすました顔で、なにもなかったと態度で示す。

白瀬のやわらかい唇が、グラスのふちにあたってたわんだ。あのなかにある舌に舐められたのだと思いだし、一瞬背中がぞくっとする。

たった一回きりのキス。数年ぶりに目覚めた快感の兆《きざ》しは遅効性の毒のように染みて、綾川の思考回路をおかしくしていく。

「あのさ、白瀬さん――」

なにを言うつもりかもわからず、声をかけた。白瀬が「なんでしょう」と軽く首をかしげる。その仕種がやけに色っぽく見えて、ごくりと喉を鳴らした、その瞬間だった。

「おとうさん、乙耶くん、おふろでました！」

元気よく走りこんできた寛は、片手にバスタオル、片手にベビーパウダーを摑んでいたが、すっぽだかのままだった。しかもろくに身体も拭かず、ぼたぼたと水滴を落っことしている。

「こ、こら寛！　ちゃんと拭きなさい！」

「乙耶くん、パウダーしてくださいっ」

「ちょ、おまえ、お父さんの言うことを……こら！」

拭いて、とあまえるように白瀬へとバスタオルを差しだした寛は、綾川の小言など聞いてもいない。困ったように笑いながら、白瀬は寛の身体をバスタオルで包み、手慣れた感じで拭きはじめた。

「だめだよ、ちゃんと拭かないと。床が濡れるだろ」

「はあい、ごめんなさい。あとで拭きます」

「そうじゃなくて、濡れてると転んだりするかもしれないから。寛くんが怪我したりしちゃ、まずいだろ。ね？」

はあい、と素直極まりない声で言う息子は、綾川のことなど見向きもしない。憮然《ぶぜん》としたままビールグラスにビールを注いだ綾川は、反面、寛の登場で助かったとも思っていた。

(なに考えてたんだ、俺?)

あのままいくと、なにかとんでもないことを口走るか——とんでもない方向に暴走した可能性もある。きゃあきゃあとはしゃぐ寛の身体にベビーパウダーをはたく白瀬の顔には、もうあの艶冶《えんや》な表情はかけらもないけれど。

(ああ、でも、やっぱり)

目があった瞬間、またお互いの間になにかが通じるような、不思議な感覚があった。

女はいらない、けれど男ならどうなのだろう?

キスは間違い、あのことは口にはしない。友人でいると決めた。つい数十分まえの会話だというのに、そんな口約束の意味はあるのだろうかと、綾川はそんなことを本気で考えはじめている。

(これからいったい、どうなる?)

定まらない思考のまま、あまい子どものにおいを振りまく寛と、それを追いかけてパウダーをはたく白瀬の姿をじっと眺めた。

楽しげに笑うふたりを見ていると、いつにない充足感を覚える自分を否定できず、もうなるようになれ、と綾川はため息をつくしかなかった。

＊　＊　＊

白瀬との間に変化が訪れたのは、それから二週間ほど経ったころのことだった。

八月のなかば、お盆。真夏だ。初夏あたりから無駄に暑かったけれども、今年の夏は本当に暑い。

だがこのいま、綾川が暑さを感じているのは、陽気のせいではなかった。

「三十八度八分。立派な発熱ですね」

「嘘だろ……」

体温計を手にして、断言したのは降矢だ。取締役室でぐったりと机に伏せた綾川は、長い髪をギャルよろしく結いあげているが、そこにこもった熱は耐えがたいほどになっている。

「そんなぜいぜい言って、嘘もなにもないですよ。齋藤さん、いまから社長を病院に連れていきますんで、お願いします。あと、あっちに連絡いれて」

顔をしかめていた齋藤は「わかった」と言って携帯電話を手に部屋の外に出ていった。おそらくタクシーでも呼ぶつもりなのだろう。

「おい、病院とかいらねえだろ。どうせ暑気あたりかなんかだから、解熱剤のめば」

「だめです。ひどい咳してるし、新型のインフルエンザとかだったらどうするんですか。社内パンデミックとかごめんですよ、俺は」

強引に立ちあがらされると、降矢の力に逆らえず、ぐらっと眩暈《めまい》がする。ほら見ろ、とでも言うようにため息をつかれ、綾川は観念した。

「最近、社長は働きすぎなんですよ。すこしはセーブしたらどうですか？　あっちの仕事」

「つってもなあ、いろいろあんだよ」

「いろいろって、どうせ泣き落とされたんでしょう。変なとこ、ひとがいいんだから……」

綾川はようやく女装社長をやめられるかと思っていたのだが、この秋の改変期にはじまるオネエ系タレント番組の、レギュラーコメンテーターのオファーが来てしまったのだ。

とくに辛口というわけでもないし、おもしろいことが言えるわけでもないのだが、とにかく『でかくて派手』なビジュアルのインパクトは、画面映えするらしい。

最初は断ろうと思った。白瀬を巻きこんだ新規サービスのほうもまずまず好評で、場合によっては人手も増やさないといけない。オファーを受けた当初は「ただでさえ忙しいのに！」と悲鳴をあげたが、いままでのつきあいもあり、断れなかったのだ。

そのおかげで、白瀬には面倒をかけっぱなしになっており、どうにかスケジュールをつめようと仕事を持ち帰って無理をしていたところに、夏風邪はまんまと忍び寄ってきた。

「寛がこの間までひいてたし、それでうつっただけだ。あっちは三日で治ったし、たいしたことねえだろ」

「充分たいしたことあるでしょうが。こういうのは子どもより大人のほうがきついんですよ」

降矢は綾川の屁理屈に、あきれたようにため息をついた。

「とにかく、きょうのところは休んでくださいよ。社長が倒れちゃ、俺らも困ります」

気遣っているらしい降矢に「ああ」とうなずき肩を借りたところで、齋藤が「お迎えきたよ」と小走りに戻ってきた。ふたりに支えられながら、よろよろと三階の取締役室から降り、外に出たところで、綾川はぎょっと目を瞠った。

「……なんで」

すこし怒ったような顔で腕を組んでいるのは白瀬だった。この日は会議もレクチャーもなく、家で寛の世話をしているはずの彼が、なぜここにいるのだろう。

「なんで、じゃないですよ。だからすこし休んだほうがいいって、言っておいたじゃないですか」

どうやら勝手に連絡をいれた人間がいたらしい。じろりと齋藤を見やると、「怒ることないだろ」と眉をよせる。

「最近、寛《かん》ちゃん、白瀬さんと仲よくしてるし、ひろくんの世話も頼んでるだろ。ついでに面倒みてくれるっていうんだから、みてもらいなよ」

「だけどだな……」

こんなことまで世話を焼かせるのは違うだろう。抗議しかけた綾川の言葉を封じるように、降矢が口早に言った。

「文句言ってる暇ないですよ。ほら、さっさと車に乗って。タクシー待たせてるんだから」

「降矢、おまえもっ」

よけいな世話を、と怒鳴ろうとしたところで、耳鳴りがし、目がまわった。ブラックアウトしそうになる長身の男を、おおあわてで降矢が支えた。タクシーの後部座席に放りこまれたところで、どっと力が抜けていく。

「すみません、玉川の——病院まで……ハイ、お願いします」

きょうの白瀬の手のひらは、ひどく冷たく感じられる。浅い息をこぼしながら、額に感じるセラピストの手に安心したところで、綾川の意識はとぎれた。


熱で朦朧《もうろう》としている間に病院に連れこまれた綾川は、幸いなことに軽い夏風邪と診断された。

「薬飲んで寝てれば問題ないでしょう。お大事に」

すこし体力が落ちていたために、栄養剤の点滴と注射を打たれたあとから、いまひとつ記憶がさだかでない。

薬でうとうとしているうちに、白瀬に引きずられるようにして自宅に連れ帰られたようだ。

そして目が覚めた綾川を待っていたのは、開口いちばんのお小言だった。

「ろくに寝ないで仕事仕事だから、寛くんの夏風邪がうつってしまうんですよ」

「そうよ。けっきょく白瀬さんに迷惑かけてるじゃないですか」

「……ごめん」

ベッドサイドには、最近めっきり仲よくなった、母親の知美と白瀬のあきれ顔が並んでいる。面目ないと頭をさげ、この場にいない息子の姿を探した。

「寛は？　もういいのか？」

「もう咳もないから、きょうは遊びにいかせましたよ。おともだちの准《じゅん》くんのおうちで、いっしょに海に連れていってくれるんですって。きのう、ちゃんと話したでしょう」

「そうだっけ……」

「……あなた、本当はゆうべから熱が出てたわね？」

まったく、とため息をつく母に、綾川はふたたび「ごめん」と告げた。

じつのところ、発熱しているかもしれないという自覚はあったのだ。

このところ余裕がなく、寛の世話も家のことも、白瀬と母親に頼りきりになっていた。通常業務の合間に頻々《ひんぴん》とテレビの収録に呼び出され、心身ともに疲労がたまっていたのだろう。

だがこの忙しい時期に休むわけにもいかず、無理を押したらこのざまだ。

「悪いな、ほんとに。ふたりともごめん」

寛が夏風邪をひいても、看病すらできなかった。おまけにろくに顔もあわせていないのに、綾川までがダウンしたのは、完全にオーバーワークだったからだろうと、母の小言は続く。

「だいたい、もうテレビの仕事は断ったらどうですか。一時期は、宣伝になるからって引き受けたのはわかるけど、もうそんなことする必要もないでしょう？」

会社で降矢に言われたのとまるっきり同じ説教に、綾川は力なく笑うしかない。

「まあ、そうなんだけど。世話になったひとに、頼まれるとさ」

「もう！　寛二さんはどうしてそう、情に弱いんですか」

二十歳で綾川を産んだ知美は、若々しい顔を「いけません」としかめた。お嬢さん育ちであった彼女は言葉遣いの基本が丁寧語で、その口調は完全に寛に受け継がれている。

「もうちょっと、わたしに頼ってくれてもいいんですよ。こうして、おともだちだって助けてくれるし。弘ちゃんや降矢さんだっているでしょう」

「はい、はい」

「はいはい、じゃありません。本当に、適当に聞き流すところは、お父さんそっくりなんだから」

あきれともあきらめともつかないため息をついた知美は、傍らで同じような顔をしていた白瀬に「ごめんなさいね」と告げた。

「申し訳ないのだけど、まだ仕事があるんです。この子、お願いしてもよろしいかしら」

「ご心配なく。ちゃんと監督しておきますから」

母と白瀬にがっつりとタッグを組まれて、綾川に逃げ場はない。うんざりと息をついたところで、「いい、ちゃんと休むのよ」と最後まで小言を言いながら、母は帰っていった。

「あーくそ……この程度でダウンかよ、だせえ」

まだ三十四、されど三十四だ。二十代のころのようには無茶がきかなくなっていて、体力の低下をしみじみと感じる。

自分にうんざりしていると、知美を玄関まで送ってきた白瀬が顔を出した。

「喉、渇きませんか。冷たいもの作ったんですけど」

「あー、ください……」

ぐったりしたままうめくと、白瀬がすぐにロンググラスを運んできた。涼しい氷の音をさせるそれに惹かれて起きあがった綾川は、一気にそれをごくごくと飲む。

鼻がつまっているせいか、なんだかわからないまま飲み干してしまったけれど、喉の奥にミントのさわやかな香りが拡がる。熱の不快感が、しばらくの間、遠のくような気がした。

「……うまい。これ、なに？」

「ミントジュレップ、アルコール抜きです。さっぱりしていいかなと。ちょっとまえに、市販のジュースになっていたでしょう」

「あ、俺もあれ好きだった」

「よかった。もっと飲みますか？」

もういい、とかぶりを振ると、ぐわんと頭を殴られたような痛みが走った。うめく綾川をあわてて支え、白瀬がゆっくり横たわらせてくれる。

「だいじょうぶですか？　無理しないで、ちゃんと寝てください」

「あ、ああ。すみません」

抱きしめられるような距離に、こんな状況だというのに妙な緊張を覚えた綾川は、不毛な質問をつぶやいた。

「あー、えっと、寛は」

「さっき、海にいったって言ったばかりですよ。まだ帰ってきてません」

「あ、そうか……」

「ほんとにだいじょうぶですか？」

「……わかんね」

ぼんやりと目を天井《てんじょう》に向けたのは、至近距離にいる白瀬をなぜか見ていられなかったからだ。だが、逸れた視線は熱に潤み、とくに疑われもしなかった。

「熱をばかにしないほうがいいです。ほんとに、いろいろ怖いことだって……ありますから」

「すみません。体調管理もできてないようじゃ、どうしようもないな」

「そういうことじゃない！」

声を荒らげた白瀬に驚き、綾川は目を瞠った。彼もまた、自分の激した感情にぎょっとしたのか、口元に手をあてて凍りついている。

「白瀬さん？　どうしたんだ」

「な、なんでもありません。綾川さんが、無茶するから、腹がたっただけです」

言い置いて、あからさまにごまかした白瀬は、突然きびすを返すと部屋を出ていった。

「なんだ？」

はじめて白瀬が声を荒らげるのを見た。そもそもなにが悪かったのかわからないし、ちょっとやそっとのことで腹をたてる男ではないはずだ。

いったい綾川のなにが気に障ったのか。いらいらしながらも身動きできる状態ではなく、綾川は苦しい息をついて目を閉じる。

「……綾川さん、起きてます？」

「起きてますよ」

しばらく経って白瀬が部屋に戻ってきた。そっと額に、濡らしたタオルを乗せられる。それもミントのような香りがして、すっと呼吸が楽になる気がした。

「ちょっと、これ握っててください」

綾川が「なに？」と問うより早く、まるい紫色の石を握らされる。

「アメジスト。ひんやりして、気持ちいいでしょう」

「ああ、なんだっけ、解熱にいいんだっけ……」

うろ覚えの知識をつぶやくと、パワーストーンのヒーリング効果をあまり信じない綾川を知る彼は「気休めだと思って」となだめるように笑った。やわらかい表情と、汗を拭う手に、ほっと息が漏れる。

りいいん、と遠くなる意識のなかで音がした。肌に触れさせるわけではなく、横たわった綾川の頭の周囲や、身体のうえなどで音叉を鳴らされているらしい。不思議なことに、いつもならいくら言われても感じられない『波動』とやらが、熱に痺れた肌をやさしく包むような感覚があった。

「それ……」

「うるさいですか」

「いや、気持ちいい……」

透明な音が身体に染みてくるような気がした。同時に、不快感がすっと遠のいていく。

「セラピストとか、マッサージするやつってのは、なんでそう、ひとの体調に敏感なんですかねえ」

「そういう仕事ですから」

「でも、これ、仕事じゃないでしょう」

プロにそうそう、ロハで施術してもらうわけにはいかないというのに、白瀬はいつも綾川の疲れた顔を見るたび、マッサージや手当てをほどこそうとする。

寛のことについてもそうだ。なんだかんだと頼っているのを申し訳なく思いつつ、いまは白瀬の存在がないと、綾川はにっちもさっちもいかなかった。

当初は、うさんくさいと身がまえていた。けれど、仕事を通じて白瀬を知り、寛をとおして親しくなり、ひとには言えなかった話もした。幾度もマッサージをしてもらったおかげで、身体に触れられることに違和感もなくなり、それにともなって徐々に心の垣根もなくなった。

というよりも、ここまで他人を近しく思ったのは、彩花以来のことだとさすがに自覚している。どうにも不思議な白瀬を、意識しはじめていることも。

（くそ、熱のせいでなんもまとまらねえ）

なによりいらつくのは、白瀬の機嫌ひとつでこうも感情を乱されている自分にだ。

さきほど、横になる綾川の手助けをするために、身体にまわされた白瀬の腕は細かった。けれどしっかりとした男の力も感じて、そのことに妙な安堵《あんど》を覚えもした。

思えば綾川は、もともと母子家庭であったせいか、比較的幼いころから誰かに頼られ、護るがわの人間だった。なにかを預けて安心できる、という感覚を味わった経験は、遠い昔、薄ぼんやりとしたセピアの記憶のなかにしかない。

そして背中を預けてなにも疑わずにいられたのは、彩花とすごした時間のなかだけだ。彼女がいなくなって四年、常に綾川の背中は孤独だけが寄りそっていた。

なのに白瀬は、その寒い背中に触れてくる。まだ知りあって二カ月足らずのつきあいでしかないのに、とんでもない深い場所まで近づいている。

そのくせ本人は、手の内を見せずに涼しい顔のまま。それがいちばん、腹だたしい。

「……なんで、そこまでしてくれんの」

熱にゆるんだ理性が、問うのをためらっていた言葉を押し出す。ふわふわと身体を包んでいた音が、ふっととぎれた。

「なんでって、熱を出してるひとがいたら、できることはしたいと思いますし」

「そんな、とおりいっぺんの話を聞きたいわけじゃねえよ」

胸を膨らませるほど、大きな深呼吸をする。ミントジュレップのおかげか、アメジストと音叉のおかげか、さきほどよりずっと身体は軽かった。肘をつくと、白瀬があせったように綾川の肩を押さえようとする。

「あの、まだ起きては」

「いいから。気になるなら手ぇ貸して」

「あ、はい」

しかたなく身を乗り出す白瀬の腕を捕まえ、綾川は強引にそれを引っぱった。

「え――」

細い身体は、あっけないほど簡単に引き寄せられる。体温が高いはずの白瀬の身体が冷たくて気持ちよい。やはり熱が出ているのだな、と散漫《さんまん》に綾川は考えた。

「あの、綾川さん、これは」

「いや、こういうことじゃねえの？」

なにが、と強ばった声で問う白瀬に、綾川は「俺らの面倒」とぼそりと言った。

「せっせとかいがいしくしてくれんのって、俺に気があるんじゃないの？」

抱えこんだ身体は、一瞬で熱くなった。

「なっ、なにを、うぬぼれないでください！」

もがきはじめた身体を、片腕でぎゅっと拘束《こうそく》する。骨っぽくて、胸はない。けれどそのぺったんこの胸に、妙にほっとする自分もいる。この抱擁《ほうよう》を、悪くないと感じている。

「ほんとに、俺がうぬぼれてるだけか？」

真顔で見つめると、白瀬は顔を作ろうとした。だがその頬に手を触れさせたとたん、びくっと震えて目をつぶってしまう。

怖いことがあったときの子どものような顔に、ふっと笑いがこぼれた。

もう認めるしかないだろう。綾川にとって、白瀬はかわいい。それは彩花が亡くなって以来はじめて、欲情をともなって感じるかわいさだ。

（女がだめなら、男でいいって、そりゃ短絡的だろ）

だが、子どもの世話を焼いてくれる、きれいでやさしい、なんでもできる相手が——しかもいちどは誘われたこともある——懸命《けんめい》に尽くしてくれている状況で、ほだされないことはむずかしいだろう。

誰にも言わなかったことを、どうして白瀬には打ち明けてしまえたのか、あれからしばらく悩んだ。

彼がカウンセラーでもあるから？　違う。カウンセリングの冷静な穏やかさなど、べつに綾川は欲していない。むしろ他人だから気楽に言えた？　それも違う。気楽に話せることならとっくに、誰彼かまわず話している。

答えは、それを白瀬が受けとめてくれると無意識にわかっていたからだ。そして、いつのまにか綾川のガードをかいくぐって、驚くくらいに近くにいた彼だったからだ。

「いやか」

「いやとかなんとか、そういう話ではないでしょう」

怒ってみせる顔も、ひどくきれいだと思った。

白瀬は、美形というだけでなく、なんとも雰囲気のある相手だ。どんな雰囲気かといえば、それは——ついキスをしてしまうような。

ちゅ、と音を立てて唇が触れたとたん、驚いた顔をした白瀬が怒鳴った。

「……綾川さん！　おふざけがすぎます！」

綾川を突き飛ばして逃げるからさらに驚いた。その顔は、熱を出した綾川以上に真っ赤だった。警戒したように身がまえる白瀬にきつい目で睨まれながらあとじさりをされ、さすがにむっとした。

「なんだその反応。ちょっとキスしただけなのに、強姦でもされたみたいな顔して」

綾川はのっそり身体を起こす。さんざん親切にしておいて、気を持たせるような反応を見せたくせに、いざ迫ってみるとこの拒まれよう。さすがに気分も悪くなる。

「最初にキスしたのそっちだろう。てっきり、俺のこと好きなのかと思ってたけど」

「誤解です！」

「好きじゃないのかよ。誰彼かまわず、するわけじゃないって思ってたのになあ。やっぱり軽いヒトだったわけ？」

わざとねちねち絡むと、白瀬はふだんの冷静さが嘘のように声をうわずらせた。

「ちが、あれは、あのときの話で。そりゃ、すてきだと思ったから誘ったんですけどすてきだと思った、との言葉に「へえ？」と綾川が笑う。彼はますます顔を赤らめた。

「で、でもいまはぼくは、寛くんがとても好きで、彼と仲よくなりたいと思って、だから」

白瀬はうろたえきっている。あまりにあわてながらまくしたてるので、ついからかいたくなった綾川は、よけいなことを言ってしまった。

「あ、俺じゃなくて息子のほう？　白瀬さん、子ども趣味？」

「……本気で怒りますよ」

目をつりあげた白瀬に、タチの悪い冗談だったとこれはすぐに反省した。だが、どうにもここまでの過剰反応が解せなくて、綾川は眉をよせてしまう。

「なんでそこまでびびるんだ。最初に誘ってきたのはなんだったわけよ」

「言ったじゃないですか。綾川さんもその、コッチの人間だと思ってたからで、ノンケだとわかっていたら、あんな真似しなかったって……」

白瀬はうなだれ、声をちいさくする。齋藤のうじうじした愚痴を年中聞いていた綾川にしてみると「またか」という感じだった。

——俺がもともとノンケだったからって、バリケード張りめぐらしまくってたくせに。

降矢がこぼしたとおり、どうも綾川の身近なゲイの連中は、ノンケ相手に壁を作るようだ。やり手の部下が、常々「めんどうくさい」とこぼしていた気持ちがようやくわかって、こんなものをわかりたくはなかったとため息が出そうになった。

「セクシャリティってのは、そんなにでかい壁かな」

「ふつう、そうなんじゃないですか？」

「ふつう、ねえ」

白瀬はそう言うが、テレビの仕事で知りあった相手を見るに、そのあたりはひとそれぞれであるのは理解している。だからそれだけ、齋藤や白瀬の傷は深いのだろうと、理解はする。するのだが、もどかしい。

「正直、よくわかんないんだよな、俺」

綾川のなかでゲイというセクシャリティはある意味、第三の性別のようなものだった。男がいて女がいてゲイがいる。そんなふうに認識しているから、過敏になる彼らの気持ちをいまひとつ、わかってやれないのかもしれない。

「わかんないけど、おまえとならやってみたい」

あれこれ言いつくろうのが面倒になり、非常にストレートな言葉でいまの感情を吐き出すと、白瀬は顔をしかめて睨んできた。

「わかんないけどって、そんな適当な……なにもそんな、女性でいいなら、そうすれば」

もっともなご意見だが、それこそが無理だと話したはずだ。熱に潤んでいた目をすっと伏せて、綾川はつぶやいた。

「それこそ、まえにも言っただろ。女は無理だ、くらべちまうからって」

警戒心まるだしだった白瀬は、その言葉に表情をくもらせた。そんな簡単に同情していいのかと、綾川は苦笑したくなった。

彩花とくらべてしまうというのは、たしかに本音だ。けれど、そうやって気を惹きたいと計算するずるさも、綾川のなかにちゃんとある。気づいた様子もなく、白瀬は気遣わしげに声をかけてきた。

「あのでも、男のほうがくらべたりしません？」

「根本的に違うから、それはない。似て非なるもの、のほうが俺には違和感ある。あー、言っちまえば、おっぱいの形も女によって違うだろ。違うなあって思うと萎えるわけ。けど、白瀬さんは最初っからそれがないから、なんか納得するんだよ」

でも、とためらう白瀬に、綾川はため息をついて手を差し伸べる。

「なあ、いやじゃなきゃ、こっちきて」

「でも」

「こいって」

おずおずと近寄ってくる白瀬の細い腕を捕まえて、今度はゆっくりと抱きしめた。彩花とはまるで違う、細くて硬い身体。けれどやっぱり、しっくりくる。

ついでに言えば、風邪のそれとは違う熱が身体にこもっている。まだ白瀬に気取られるわけにはいかず、綾川はゆったりと話しかけた。

「ここまできたら、恥さらすけど。正直、彩花が死んでから半年ほど遊びまくったあと、ぱたっとなんもしてねーのよ」

「はあ、それはうかがいましたが」

「それから勃《た》ったの、おまえが最初なんだわ」

えっ、と白瀬は目を瞠った。直後にまた顔を真っ赤にして、うろうろと視線が泳ぐのがおかしい。これでどうして、あんな艶冶な表情を作ることができたのかと、やはり不思議だった。

「あれ、でも、奥さま亡くなられて、たしか……」

「うん、四年経つな」

「じゃあええっと、三年半は、その」

「ぶっちゃけ朝勃ちだけだったな。けどろくに自家発電もなきゃ、たまって困ることもなかった」

こうなればすでに隠すものはないと、綾川は言いきった。白瀬はぽかんとしている。

「……なかなか、お寂しいナイトライフだったんですね」

なにを言えばいいのかわからない、という顔の彼に、綾川は噴きだした。

「お寂しいか。そりゃいいな」

「あ、いえ。すみません。からかっているわけではないんですが」

混乱しているかのように、白瀬は目を泳がせた。ふだん動じない男が、自分のせいで動じているのだと知るのは、存外悪い気分ではなかった。

「セックスだけほしいわけじゃない、って言ってたよな」

「あ、ええ。まあ」

「恋愛かと訊かれりゃ、正直よくわかってない。俺はゲイじゃない、っつうか、いままでそういう気になったことがなかったし、違う可能性もある。けど、友情じゃおさまらない好意はある。それがどう変わるかわからないけど、三年半ぶりにその気になったのは事実だ」

飾りのない綾川の言葉に、白瀬は、ひゅっと息を呑んだ。

「俺はおまえのこと信用してるし、理解したいなと思ってる。つきあうなら大事にするし、思いやりとか、そういうものはやれるんじゃないかと思う。……そういうのはいやか？」

「そん、な」

白瀬は、なにを言えばいいのかわからないように、目を伏せて唇を嚙んでいる。

「つーか、すまん。いろいろ言ったけど、俺いま勃ってるわ」

「は!?」

ぎょっとしたように逃げようとする白瀬を捕まえて、強引に身体のしたに敷きこんだ。押さえこんだ瞬間、ずきりとこめかみに痛みが走ったが、茫然と目を見開く白瀬の顔のまえには、どうでもよかった。

誰かを組み敷く、そういう興奮を覚えたのは数年ぶりで、ブレーキがきかない。

男としての自分を試したい、そんな気持ちがないとは言えない。

けれど、目のまえのきれいで色気のある白瀬に触れたいというのは、なんの打算もまじりけもない欲望だった。

「白瀬さんのいまの気持ちも、俺にはよくわかんねえ。でもまあ、いっぺん誘ってみようって思う程度には、好みだとうぬぼれてんだけど、どうすか」

「ど、どうすかって、なにを、どう」

「とりあえず、いまふたりっきりで、……ああすまん。ぶっちゃけ、やりたい」

風邪の発熱と、興奮による熱のどちらが勝っているのかわからないけれども、相当強く突っぱねてもらわないと止まりそうにない。じっと見おろしている白瀬は、おろおろするばかりで、すこしも歯止めになりはしない。

「ちょっと、あの、そんな」

「俺がきらいか？」

口説き落とすときの自分の、あまったるくひずんだ低い声。こんなものもそういえば持っていたなと思いだす。そして、まださび付いてはいなかったらしく、摑んだ白瀬の腕がふわっと熱くなった。

「……あの、だめです」

顔を近づけ、耳のそばで「なんで」とささやくと、白瀬の声がうわずった。

「な、なんでって、ぼくはこんな、こんなつもりは」

「おまえさ、うろたえると、自分のこと〝ぼく〟って言うよな」

「そんなのど、どうでもい……っ」

「乙耶って呼んでいいか？」

腰を押しつけた。似たような膨らみを股間に感じて、綾川はにやりと笑う。思わせぶりに揺らしてみると、白瀬はきつく目をつぶって顔を逸らした。

負けた、と書いてある横顔は、欲目もあるのかもしれないけれど、たおやかで色っぽい。

「ずるい、です。ずるい」

「なあ、脱いで」

「あとで後悔しますよっ。彩花さんに悪いと思わないんですか！」

なじる白瀬の目は、涙に潤んでいた。そのひとことと涙には、正直、怯まなかったといえば嘘になる。だが綾川は「そういうテンプレな台詞《せりふ》いらない」と言いきった。

「女はいやなのに、男のおまえなら抵抗がない。自分でも短絡的だと思ったよ。けど、理屈でどうにかなるなら、これはこうなんないだろ」

また質量を増したそれを彼の身体にこすりつける。白瀬はひゅっと息をつめ、その細い首がじわじわと赤く染まっていった。

こんな顔をしておいて、正論ばかり言われたところで聞けたものではない。

「っていうか、これで出せなきゃ、そっちのほうが後悔する」

言いきって綾川は身体を起こし、膝立ちで白瀬にまたがった。寝間着代わりのTシャツを脱ぎ捨て、長い髪をばさりと振った。半眼にした目で、抵抗もできず横たわっている白瀬をじっくりと眺めまわすと、ごくりと彼は息を呑んだ。

夏の薄い服のうえからでも、白瀬のスタイルがいいのはよくわかる。平たい胸、細い腰。綾川に煽《あお》られて質量を増した股間、しなやかで長い脚。

やっぱり悪くない。というか、かなり、いい。

そして赤くなって震えているくせに、白瀬の視線はボトムのうえからも張りつめた形がわかる綾川のそれに釘付けになっていた。

「最初に、俺をその気にさせたの乙耶だろ。責任とってくんねえ？」

唇を歪めて揶揄すると、はっとしたように羞《は》じらって睫毛を震わせる。

そのくせ、おずおずとそこに手を添えてくるから、たまらない。布越しにそっと撫でられ、ひさしぶりの刺激は強烈で、腰を引かないでいるのが精一杯だ。

「手……で、いいですか」

「いやだ」

にべもなく言うと、「じゃあ、あの、口？」と白瀬が上目遣いで問いかける。それに対しても、綾川はかぶりを振った。

もう身も蓋《ふた》もへったくれもない。じつに三年半ぶりにその気になったことで、綾川の欲求はティーンの童貞《どうてい》レベルにまで高まっている。

「いれさして」

「そ……んな、いきなり」

「あ、経験ないか？　無理？」

セクシャリティはゲイでも、アナルセックスの経験があるかどうかは、またべつの話だとは知っている。あらためてのしかかって問いつめると、白瀬はぶるっと震えた。

うろうろと泳ぐ視線で、まんざら知らない身体でもないとわかる。それが行為の可能性を示唆しているようで、綾川の興奮をさらに高めた。

「きょうのきょうで、準備もしてないし、じっさいに無理ならあきらめる。けど、そのうちには、いれるから」

断言すると、白瀬はますますうろたえた。

「あの、綾川さん、あのっ」

「素股でいい。おまえのうえで腰振らして」

どうしていいかわからないように、白瀬の手はシーツをひっかいていた。その細い手の近くに、さきほど熱を冷ますようにと渡してくれたパワーストーンがある。落として割ったりしないように、綾川はそれをそっと拾い、ベッドサイドに丁寧に置いた。

「これだけは言っておくけど、俺は乙耶のことを傷つけるつもりはないし、たまたま盛《さか》ってやらせてくれって言ってるわけでもない。無責任にするつもりもない」

しなやかな手を握って告げる。綾川の目に魅入られたように、白瀬はこくりとうなずいた。

白瀬も腹をくくったのか、自分で服を脱いでくれた。勢いにまかせ、余裕もなく裸になったあと、ふと綾川は白瀬に問いかけた。

「寛って、何時に戻ってくるんだ」

「たしか、六時だったかと……」

つまり、あと小一時間で寛が帰宅する時間になる。このさき、ふたりきりになるチャンスはなかなかないと思うと、妙にあせった。

服を脱ぐ以外にやったことはといえば、念のため部屋の鍵をかけたことと、カーテンを引いたことくらいだ。

手のひらで触れた白瀬の素肌は、さらっとしていて気持ちがよかった。妙に気が逸《はや》り、強引に抱きすくめると、自分の湿った身体が相手の不快感を誘いはしないかと気になった。

「俺、汗かいててごめん」

「そんなの」

この状況で、と笑われて恥ずかしくなった。本当にブランクが長すぎて、どうにも野暮ったいことになっている。

キスはした。最初、拒まれそうになったので、ふたたび「この間は自分からしただろ」のひとことで押し切り、何度もやわらかい唇を貪《むさぼ》った。

薄い胸を撫でまわしていると、不思議な気もしたけれど、ちいさい乳首はかわいいと思えた。けれど白瀬は、綾川の愛撫をやんわりと止めさせる。

「なに、さわられんの、いや？」

「いやっていうか、綾川さん、息あがってます」

それは興奮しているからしょうがないだろう。そう思ったのに、こんな場面には不似合いなほどやさしく額にさわられて、言葉が出なくなった。

「やっぱり。熱あがってます。無理しなくていいですから……ね」

湿ってもつれた髪を丁寧に梳いてくれた白瀬は、反対の腕でベッドのしたにあった、自分の荷物を探る。現れたのは、マッサージに使うアロマオイルだった。

「こういう使いかたするとは、思わなかったんですけどねえ」

とろりとしたそれを手のひらにとって、白瀬は自分の腿に塗りつけた。遮光《しゃこう》カーテンを引いてはいたが、隙間から漏れてくる陽の光で、部屋のなかはうっすら明るい。白い肌にぬめるオイルが、ひどく卑猥で、綾川はごくりと息を呑んだ。

「こっちに」

細い手で招かれて、身体を重ねる。閉じた腿の間にそれをはさまれたとき、ぞわっと全身に鳥肌が立った。

ぴったりと貼りつくような肌、オイルのぬるつき。忘れかけていた欲が綾川のすべてを支配して、がむしゃらに相手を抱きしめる。

「やばい。ごめん」

「いいですよ」

年下の男に許されて、そこからはもう、たまらずにただ腰を振った。しかけたのは綾川なのに、けっきょくあやされるようにして抱きしめられ、ただただ、欲情をぶつける。

脚にこすりつけているだけなのに、たまらなくよかった。熱に滾《たぎ》った自身が、白瀬のほっそりしたものにこすれる感触は新鮮だった。そして彼も勃っているのが、このめちゃくちゃな状況のなかで、唯一の免罪符《めんざいふ》のようにも思えた。

「んっ、……ん、んんっ」

よけいなことを言いたくも、言わせたくもなくて、律動の合間、たびたびキスをした。それをほどくのは、息苦しさのせいとそれから、ときおり漏れる白瀬の声を聞きたいからだ。

「風邪……うつったら、ごめん」

「いま、さらっ、あっ、あ！」

押しつけるだけでは足りず、腰に手をまわして下半身を抱えあげる。ちいさな尻を両手に包むと、意外にやわらかくて夢中になって揉んだ。男の尻は硬いと思いこんでいたけれど、白瀬の身体は細いのに肉質がやわらかくて、ずっとさわっていたいと思った。

けれど、熱のせいか、到達が遠い。

「ああ、くそ、いきたいのに、いけね……っ」

いいのに、足りない。もどかしくて、もっと刺激がほしくなる。うめいた綾川に、白瀬も息を切らしながら言った。

「や、やっぱり、口で、しましょうか？」

「……っ、いや、いい。いいけど」

くらくらしながら、ありがたくも卑猥な提案をする白瀬の口に、左手の人差し指と中指を突っこんだ。驚いた顔をする彼に「しゃぶって」とかすれた声で告げる。

「これで、おまえのなか想像しながらいくから、舐めて」

煽るつもりの言葉に自分も煽られ、腰の速度があがる。くちゅくちゅと、口のなかを犯す指の音が疑似セックスの快楽を増幅させた。

「んふ……ふは、あう」

白瀬は涙目で、それでも懸命に綾川の指を吸い、噛んで、舐めている。こんなふうに丁寧にフェラチオするんだろうかと思うと、脳が焼き切れそうになった。見おろした身体、さっきまでは乾いていた肌はしっとりと湿り、いじるのを拒まれた乳首はぷつんとたっている。

「んう!? あ、やです、それ」

「うるせえ」

あわてる白瀬に乱暴に言い捨てて、身体を折り曲げ、ちいさな乳首にしゃぶりついた。腰を重ねる角度が変わり、背筋をしならせた白瀬の性器の裏側を突きあげるように激しく動く。

「だ、あ、いやだ、だめ、だめっ……う、んんんっ」

「なんでだよ」

「だって、それ、それ、あああ」

濡れた指で、あえぐだけになった唇をなぞり、たわめ、舌をつまんでいじる。清潔な白瀬の顔が汗と唾液と涙に汚れ、濡れて光っている。

「なあ、いくとこ見せて」

「えっ⁉　は、話が、ちが……っ」

綾川が満足すればいいと思っていたのだろう。恐慌状態の白瀬は、怯えるように顔を歪めてかぶりを振る。そんな表情にもそそられて、どうやら自分は白瀬のくしゃくしゃになった顔に欲情するのだと気づいた。

まずい。いじめたい。泣かせたい。

「なんも違わない。見せて。なあ、いって、ほら」

「いっ！　だめです、そっちは、それは」

自分と白瀬のそれを、ひとまとめに握りしめた。指さきでたしかめると、綾川のだけではなく白瀬の性器も濡れている。くるくると先端をいじってやると、痙攣《けいれん》するように細い腰が

跳ねた。

（うわ、びっくびく）

いやらしかった。正直、うっかり出そうだったが、さきに白瀬をいかせたくて綾川はこらえた。

「乙耶、エロいな。ぬるぬる。おかげで俺もこんなだ」

「なにを言ってるんですか……っ」

なぶるような声を出す自分が信じられなかったが、それで感じている白瀬が悪いのだと思った。濡れた目で見て、弱々しく綾川の肩をひっかき、いや、だめ、と言うくせにときどきしがみついて腰を振っている。

「いいか？　なあ？」

「やだ、ああやだっ、でちゃ、でちゃうからっ」

「出せって。出るとこ見せろよ……いけよほら、いけって！」

んんっ、と白瀬が唇を嚙みしめた。とたん、手にしたものがびくびくと痙攣し、シーツから浮きあがった白瀬の腰が上下するほど揺れる。射精《しゃせい》する瞬間の苦しそうな顔が、たまらなくそそった。

だから、キスをした。強ばる舌を嚙んで、吸って、そうしながら綾川も腰を振る。

「あふ、あっ、あっ……！」

息苦しいのか、顔を振って逃げた白瀬の口からあまったるいあえぎが漏れた。

耳から腰に直撃するその声に引きずり出された、強烈な射精感に負けて――綾川は三年半ぶりの熱の解放を、全身を震わせて味わった。

「うあ……」

腰が止まらず、白瀬の肌に精液を塗りつけるようにして身体を動かしたあと、うめいた綾川はどさりとシーツに崩れ落ちた。

忘れかけていたのは、射精後の疲労感もだ。こんなに疲れるものだっただろうか。

快感と興奮に気が散っていたけれど、どっと脱力したとたんに頭痛が襲ってくる。

「頭、いってえ……」

「無茶……するから、ですよ」

「うるせえ」

身体のしたで、白瀬が咎《とが》めるような声を出す。非難する目つきをこんな時間に見たいとは思わず、痛む頭をこらえて細い身体を抱きこみ、唇をふさいだ。

たっぷりと舌と唾液を絡め、気がすむまで貪ったあと、やっとの思いでキスをほどく。

「いきなりで、悪かったな」

「いえ、それは。でも、……だいじょうぶですか」

「風邪はしょうがねえよ」

心配そうな白瀬の問いたいことはわかっていた。だからあえてはぐらかし、綾川はごろりと仰向けに横たわる。ずぶずぶと身体がシーツに沈んでいく気がした。

「ああ、けど……悪い。起きらんねえから、タオルかなんか頼む」

「わかりました。寝ててください」

「しまらねえな、くそ……」

気分は最高にいい。だが体調は最悪で、横になっていても天井がぐるぐるまわった。こらえきれず、目をつぶると、ふっと意識が落ちた。

気を失ってでもいたのか、気づけば身体はきれいになっていて、白瀬がそっと上掛けをかけてくれるところだった。

「あ、起きました？　服、着せるのは無理なので、起きてもらえますか？」

「ああ、うん」

綾川にしてみるとまばたきひとつの間だったが、けっこう時間が経っていたらしい。すでに白瀬はきちんと服を身につけている。シャワーを浴びたのか、せっけんの香りがした。

「事後承諾ですみませんが、お風呂、借りました」

「いや、いいよ」

頭から、洗濯したTシャツをかぶせられる。あとは自分でできると、綾川は下着を穿いた。そこもさっぱりしていて、後始末をされたことについては微妙な気分になる。

「なんか、介護、介護老人の気分だ……」

「事実、介護されてるんでしょう。まったく、あんな無茶して」

いけませんよ、とまたすましした顔になってしまう白瀬がおもしろくなかった。つれなく、さっと背を向けた彼はさきほど綾川を拭いたらしいタオル類をたたんでいる。きっと綾川の精液でねばついた股間も、いまのような顔できぱきと拭き取ったに違いない。

だが、完全に平常心とはいかないようだと知ったのは、名前を呼んだときの白瀬の反応だった。

「乙耶」

「なんですか」

答える直前、びくっと彼は細い肩を揺らした。平然として見える白瀬の本音を知りたければ表情よりも肌の色や震え、その反応を見るほうがいいと短時間のうちに綾川は学んだ。

「それ、俺のザーメンついてんの？」

ぴたりと白瀬の動きが止まった。微妙な間があって、能面のような顔で振り向いた白瀬は抑揚《よくよう》のない声で答える。

「……綾川さんは、下品なひとではないと思ってたんですが」

冷ややかに言うくせに、耳は赤かった。反応を引き出したことに喜ぶ自分の、子どもじみた感情に苦笑して、綾川は「冗談だ」と詫びた。

「そういう冗談は、好きではないです」

「悪い。謝るからこっちきてくれよ」

「なんでですか」

「もういっかい、キスしたい」

今度はすぐにわかるほど白瀬の顔は赤くなった。綾川も、自分の放ったあまったるい言葉に面食らったが、考えるよりさきに言ったものはしかたがない。

「お父さん、もうすぐ寛くんが帰ってきますよ」

「うん、だからだろ」

手招きをすると、白瀬は近づいてはきてくれた。だが綾川の希望を叶える様子はなく、ベッドサイドに腰かけると「綾川さん」とまじめな声を出した。

「わたしはきょうのこれは、あくまで緊急措置のようなものだと思ってます」

人称が、仕事モードにはいった。おもしろくなくて顔をしかめた綾川に、白瀬は寛をなだめるときと同じ顔をしてみせた。

「緊急措置ってなんだよ、それ」

「間違いは起きるものですよ」

「ちょっと待て、どういう意味だよ。間違いって」

いやな方向に話が向かっていることに気づき、綾川は身体を起こした。案の定、白瀬は愚にもつかないことを口にする。

「お互い、寂しかったですし……もともとは、わたしが慣れ慣れしくしすぎた」

「はあ⁉ 待てよ、そういうんじゃないだろ、さっきのは」

「だって、べつにわたしに本気で恋をしたとか、思ってるわけじゃないですよね」

じっと目を見つめられて問いつめられると、さすがに即答はしかねた。ほんの一時間ほどまえ、よくわからない、恋愛じゃないかもと言ったのは綾川のほうだったからだ。

「そりゃ……けど、おまえのことは好きだぞ」

「環境が環境なんで、ボーダーがゆるんでいらっしゃるんだと思います」

苦笑する白瀬に、「そんな軽いものじゃない」と告げたが、まるで届かないのがわかった。なにより、綾川自身、いまの感情を決めかねてもいるのは事実で、揺れる気持ちではまったく説得力がない。

「カウンセラーと患者の間によくあるんです。疑似恋愛というか。とくに身体にさわる仕事だから、誤解されることもあります。綾川さんも、きっとそうなんです」

違う、と言いたかった。けれど言えるほどの確信もなく、綾川はただあせる。

「まあ、マッサージ業界では、女の子なんかだと、そういうふうにして常連客を捕まえるひともいますけどね」

するりと、白瀬が話をすり替えた。逃げるなと言いたかったが、いま深追いするとさらに完璧に壁を作られそうな気がして、綾川も乗ってみせるしかなかった。

「色恋営業ってことか」

「ええ。まあ、風俗系の店と勘違いする客を、うまく利用するというか……逆のパターンもありますけどね」

「逆？」

「ええ。要するに女性が男性を買う、というか。そういうサービスも含めた店ですね」

白瀬が齋藤と同じ店に勤める前に、人手不足の知人に請われて勤めた店は、歓楽街の近くのちいさな柔道整体だった。それ以前にもアロママッサージの同じようなテナントがはいっていたと聞いてはいたが、まさかそれが風営法違反で潰れた店とは知らなかったそうだ。

「どうも、その、以前の店と同じサービスを受けられると、勘違いした客がいて」

「女って、まえに言ってた、ストーカーがどうとかいうやつか。でもあれは齋藤と同じ店での話だろ」

「齋藤さんには言ってませんでしたけど、彼女は」

ふっと白瀬は言葉を切った。綾川が「なんだ？」と問いかけると、ごまかすように彼は笑った。

「なんていうか……その、アロママッサージの店から、噂を聞きつけてきたんです。しつこく誘われてもわたしが拒んだので、腹いせにあんな騒ぎを起こしたのではないかと」

誤解とはいえとんだ事件に巻きこまれたものだと、綾川は唖然となる。

「おまえそれ、ちゃんと警察いったの？」

無言でいるあたり、届けは出さなかったということだろう。客商売でことを荒立てたくないのはわかるが、それではまずいと綾川は忠告した。

「わかってるんですけどね。反省してくれたようなので」

「あまいって。だいたいその知りあいは、本当にまともだったのか？」

まさか白瀬の知らないうちに、そんな商売してたわけではあるまいか。疑わしいと顔をしかめれば、彼はあわてたように「それは誤解です」と言った。

「彼自身は、ちゃんとした整体師でしたよ。ただあとになってわかったんですが、そのテナント契約の際に、知人もだまされてたみたいで。剛英《ごうえい》不動産というところが持ってるビルだったそうなんです」

うっすら聞き覚えのある名前に、綾川は「それって」と眉をひそめた。白瀬はうなずく。

「田川《たがわ》組の系列会社、ですね。せっかく店を持っても、これでは信用をなくしてしまうと、すぐに契約を解除して店もたたまれましたが」

広域指定暴力団の息のかかった不動産業者。そんなテナントにはいったとなれば、怪しい商売だと疑われてもしかたがない。

「間にはいった人間が、完全にだますつもりでいたんだそうです。契約料の一部は返してもらえなかったので、裁判をおこすとも考えたそうですが……かかる費用を考えると、泣き寝入りするしかなくて」

だからこそ、迷惑を被《こうむ》った白瀬も強くは言えなかったと告げられ、綾川は「災難だったな」としか言えなかった。

「店持ってのに浮かれて、調べがあまかったのかな」

「言いかたは悪いですけど、そうですね。ひとのいい方だったので」

綾川も会社をはじめるにあたって、あれこれ不動産の調べをつけたことがある。そのなかで、事情通の知人に剛英不動産という会社とだけは契約するな、と忠告を受けたのだ。

――ふつうにしてれば関わることもないとは思うけど、最近テレビで顔が売れたでしょ。アンタは若いし、つけこむやつがいないとも限らないから。

教えてくれたのは、コメンテーター仲間として知りあった、二丁目の重鎮《じゅうちん》だ。

――綾川ちゃんがノンケなのは、アタシらは知ってるけど、見てるだけのやつは勘違いしかねないからさ。

テレビ業界の関係者には、その手のバックがついている人間もいる。目をつけられて食いものにされないよう、と言われ、綾川は肝に銘じた。

「しかし、そんないきさつで仕事辞めたんじゃ、大変だっただろ」

「あはは。でもちょうどキャリアアップに転職しようと思ってましたし、いいタイミングでしたから」

けっこうなトラブルだったはずなのに、さらりと白瀬は笑った。きれいな笑顔に重たい過去を隠し、彼はいつでも穏やかでいる。それは苦労知らずな人間にはけっして持てない、したたかな強さと自制心がなせる技なのだろう。

「その知人とやらは、店をたたんだあと、どうなったんだ？　いまはどこに？」

「あ、なんとかややこしいことにならずにすみました。東北の田舎に帰って、地元で実家のお店を手伝いながら、出張マッサージの仕事してるそうです」

それはよかった、と綾川もほっとする。

日本では民間資格しか取れないリラクゼーション業は、ある意味では自分の腕一本しか頼れず、勤めていた店が潰れでもすれば、明日の保証がない部分もあるからだ。

「いまは結婚して、家庭も円満だそうです。……お子さんが生まれたと連絡もありました」

喜ばしいと言いながら、子どもが生まれたという言葉に一瞬、白瀬の目がせつなくもったように見えた。妙に気がかりな表情に、綾川はとっさに口を開いていた。

「……その男のことが好きだったのか？」

だとしたらおもしろくない。むっとしながら綾川が問うと、思いも寄らなかったと綾川は手を振って否定した。

「え、いえ、そういうわけではないです。本当に、ふつうの友人ですよ」

「じゃ、なんでそんな哀しそうな顔してるんだ」

「そんな顔、しましたか？」

またあのアルカイックスマイルを見せつけられ、綾川はどうにも不愉快だった。

けれどきょうのところは引いておくしかない。こちらも、この手のことにはブランクがありすぎて、距離の取りかたがわからない。

（たしかに、本気で好きかとか訊かれりゃ、答えようもねえけど）

けれども、あまりにひさしぶりに、肌をあわせたいと感じた相手に示されたやんわりした拒絶は、せつなかった。

「なあ」

「はい？」

「ところで、キスは？」

知らぬ顔で食いさがると、白瀬はふっと微笑んで、触れるだけのキスを綾川に落とした。

さらっとあしらうそのさまは、まるで寛と同じ枠で扱われているようで、綾川はやはりおもしろくなかった。

＊　＊　＊

九月にはいり、音叉《おんさ》セラピーの新サービスについてのテスト運営期間がはじまった。月なかばには『彩《サイ》』の定期イベントも催され、そのなかの三十分を白瀬《しらせ》の紹介に使うことも決定し、すでにオフィシャルホームページとDMでも宣伝ずみだ。

「それで、サロンの客の評判はどう？」

定例会議の場で報告をはじめたショップの店長らの話では、予想以上の評判だった。

「好評ですね。ご希望の方には継続してサービスを受けられますと勧めてみましたが、ほとんどのお客さまが申し込まれました」

リラクゼーションサロン店長、小野《おの》の報告のあと、カフェ店長の山脇《やまわき》が続ける。

「カフェのほうでのミニコーナーについても、評判はいいです。手軽感があって、なにより服を脱ぎ着しなくてもいいので」

本格的な施術《せじゅつ》をご希望なら、サロンのほうにと案内したところ、これも大半の客が予約をいれてきたらしい。

「新規導入した、エッセンシャルオイルのほうは？」

「希望者多いですね。やっぱり輸入販売も考えるべきじゃないかと」

直営ショップ店長の白石《しらいし》ははきはきと答えたのち、なぜだかにんまりと笑ってみせた。

「それから、イベントのフライヤーも店で配布してましたら、ふだんよりも減りが早かったですね。やっぱり『彩』の顔写真いり、ききますよ」

無言で報告を聞いていた齋藤《さいとう》が、「うぐ」と妙な声を出す。例の企画本については白瀬の説得もあってだいぶ開き直り、順調に撮影も進んでいるようだが、顔出しに抵抗があるのは変わっていないらしい。

くすくすと笑った白瀬は「よかったじゃないですか」と齋藤をからかった。それがおもしろくなかったのか、齋藤は恨みがましい顔でぼそりとつぶやく。

「評判よかったのは、白瀬さんの顔もはいってたからだと思う……」

「あんな、卒業式に出そこなった学生みたいな写真で？　ろくに顔もわからないのに」

その表現に、場にいる全員が噴きだした。事実フライヤーには、『彩』として大きく顔を取りあげられた齋藤とは違い、白瀬はゲストとして楕円形にくりぬかれたごくちいさな写真が掲載されているだけだったからだ。

「イケメンはちいさい写真だってイケメンですよっ」

笑われて涙目になった齋藤が声を張りあげる。「あーもう、くだんねー話はいいから」と綾川《あやかわ》は手を振って黙らせた。

「降矢《ふるや》、今度の月末のイベントの最終人数、もう出たんだろ」

「応募が多かったので、サイトで追加募集もかけたらそちらも五分で満席でした」

「まじか。はいりきれるのか？　全員」

　本社屋一階のサロンでは、収容人数もたかが知れている。どうするつもりだと目顔で問えば、降矢はむろん考えがあると自信をたたえた笑みで応えた。

「せっかく施術者がふたりいるわけですから交代制にすればいいでしょう。お客さまを一部と二部のグループにわけて、片方は『彩』のグループワーク、片方は音叉セラピーのレクチャーとテスト、という具合にして、午前午後で入れ替えればいいんじゃないでしょうか」

「場所はどうすんだ？」

「音叉セラピーはサロンのほうで、グループワークは屋上の庭を使えば問題ないかと」

　この社屋の屋上には、齋藤が丹精《たんせい》こめて世話をしているハーブ&グリーンガーデンがある。温度管理の必要なハーブ用の温室に、四季折々の花が飾られたハンギングバスケット。

「それこそ『彩』が手ずから育てたハーブといっしょにワークショップ。そのまんまキャッチコピーに使えるな」

　ロケーションもなかなかよく、いままでも何度か、接客のために使用したことがある。綾川もすぐに賛同すると、ちらりと降矢がもうひとりのセラピストに視線を向ける。

「ただその場合、白瀬さんがゲストというよりも、メインのひとりになってしまいますが」

　白瀬は、しかたがない、とでも言うように苦笑いしていた。

「やるしかないでしょうね」

「……ということだそうです。むろん、出演料は拘束《こうそく》時間に応じてとなりますが」

「採用するしかねえんだろ」

綾川もまた苦笑で答え、その後はイベントのタイムスケジュールとセッティングの変更についての打ちあわせとなった。

「ひとをさばくのに人員いるな。白石さん小野さん、何人かその日、スタッフまわせる？」

「シフトを調整します」

「あと什器《じゅうき》関係も、倉庫のストックじゃ足りないだろ。塚本《つかもと》、そのへん頼むわ」

椅子やテーブルほかのレンタルの予算を割り出し、個々の担当がとりまとめて報告をするように言い渡して、その日の会議は終了した。

「白瀬さん、きょうの予定は？」

部屋を出ようとする白瀬に声をかけると、彼はにっこりと微笑《ほほえ》んだ。

「六時から施術がはいってますけど、あとは空いてますよ。寛《ひろい》くんが学校から戻ったら、仕事に出ます」

「悪い。よろしく頼む」

はたからは、子守の相談だとしか見えないこの会話は、単に白瀬を引き留めるための手段でしかない。会議室を出ていく面々は「あんまり白瀬さんに頼っちゃだめですよ」などと笑っていた。

最後のひとりが消えたあと綾川は隣に立つ白瀬の手をとり、ひっそりと耳元にささやいた。

「きょう、泊まれよ」

それに対してははっきりと答えず、白瀬は「寛くんは？」と問いかけでごまかした。

「寝たら起きないから平気だってのは、もうわかったろ」

誰もいないとはいえ、この部屋は完全な防音ではない。誰が聞き耳を立てているかもわからず、会話はごくちいさな声で交わされた。

「しかたないお父さんですね。そんなにしたいんですか？」

困ったように眉《まゆ》をさげて笑う彼は、綾川が求めればけっして拒まない。だが、どこかに壁があるままで、こちらが誘わなければ近寄ってこない。

「寝た子を起こしたのはそっちだろ」

しなやかな指を手のなかでもてあそびながら、綾川はつぶやいた。言葉どおり、日に日に白瀬への情が強まる自分を感じている。同時に、四年近く眠っていた男としての欲も、いささか持てあますほどになっていた。

「やべえな、くそ」

「なんです？」

「乙耶《おとや》の手ぇ握ってたら、思いだして勃《た》った」

白瀬は怒った顔で手を振り払い、ぺしりと綾川の手の甲を叩いた。

「いてえよ」

「下品なのは好きじゃないって言ってるでしょう」

冷たい目で見られても、耳が赤くなっているから迫力もなにもあったものではない。にやにや笑って眺めていると、白瀬はむっとした顔できびすを返した。

「何時にくる？」

「十時までは無理です」

じろっと睨《にら》んだあと、ぼつりと言い捨てて白瀬はドアを閉めた。誰もいなくなった部屋のなか、綾川はさきほどまでのにやついた笑いをすっと引っこめる。

「あー……ガードかってえなあ」

熱に理性を失い、白瀬をはじめて腕にしてから半月ほどが経った。寛が寝ついたあと、身体を重ねることもしょっちゅうある。

すこしはうちとけてくるかと思いきや、相変わらず微妙な距離感はそのままだ。

（まあそりゃ、好きだけど恋愛かどうかわからん、なんて言った俺が悪いけど）

気持ちは育つ可能性があるし、完全にその芽を摘むような白瀬の拒絶のしかたも、なんとなく気にいらない。どこがどういやなのかと問われれば、それもはっきりはしていないのだが——なんだかひどく、寂しいのだ。

「俺がはっきりしねえ限り、あのまんまかね」

あいまいな関係のまま、彼と肌をあわせたのはあれから八度ほど。ほぼ二日にいちどの回数で、もう勢いだの間違いだのと言い訳ができる段階はすぎたと思う。

けれどいまのところ、まだ身体《からだ》をつなげるところまではいたっておらず、せいぜいが手や素股で終わり。それもやはり、彼のガードだろうかと綾川は考えている。

——そんなにしたいんですか？

「じゃなきゃ、捕まえとけねえだろうがよ」

なんとかあのガードを崩せないかと思うけれど、いつものアルカイックスマイルで本音をするりと隠されてしまう。最近では、あれほど明確に感じたと思う好意が、本当にうぬぼれだったのかとすら思えてきた。

綾川としてみれば、すっかり日常に白瀬が食いこんでいて、いまさら手放せる気はしない。というよりもひさしぶりに、息子の寛以外で失いたくないと思う相手ができたのだ。急いてことをし損じたくはない。もうすこし、この気持ちを手のなかで転がしていたいと思うのに、白瀬は謎だらけだ。不意打ちで出てくる危なっかしい過去の話や、ときおり見せる理由のわからないせつなげな表情に、妙なあせりすら感じる。

手にしたと思ったものが消えてしまう、あの喪失感はもう味わいたくない。

だからこそ自分の立ち位置を決めかねているずるさに、綾川はため息がこぼれた。

＊　＊　＊

施術を終えた白瀬が綾川の家を訪れたのは、予告していた十時をまわるころだった。すでに寛は寝ついていたため、遠慮もなにもなく玄関さきで細い身体を抱きしめる。

「ちょっと、いきなり」

「そんなにしたいのか、って昼間言ったのは乙耶だろうが。そのとおりだよ」

壁に身体を押しつけ、きれいな唇に食らいつく。鼻さきにせっけんとシャンプーの香りを嗅ぎとり、うなじから手をまわして後頭部の髪を梳《す》くと、かすかに湿っていた。

「シャワーしてきたくせに、じらすな」

「……最近、綾川さんがこうだから、準備してこなきゃしょうがないでしょう」

数日まえ、いまと同じように訪れてきた白瀬を有無を言わさず押し倒した。当然ながら相当な抵抗にあい、風呂を使うまではだめだとさんざん言われたけれど、いちいち待てるかと綾川がキレたのだ。

「てことはこのままOKなんだろ？」

図々しくも腰を抱いて言ってのけると「いやとは言ってません」と赤くなった顔を逸《そ》らす。ろくに拒むこともせず、見つめるだけでこういう表情を見せるから綾川がうぬぼれてしまうのに、白瀬はあくまでいまの状態を『緊急措置』だと言い張るのだ。

寝室に連れこんで、ベッドに転がす。服を脱がせながらキスをすると、逆らわずに開いた唇。しっとりとしたそれを何度もついばみ、舌をいれると絶妙な力かげんとタイミングで吸ってくる。

(単純に、うまいけど)

熱心なキスが、技巧《ぎこう》だけだとは思いたくない。自分自身、同性を相手に覚える感情に戸惑う面もあるけれど、忌憚《きたん》のない本音を言えば、白瀬には好かれていたかった。

だが、表情で態度で、まなざしで、綾川の凍っていた心に火をつけた男は、たとえ軽口まじりのそれでさえ、好意を示す言葉を言わない。

そのくせ、ときどきひどくせつなそうな目で、白瀬は綾川を見つめるのだ。

「なんだよ?」

「……なんでも」

理由がわからず問いただすと、笑ってごまかす。どうにか本音を引き出したくて、綾川ひとりがムキになる、これもいつもの流れだった。

「なあ、好きだぞ」

キスの合間にささやくと、ピロートークは戯《ざ》れ言《ごと》だと受け流す男は、くすくすと笑って答えない。耳に、頬に口づけながら同じ言葉を告げても、くすぐったそうに首を振る。

「いいですって。そういうの、いりませんから。ほんとに」

それどころか、綾川が好きだと告げるたび「勘違いです」と押しとどめさえする。

「綾川さんの好きなのは、彩花《あやか》さん。そうでしょう?」

「あのな……」

「いまは寄り道してるだけですよ」

確信を持って言われるたび、違うとも言えず、どうしていいのかわからなくなる。結果、綾川はむっつりと顔を歪《ゆが》めたまま、はぐらかすことばかりを言う唇をふさいだ。

「んん……」

薄い胸のうえにちいさく尖《とが》った乳首は、じっくりといじめるたびに感度があがる。長いキスを続けながら両手の親指でしつこく転がし続けていると、言葉と違って素直な身体は熱を帯び、綾川の腹へと勃ちあがったものをこすりつけてきた。

「んん、んはっ……あっ、それ、ああ」

こんな声を出して、こんな顔をして、こんな目で見つめて——なのに気持ちを明け渡そうとも受けとろうともしない。そして白瀬がはぐらかすたび、綾川も自分の気持ちが見えなくなるから、ふたり揃って泥沼にはまっている。

(振りまわされてんなあ)

いいようにあしらわれている気がして、この夜の愛撫はすこししつこくなった。指でいじって尖らせた乳首に舌を這わせ、延々《えんえん》と舐め続けていると、触れてもいない白瀬の性器はぬめりを帯びて震えはじめる。

「あ、も……もう、もう」

「さわってほしい？」

顔を歪めてこくこくとうなずくから、ぬるついたそれを手のなかにおさめた。最初からきついくらいにしごいてやると、切れ切れの声で悶《もだ》えて腰をよじる。長い脚がシーツのうえですべり、力んでは布地を張りつめさせ、ときどき脚の指に握りこんで皺《しわ》を作る。

敏感で素直な身体をじっと見おろしながら、綾川はひたすら彼を追いつめた。どこかいつもと違うことに気づいたのか、白瀬がおずおずと顔をあげる。

「あの、綾川さんも、あの……」

「しなくていいから、見せて」

自分の快楽はあとまわしでいいと、伸びてきた手を払いのけて摑《つか》み、抵抗を封じる。

「あ、だめ……あああ、ああ、だめ」

綾川は悶える白瀬の顔をじっと見つめたまま、彼の性器をしごく手を早めた。なめらかな頰は上気して汗ばみ、苦しそうに眉をよせては、ときどきふっと力の抜けきった顔をする。

無防備で淫《みだ》らな表情を、もっと見ていたくなる。追いつめて、泣かせて、感じさせたい。

「ちょっと、ちょっと待って、もう……」

「もういく？」

「いやだ、どうしてぼくだけ……っ、あ、あ、あ、んん！」

なじるような目で見られて、ぞくぞくした。思わず力のこもった手が先端のくぼみをすべる。ぬるついた精液、男の硬さを手にしながら、嫌悪どころか興奮する。

ほっそりした身体はなめらかで、肌を触れあわせて抱きあうだけでも心地よかった。白瀬の体温は、綾川にちょうどいい。握りしめた性器も色が薄くてしなやかで、年齢のわりにうぶな感じがするのもよかった。

「なあ、乙耶」

「んっ、あ、なに？　なんですか？」

声をかけると、きつくつむっていた目を開けて、必死にこちらを見つめてくる。濡れた目尻を舐めながら、綾川はもっといじめたいという欲求に負けた。

「これ、舐めてやろうか？」

「……ひっ」

そのとたん、白瀬の顔が真っ赤に染まった。ぱくぱくと口を開閉し、茫然《ぼうぜん》とするその顔はなぜだか幼く見えて、綾川は知らず微笑んでいた。

「手でこれだけ感じるなら、口だとどうなるんだ」

「そん、な。き、きたない……」

「きたなくないだろ。やったことないけど、乙耶のならしゃぶってみたい」

でも、いやならしない。ささやきながら目を見つめ、指の動きを速める。想像したのだろう、握りしめた彼のペニスはとたんに硬度を増す。この程度の言葉でも反応する感度のよさに、綾川はにやりとした。

「どうする？　舐める？　このままいく？」

「い、やだ、いや……しな、しないで。だめ、しないで」

「しないでってどっち？　指でいじるのと、フェラすんの、どっちがいい？」

ほっそりしたそれの味を、綾川はまだ知らない。白瀬のものならば知ってみたい。舌に触れるそれがどんな感触なのか、口のなかでどういう反応を見せるのか、覚えて感じさせて、もっとめちゃくちゃにしたいと思う。

「ほら……言ったらここ、さっき乳首したみたいに、舐めてやるから」

「！　だめ、あ、あんなにしたら、あぁあ、あ！」

もう痛いと泣きだすまで舐めたことを思いださせると、白瀬の身体がざわりと粟《あわ》だった。

「なあ、乙耶。言えよ。めちゃくちゃにしてやるから。な？」

「やっ、だめです、だめだめ、だ……っ」

耳を舐めながらささやき続け、ぬめりを利用して執拗《しつよう》に先端をいじり続けていると、声をあげて白瀬は射精した。

「ああ、い、いくっ、いっ！」

綾川の肩にしがみつく手が、痛いほど強まった。がくがくと腰を上下させる動きで、かなり感じていたのがわかり、勝手な満足感を覚える。

「いったな」

「っは……あっ、な、なんで……」

「なんでもなにも、答えなかっただろ」

べっとりと指が粘液にまみれ、綾川は放出されたばかりの熱いそれを手のなかで揉み拡げた。射精の脱力感でぐったりしている白瀬の尻へとその指を運び、ぬるりとくぼみを撫でる。びくっと震えた彼の怯《おび》えた目に気づいた綾川は、「無理にいれない」とささやいて、こめかみに口づけた。

「さわるだけだから。痛かったらすぐ、やめる」

「わ、わかりました。あの、それで、綾川さんは」

ちらりと下肢に視線を流したあと、白瀬は赤くなってすぐに目を逸らした。綾川の股間は当然ながら漲《みなぎ》ったままで、手も触れていないのにびくびくと脈打っている。

「どう、したらいいですか？」

困ったような顔でつぶやいた白瀬は、無意識なのだろう、乾いた唇を舐めた。赤い舌が覗《のぞ》き、ずくりと綾川の身体が疼《うず》く。何度か肌を重ね、互いを手で慰めたりはしたけれど、まだ口淫はさせたことがない。

清潔そうな彼に、そこまで求めるのは罪悪感もあった。だが妙に身体が高ぶっていて、手でいじられるだけでは満足できそうにもない。

「乙耶、ここいい？」

やわらかい唇を指でたどりながら問いかけると、ぴくんと白瀬の身体が震えた。逸らしていた視線を戻し、背筋が痺《しび》れるような色っぽい目つきで綾川を見つめた彼は、唇に触れた指をちらりと舐める。

了承の意と受けとり、綾川は膝立ちになった。顔にそれを近づけると、白瀬も上半身を起こし、しどけなく下肢を投げ出したまま唇をよせてくる。

「……っ、う」

ぬるりとした熱い口腔《こうこう》に、思わず声が漏れた。滾《たぎ》った性器を粘膜に包まれる快感は何年ぶりのことだろう。反射的に腰が揺れ、白瀬の形よい後頭部を摑んでしまう。心得たように前後に動かれると、全身に汗が噴きだした。

「わり……腰、止まんね……っ」

「んん」

いい、というように白瀬が喉声をあげた。口腔を複雑に動かし、吸いあげ、あまつさえ、舌まで使って追いつめられて、綾川はすぐにも限界に達しそうになる。

（くそ）

やられっぱなしは性にあわず、斜めによじれたままの白瀬の脚に手を伸ばした。腿から這いあがらせ、しなやかなまるみに指を食いこませると、びくっと細い身体が揺れる。

「いれないって……」

息をあげながらそれだけを告げたけれど、嘘になるのはわかっていた。肉の狭間《はざま》に指をすべらせると、さきほど塗りつけた彼の精液がまだ乾ききれずに残っている。すぼんだ奥を指の腹でいじり、圧をかけるたびに怯えたようにすくむのは口腔も同時で、快感に濁《にご》った思考が本能に押し流されていく。

（ああ、くそ。ちいさい……いれてえ）

きっとここにねじこんだら、苦しいくらい締めあげてくるのだろう。いま喉奥に含んで苦しそうな顔をする男は、痛みに泣くかもしれない。つながって出し入れするのは可能なのだろうか。揺さぶったら傷つけてしまうだろうか。

朦朧《もうろう》としながらそんなことを考えているうちに、つぷりと指さきが狭い場所へとはまっていた。白瀬は全身を硬直させ、噎《む》せながら綾川のそれを口から離す。

「……っん⁉　ちょ、綾川さ、ゆ、指」

「ん……いれないから」

「いれないって、嘘！　ちょっと、もうはいって……っあ、あ！」

「まだいれてねえよ」

くぼみにはまった程度だとうそぶきつつ、詭弁《きべん》もいいところだとわかっていた。けれど、奥までねじこみたいのを我慢しているのだから、すこしくらいは許してほしい。いれるかいれないか、といった深さで、ぬるついた指の動く範囲で抜き差しすると、綾川のそれを握りしめたまま白瀬は悲鳴をあげた。

「あっ、いやっ、いや、動かした、ら、あああっ」

「だからいれてないだろ。つか、痛くねえみたいだし」

我ながらひどいことを言っていると思った。だが悶えながら腰にすがりつく白瀬は、綾川の言葉どおりとても痛がっているようには見えない。さきほどまでうなだれていた性器はすでに硬くなりはじめ、全身が赤く染まっている。

「んふっ……あっ、い、やぁ……だめ……」

そんな声でよがられると、もっと奥にいきたくなってしまう。けれど濡れが足りなさすぎて、これ以上は無理だ。なにかないかと見まわした綾川は、ベッドの脇の棚のうえ、寛のために常備しているベビーローションに目を止めた。

「あ……っ、え？」

手を離し、白瀬の身体をベッドに転がす。指が離れたことでほっと息をついた彼は、身体をひっくり返され、腰を高くあげさせられてちいさく悲鳴をあげた。

「あ、綾川さんっ！」

「いれないから。素股するだけだ」

だらりと尻から腿にかけてローションを垂らし、細い脚を閉じさせて自分のそれをはさみこませる。そういうことなら、と上半身を伏せた白瀬はおとなしくなっていたが、綾川が腰を揺すりながら尻を撫でると、ふたたびぎくりと背中を強ばらせた。

「いや、だ……だめです」

「撫でてるだけだろ」

「さっきもそう言って、いれて、あ、もうっ！」

親指ですぼんだ粘膜をかすめると、首をよじった白瀬に「嘘つき」と涙目でなじられる。

「いれないって言ったじゃないですかっ。嘘ばっかり！」

そんな顔をするのは逆効果だと言ってやりたいが、綾川にも、もう余裕がなかった。

「そうだな。ごめん、嘘ついた」

「ちょっと、素直に認めてもっ……ああ、もう、あん！」

宣言するなり、今度は明確な意思を持って指をいれる。ローションのおかげで予想外にするりと滑りこんだなかは熱っぽく、きつい。ごくりと綾川は喉を鳴らした。

「やばい、気持ちよさそ……」

「ぼくは、よくないですってばっ」

「でも、痛くもないだろ」

試しに第一関節まで差しこんで、軽く動かしてみる。ぬちぬちと響いた音が淫猥《いんわい》すぎて、頭がくらくらした。もうすこし深くいれると白瀬がなめらかな背中に汗を浮かせ、きれいなカーブを描いて反り返る。いや、いや、と舌足らずにちいさくあえぐから、その汗を拭うようにして背中を撫で、手をまえにまわして彼の股間をまさぐった。

「いや、あっ、だめです、だめ」

身体を倒したせいで、指の角度が変わった。白瀬の声がうわずり、手にしたものが強ばる。

「感じるんだろ」

唇をきつく噛んで、ぶんぶんとかぶりを振る。嘘つきはどっちだとささやいて耳を噛み、手かげんせずに腰を揺らして指を動かすと、枕に突っ伏したまま白瀬はすすり泣くような声を漏らしはじめた。

(うねってる)

綾川の指を締めつける粘膜のきつさとやわらかさは、挿入時の快楽を予測させた。こうもいやがるということは、アナルでの経験は浅いのだろう。もしかして痛い目にあったことがあるのかもしれない。すくなくとも、いま白瀬が感じているものは苦痛ではないことはわかる。

だが気持ちが怯えているのなら、やわらげてやりたい。なにより、こうして抱きあうことに不安ではなく、安心を覚えてほしかった。

「指だけだから。乙耶がいいって言うまで、ぜったい、いれたりしない」

「ほん、とに……？」

「ほんとに。だから、怖がるな。いきたいとき、教えてくれればあわせるから」

感じろ、と手のなかのものを揉みこんで、過敏な耳にかじりつく。やさしく奥を探りながら腰を振り、なめらかな腿に自分の熱をこすりつけた。

「あっ、あ、でる、あ！」

「ん……！」

タイミングをあわせた射精の瞬間、白瀬にいれた指がぎゅううっと締めつけられ、このなかに放つことを切望《せつぼう》しつつ、綾川はちいさくうめいて彼の脚を汚した。


行為のあと、シャワーを交代で浴びた白瀬はそこで体力が尽きたらしい。腰にバスタオルを巻いただけのしどけない格好で、シーツを替えたベッドに転がりながら文句を言いだした。

「ちょっときょう、意地が悪かったですよ」

「んー、悪い。けど言葉責めすっと、反応いいし……いって！」

こちらもまだ下着一枚の綾川の背中が、ばちりと叩かれる。ひでえな、と笑って彼を組み敷くと軽い抵抗をされたが、指を絡めて口づけることは拒まれなかった。

「痛くしたか？　ごめん」

「終わってから謝るのはずるいですよ」

困ったひとだと笑って、ずるいと責めるくせにその目はもう綾川を許している。抱きしめているだけで感じる安寧《あんねい》にほっと息をつき、洗い立ての髪に鼻さきを埋めた。

細いけれど、良質の筋肉がついた白瀬の身体は、力を抜いているとどこまでもやわらかい。ずっとこうしていたいと思いながらも、綾川はまえまえから気になっていたことを問わずにはいられなかった。

「乙耶、本当に音叉セラピーだけで食っていけてる？」

「え？」

「いくら時間に自由が利くっていっても、俺らにかまけすぎだろう。仕事ほんとにやれてるのか？」

子守を頼みたいと最初に頼んだのは七月の終わり。いまはすでに九月のなかば近くなった。その間、きょうのように夜半の施術があると言ったのは、数えるほどの回数しかない。

あのときはなにも考えず、夏休みが終わっても寛の面倒をみてくれと頼んでしまったけれど、いざそうなってみると、白瀬の協力はもはや『尽くす』としか言いようがないレベルだった。

最近などは、すでに寛のシッターが本業ではないか、という勢いだ。昼間から夕方まで寛の相手をし、場合によっては夜まで相手をして拘束されていることもある。

むろん、定期的に『グリーン・レヴェリー』での講習や、カフェでの週一回のサービスイベントには顔を出してはくれているものの、個人でのヒーリングの仕事はほぼ皆無に等しいだろう。遠方への出張施術はほとんど断っているようだし、本当にそれでいいのだろうか。

「俺も楽だから、頼っちゃったけどさ。正直、いくらなんでもやりすぎだ。それに、おまえもやりすぎだと思う」

顔をしかめてそう告げた綾川に、白瀬はびくりと肩を震わせた。

「す、みません。却って、図々しい真似を――」

「違うって。そうじゃなくてさ。助かってるし、きてくれて嬉しいよ。でも乙耶の時間、ほとんどないに等しいんじゃないか？」

「好きでやってるんです。だから問題ありません」

白瀬は挑むように綾川を見つめてくる。視線を逸らすなど、心を閉ざすときの表情こそしないけれど、視点がいっさい動かない。目がそんなにも拒絶していたら、ポーカーフェイスも無駄だと綾川は思った。

「だからって、おまえの生活は？　仕事は？　本当にだめなら、ちゃんと断ってほしいって言ってるんだ」

長く関係を続けたいからこそ、無理はさせたくない。そう告げると、白瀬は深くため息をついて、目をつぶった。

「わたしは、働かなくても生きていける状況なので、ご心配はいりません」

「えっ……？」

そのひとことに、謎《なぞ》の一部が解けた気がした。

ずいぶんとゆったりした仕事ぶりなのに、白瀬は収入に困った様子がなかった。奇妙なまでに生活感と現実感がない。それも彼に対して覚える違和感と、不安の所以《ゆえん》だった。

「働かなくてもって、どういうことだ」

すこし身体を起こして距離をとり、白瀬を見おろす。彼はまだ目を閉じたままだ。

「うさんくさくお思いだと困りますので、打ち明けますが、うちの実家がちょっとした企業家で。わたしはそこの長男で、十代から祖父の生前贈与で土地と株を受け継いで、運用していたんです」

「ディーラーもやってたのか」

「いえ、それはプロに頼んで。だから……働かなくても一生、困らないんですよ」

目を開けた白瀬は、皮肉げに笑った。彼には似合わない毒の強い表情に、綾川は一瞬怯《ひる》みそうになる。

ふだんなら、ほかの誰かならば、そこで引いただろう。けれどいまさら、ここまで自分たちの生活に食いこんだ男を相手に、引けないと感じた。

「家のほうは？」

「家は継ぎません」

さきほどまで絡みあっていた身体をさっと起こして、白瀬は身支度をはじめる。無駄のない、流れるような動きはいつもながらだが、どこかかたくなな気配が濃かった。

「きょうは、すみません。帰ります」

「乙耶——」

「これ以上訊《き》かないでもらえませんか。お願いします！」

静かだが強い口調できっぱりと白瀬は言った。綾川もなにも言えず、ひとりだけ裸なのも間抜けだとTシャツを頭からかぶる。

しばし無言のままお互いに服を身につけていると、ちいさな足音が聞こえ、ドアが開いた。

「おとうさん？」

自分の部屋で寝ていたはずの寛が起きてきた。どうやら寝ぼけているようだが、剣呑《けんのん》な気配には気づいてしまったらしい。

「けんか、だめですよ……？」

「あ……」

「ああ、ごめん、けんかじゃないんだよ」

寛に近寄り、なだめる白瀬の背中を綾川はじっと見つめる。着替えを終えていてよかったと思うと同時に、驚いたことにその瞬間覚えたのは「なんで俺を放っておくんだ」という、理不尽な腹だたしさだった。

「うるさくしてごめんね。寝なおせる？　乙耶くんがいっしょにいこうか？」

「ううん。いいです。ひとりで寝るです」

おやすみなさい、と告げる寛に向けた白瀬の目は、とろけそうなほどだ。慈しみ、愛情を抱いているのは間違いなく――なのになぜ、自分にはこうもガードが堅いのだろう。

複雑な気分で、つれなくきれいな横顔を眺める。たぶん白瀬はきょうも、あっさりと帰っていくのだろう。すでに合鍵まで渡しているのに、泊まっていけと何度勧めても、彼はうなずきはしない。

どうしていいのか、自分はどうしたいのか、ひとり煩悶《はんもん》する綾川を残し、白瀬はすっと立ちあがった。

「それじゃ、おやすみなさい。また今度」

案の定の台詞《せりふ》を言った白瀬が憎らしくさえなって、綾川は皮肉に笑いながらからかいを口にすることしかできない。

「乙耶くん、俺と添い寝はしてくんないのか？」

「なにを言ってるんですか」

冷ややかな目で見られて、それでもあの気持ちの読めない微笑ではないことのほうが嬉しいのだから、重症だと思う。

「今度っていつ？」

「さあ。必要だったら、呼んでください」

もっと素顔を見せてほしいのに、なかなか近づけなくて苦しい。こんな気持ちは、二十年くらいまえにいちどだけ、味わったことがある。

(彩花。俺、これって浮気かな)

もう、よくわからないなどと言っていられる時期ではないのだろう。けれど好きだといくら言っても受けいれない相手に、綾川もまた身動きがとれなくなっている。

ぱたりとドアが閉まったとたん、「くそ」とうめいてベッドに身体を投げ出した。

＊　＊　＊

雑多な雰囲気のテレビ局の控え室は、野太い笑い声に満ちていた。

本日の収録は、夜十一時台のマイナーバラエティ番組のパネラーだ。『オネエ五十人に訊く、こんな話』という秋からはじまる新番組用の特番で、タイトルどおり総勢五十名のオネエタレントだらけ。女装のゲイ、女装はなくともゲイ、もしくは綾川のような女装したノンケ、という強烈な顔ぶれがいっせいに着替えるさまは、正直見物でもあるが、あくまで気力が満ちているときの話だ。

（疲れた……）

化粧台のひとつを確保し、綾川はまだ衣装であるパンツスーツのまま、げんなりとため息をついた。この疲労感は、ひさしぶりの収録のせいでも、やたら濃すぎる控え室の空気のせいでもない。

白瀬と微妙な言い争いをしてから三日が経った。鏡に向かう綾川の顔は精彩《せいさい》を欠いている。というのもあれ以来、どうにも避けられている空気を感じるからだ。

（必要があれば呼び出せっつったくせに、寛の世話したらさっさと帰りやがって）

本日も収録があるため、息子を頼みたいと告げればふたつ返事で了解した。だが迎えにくるのは会社まで、ふたりっきりになろうにも、寛を抱っこして離さない。

イベントの打ちあわせがあるだろうと言えば、手配は降矢とやっているとにべもない。

その前日と前々日の電話は、すかっとスルー。ちょっと話が違うんじゃないかと、綾川はいらついていた。しかもさきほど、こんなメールが白瀬から舞いこんだ。

【本日は遅くなられると思いますので、お帰りになるまではお待ちしています。ただ、明日は午前から施術があるため、駅についたらご連絡願います】

事務的にもほどがある内容をまとめると、要するに「駅につくころには家を出るから連絡よこせ」ということだ。顔をあわせたくないという意思表示がありありと表れていて、綾川はもうため息も出ない。

「なにが悪いっつうんだよ、クソ」

やかましい楽屋のおかげでひとりごとは誰にも聞こえなかったようだ。

ひさしぶりにごってりとファンデーションを塗った肌は、なんとなくむずがゆかった。クレンジング剤をたっぷり含ませたコットンでがしがし拭き取っていると、背後から「お疲れちゃ～ん」と口調のわりにドスのきいた声がした。

「あ、どうもお疲れさまです」

本名は不明だが、仮名のタレントネーム・花散《はなちる》ミチルというだじゃれのようなそれを名乗る彼は、二丁目のバー『止《と》まり木《ぎ》』のマスターだ。

長身でなかなかガタイもよく、顔だけ見ると、口ひげの似合うじつにダンディな四十代の男性なのだが、口を開くとこの強烈なオネエ口調で辛口かつ弁舌の冴えたコメントを放ち、番組でもかなりメインどころの人気者だった。

かつて綾川にやくざとつながりのある剛英《ごうえい》不動産の話を教えてくれたのもこのミチルだ。

「ひさしぶりじゃない。元気してた？　あっそおそお、アンタのとこのカフェ、この間いってみたわよ。大繁盛《だいはんじょう》じゃない！」

「はは、ありがとうございます。あ、よかったらこれ、新商品なんですけど」

差しだしたのは、先日直営ショップで発売されたばかりの新作オーガニックタオルだ。以前のものよりさらにコットンと織りを吟味《ぎんみ》し、デザインも一新したそれを渡すと「あら、すてきじゃない！」とミチルは喜んでくれた。

「アンタもまめよねえ。毎回ＤＭくれて、ありがとうね。さすがにアタシみたいなの、セレブな奥さまにまじってイベントにはいけないいけどさ」

「うちはセレブ客ってわけでもないですよ」

ご謙遜《けんそん》を、とミチルは小指を立てた手を口元にあて、「ほほほ」と笑った。

「ところでお子さんは元気？　寛くんだっけ。もう六つになったわよね、たしか」

一年近く会っていなかったのに、よく覚えているものだ。感心していると、客商売の人間ならあたりまえよとミチルは笑った。

「きょうは寛くんはどうしてるの？」

「……友人が預かってくれてるんで。もう寝ちゃったかもしれませんね」

メイン司会者のお笑い芸人が渋滞のせいで遅刻したため、収録が押しに押し、夕方から十時までに終わるはずの予定だったのが、いまはすでに深夜近い。

（さっさと終わらせてくれりゃ、飛んで帰ったのに）

渋滞の原因は信号機の故障という不慮《ふりょ》の事故によるものだし、芸人にはどうしようもなかったことだ。とはいえ、恨みがましい気持ちを持つのは止められなかった。

ファンデーションを拭い取ったコットンを捨て、化粧水を含ませたコットンで残った油分を落とす。手早く化粧落としをすませられるフランス式洗顔とかいうこれも、ここに集う女装の猛者《もさ》たちに教わったものだ。

すっぴんに戻った綾川は、メイクさんに盛るだけ盛られた髪からピンを抜き取り、がしがしと手荒にかきまわしてほぐす。インポートもののパンツスーツは自前のため、荒い動作で破れないよう気をつけながら脱ぎ、素早くジーンズとシャツに着替えた。

最後にばさりと手櫛で梳いた髪を、ゴムのはいった髪紐でまとめると、ようやく息をつくことができた。

「いやん、綾川ちゃん、相変わらず化粧落とすといい男ねっ」

「はは、そりゃどうも」

苦笑はするけれど、ミチルがここにいてくれる理由は綾川のガードのためだった。綾川がゲイでないことは、この場にいる人間たちにはすぐにわかるものらしい。だがこれだけ大勢の女装子《じょそこ》――というにはとうがたっている人間も多いが――やゲイがいると、なかには『ノンケ食い』なる悪食《あくじき》もいるのだそうだ。

テレビ仕事をはじめたばかりのころ、右も左もわからない綾川は着替えの間にはよからぬ視線を向けられるなど、知らぬうちにセクハラされ、困り果てたことがよくあった。それを注意してくれたのがミチルだ。

――アンタ、もうちょっと気をつけなさいよ。気づかないうちに掘られたり、一服盛られて掘らされたりしたくないでしょ。

見かねたミチルが綾川の着替えの間にはそばにいてくれることが増え、二丁目でも重鎮《じゅうちん》と言われる彼のおかげで、妙なちょっかいを出す人間は減った。その礼にと自社の製品を送ったり、年賀状を交わしたりしているため、細々とつきあいは続いている。

「ところでさあ、今回の番組、ちょっとヤなスポンサーついてるの知ってる？」

「ヤなスポンサー？　どんな」

ひそひそと声をひそめるミチルの話は下世話な噂も多いが、思いもよらない耳より情報をもたらすこともある。着替えを終えた綾川は速攻で帰ろうとした足を止め、彼の話に相づちを打った。

「うーん、『ブラン・バフォン』っていうメーカー。親会社は地方の『太白代酒造《たいはくだい》』って酒造業者なんだけどね。最近、子会社のほうのカクテルドリンクがヒットしたらしくて、全国展開はじめてるの。で、問題はその子会社の社長でさ」

グラビアアイドルを使ったCMが有名になったカクテルメーカー、『ブラン・バフォン』の社長は、親会社の会長の孫であるそうだ。まだ三十になったばかりで、ミチルいわく「典型的な、ばかボンボン」。スポンサーであるのをいいことに、女性タレントなどを強引に接待に呼び出し、食いものにしているという噂もあるという。

「昭和じゃあるまいし、いまどきそんなの通用するんですか？」

「大手所属ならもちろん断れるけどさあ、いまって不況じゃない？　ぽんと金出す相手ってなかなかいないもんで、弱小事務所のグラドルなんか、生《い》け贄《にえ》だって話よ」

眉唾《まゆつば》ものだなあ、と綾川は笑っていたけれど、ミチルは「ここまではただの四方山《よもやま》話《ばなし》、問題はそこじゃないのよ」と声をひそめた。

「綾川ちゃん、この新番組、もともと企画書の時点では『グラドル五十人』の冠だったって知ってた？」

「は？　いえ、知りません」

「どうもね、それを狙ってスポンサーに名乗り出たらしいんだけど、途中で思いっきり方向変わったらしいのね。ふつうならその時点で降りるはずなんだけど、社長がザルザルだったせいで、あともどりできない時期になってから事実を知ったらしくてさ」

揉めに揉めたものの、ひとまず今回の特番まではスポンサーとして名前を連ねるが、以後はどうなるかわからない、という話になったらしい。

「そんなわけで、この番組もあんまり続かないと思うわよ。安心しなさい」

正直な話、ほっとした。懇意《こんい》なディレクターにどうしてもと拝み倒され、数あわせに参加するのを了承はしたが、寛もそろそろ父の女装に疑問を持つ年ごろだ。

「あとねえ、いくら泣き落とされたからって、いやなもんはいやって言いなさいよ」

「次からはそうしますよ。ただ、まあ、この番組のクールが終わるまでは、約束しちゃってるんで。参加するのは五回ぶんだし、そこまではなんとか」

「ほんっと、律儀《りちぎ》よねえ……まあ、そんな綾川ちゃんがアタシは好きよ」

それはどうも……と綾川は力なく笑う。その顔をじっと見つめたミチルは「ふむ」と思案げに首をかしげた。

「ところでアンタさあ、なんか変に色気出てきたわね」

「え……」

「ようやく嫁のこと吹っ切って、恋する気になった？　それとも、もうしてる？」

ぎくりとしたのは顔に出たのだろう。ミチルはにんまりと笑い「ああ、言わなくてもいいわ」とほがらかに笑う。

「なんでもいいのよ。幸せになればそれで」

「幸せ、っすか」

恋人未満の相手に避けられまくり、不愉快な気分になっているいま、その言葉がひどく遠い場所にあるもののようにしか思えない。だが顔をしかめた綾川を、ミチルはあたたかい目で見つめた。

「そ。恋で苦しむのも幸せのうちよ。それじゃ、早くおうちに帰んなさい。また来週ね」

ばちん、と濃いウインクをされ、綾川がなにも言えないでいるうちにミチルは席を立った。調子っぱずれの声で口ずさむのは昭和の空気ただよう懐メロ『愛・ケセラセラ』だ。

なるようになれ、と明るく歌うミチルの声が、やけに響いた。

＊　＊　＊

翌日、綾川は【ちょっと相談してえことあんだけど】というメールを齋藤に送った。

【いいけど、どうしたの。寛ちゃんが相談とかめずらしい】

顔文字などは使われていないが、驚いているのはわかる。そもそも二十年来のつきあいである齋藤に、いままで綾川が相談したことなどいちどもなかった。

相談の場に選んだのは、社屋の屋上にあるグリーンガーデンだ。まだ猛暑の名残《なごり》のある屋上は陽射しがきつかったけれど、ふんだんにある緑のおかげで風は涼しく感じられた。

「いい天気だな……」

目を細め、手のひらを空にかざすと赤くうっすらと血が透ける。それを眺めながら、寛にもこの血が流れているのだな、と綾川はぼんやり考えた。

昨晩、綾川が自宅に戻ると、暗い部屋に白瀬の姿はなかった。駅から律儀にメールしたのがまずかったかと肩を落とし、綾川は息子の寝室をそっと覗きこんだ。

平和そうな顔で眠っている寛の頬をつつき、「どうしたもんかな」とつぶやきながら考えたのは、今後、白瀬とどうつきあっていくか、それだけだ。

さんざん悩んでわかったことは、できることなら彼と、本気のパートナーという意味で向きあってもいいと思っていることだ。

だが白瀬のほうはあのとおりの及び腰で、はぐらかしてばかり。

おまけにセックスについても妙にためらうので、まだ挿入行為にいたれない。それがすべてではないけれども、隔《へだ》たりを感じてつらいのも本音だ。

あげくの果てには避けられはじめ、はじまるまえに終わるような気もしている。

(どうしたもんだかな)

なんだか疲労を感じて、備えつけの鉄製のベンチに座って長い脚を投げ出した。頬を撫でる風が心地よく、ハーブの香りがささくれた気分をすこしだけ鎮めてくれる。

昔の齋藤は、つらいことがあるとすぐにこの屋上庭園に逃げこみ、いじいじと庭いじりをして気分を紛《まぎ》らわせていた。惰弱《だじゃく》な、と叱りつけては呼び戻していたけれど、たしかに弱った気分を癒《いや》すには、いいロケーションだと綾川は思い、そのことでようやく自分が傷ついていることを知った。

(そうか。俺、へこんでんのか)

あまりそういう気分にならないため、落ちこんでいるという自覚がなかった。

ぼんやりと考えに耽《ふけ》っていると、ビルの階段脇から屋上へと通じるドアが開き、齋藤がひょこりと顔を出した。

「きたよ。どしたの、寛《かん》ちゃん」

「おう。悪いな、忙しいとこ」

「いいけど……なんか殊勝《しゅしょう》で気味悪いよ」

ひどい言われようだが、自分でもいささか気味が悪いから否定もできない。

「で、なんなの？　俺に相談なんかしたいって、よっぽどのことだろ」

隣に座った齋藤の顔が見られず、綾川は空を見あげながら白状した。

「うん、あのな。俺、白瀬乙耶とつきあってんだわ」

「へえ、そうなんだ」

さらっとうなずかれ、逆に驚いた。目を瞠《みは》ったまま隣にいる年下の幼馴染《おさなな じ》みを見やると、彼は笑いをこらえるように顔をしかめていた。

「あのね寛ちゃん。悪いけど、ばればれだったから」

「まじでか」

「うん、ま、つっても俺だけだけど。信仁《のぶひと》とかは、なんも気づいてないよ」

なんでわかったと問いかければ、齋藤はおかしそうにしながら「ふたりとも知ってるからね」と言った。

「なんていうかね、寛ちゃんは白瀬さんいると、なんかあまったるいんだよね」

「あま……、そんな露骨《ろこつ》か、俺」

「だから、他人からはわかんないレベルだって。ただ、見る目が……彩花ちゃん見る目と同じだなあって。だから俺にはわかった。白瀬さんのほうがむしろ、わかりやすいかも。こっちは信仁も『あのひと社長に気があるだろ』って言ってたし」

それはそうであってくれたほうが、降矢の気持ちが安心だからではなかろうか。内心ぼやいたけれど、いらぬ火種になりそうなことを綾川は口にしなかった。

「つーか、それ以前におまえ、驚くとかねえの。俺と乙耶だぞ」

「ちょっとは驚いたよ。でも、そうなっちゃったもんは、そうなっちゃったんだろうなと。言ったじゃん、寛ちゃんの性格、俺知ってるって。半端な気持ちで関わったりしないだろ」

「……そんなごたいそうな男じゃねえよ」

信頼をたたえた目で言われ、綾川は非常にいたたまれなくなった。齋藤が言うところの半端な気持ちそのまんまで、手を出してしまったことは事実だからだ。

「落ちてるね。話したいなら、話してみれば？」

「おまえ、おもしろがってねえ？」

「いや、だって人生のなかで、俺が寛ちゃんから相談受けるなんて事態があると思ったことなかったし！」

反射的に首を絞めてやろうかと思ったけれど、茶化《ちゃか》す齋藤の目が本当は心配そうなことは知れたので、想像だけに留めた。なにより、聞いてくれと呼び出したのは綾川のほうで、それに対して齋藤がどういうことを言おうと、耳をかたむけるべき義務はある。

どこから話せばいいものかと迷ったあげく、ことの起こりから綾川は語りはじめた。

「なんかな、最初に会った日にさ。キスされたんだよいきなり」

「えっ、白瀬さんが？」

齋藤の驚きように、綾川は安堵《あんど》した。薄々感じてはいたが、白瀬はやはり遊んでいるタイプではなかったらしいと知れたのが、なぜだか妙に嬉しい。

「テレビで俺のこと見てて、ゲイだと思ってたらしくてな。おまえ、俺のこと話さなかったんだな」

「ん、まあね。ひとの事情、ぺらぺらしゃべったりはしないよ。ていうか白瀬さん、寛ちゃんのこととか話題にしたこと、いちどもなかったし……会社の社長が、って形で仕事の話したり、信仁のこと愚痴《ぐち》ったりノロケたりはしたけど」

どうやら会話の内容は、後半のほうが比重が大きかったのだろう。

「もともと同僚だったんだろ。どこでゲイだってわかったんだ？」

「よくある話だよ。その手の店で偶然ばったり。狭い世界だから、行動範囲がかぶってるとかちあうこともあるんだ。でも言っておくけど、あのひと俺と違って男ひっかけにいってたわけじゃないよ」

つるりととんでもない過去を口にする齋藤は、この地味顔でいて、恋愛沙汰は百戦錬磨《れんま》だ。

とはいえすべて負け戦だったが、それも降矢と出会って止まったのだから、彼のなかでは過去の話なのだろう。

「むしろ、高嶺《たかね》の花って感じで、誰に誘われてもやんわり断ってた。自分から、ろくに知らない男相手にアプローチするなんて白瀬さんぽくない」

「やっぱそうか。俺も、そこがよくわかんねえんだよな。ただまあ、そのときは俺もあわくって、ノンケですって断ったんだけど……」

ここ二カ月半の流れを、綾川は齋藤にざっくりと語った。齋藤はたまに「うん、うん」と相づちを打つだけで、口をはさむことはしなかった。

「……だいたいわかった。それで寛ちゃんは、なにを悩んでるわけ？」

「なにをって……なにをどうすりゃいいのかっつうか。これってどういう関係なんだろっつうか、そういう感じ」

なにしろ男を好きになるのは想定外だったので、いまひとつ勝手が摑めない。それこそ気持ちが半端なのではないかと感じていると言えば、齋藤は「くだらない」と目を眇《すが》めた。

「あのさあ、これ誰かが言ってたんだけど。世の中って、ゲイの男と、ゲイじゃない男の二種類に分かれるんだって。バイの場合は、女も好きになれるゲイ。そういう意味ではもう、寛ちゃんって立派にゲイだと思うよ」

ノンケの降矢相手にうじうじと言っていた齋藤にしては、ずいぶんすっぱりした答えだった。いささか驚きつつ「そうなるのか？」と問えば、彼はうなずく。

「だめなひとって、まったくだめだからね。性別関係なしに惚れたとかいうひともいるんだけど、俺、それはないと思う。それこそ『恋愛対象になるゲイっていう性別』を受けいれられるひとしか、同じ性別の相手には恋愛できないんじゃないかな」

　このあたりの思考回路は、長年のつきあいだけあって似ているのだと思った。そして、あれだけぐだぐだと悩み続けた齋藤が変わったのは、それこそ彼を受けいれた降矢の影響でもあるのかもしれないとも考えた。

「ともあれ、ゲイだなんだの話はここでストップね。寛ちゃんは、そのうえでなにが気になるわけさ」

「……あいつが、俺との関係は緊急措置だっつったこと、かな」

　彩花がいなくなって、すこしずつ哀しみも過去になった。ようやく落ちついて周囲を見まわしたそのタイミングで白瀬が現れた、ただそれだけのことだと彼は言う。

「毎回毎回、そうやって主張されると、やっぱ同情なのかなあって思うし。あいつも、どうも俺に対して壁あるし。ああまでかたくななのって、いったいなにがあるんだよって気になるけど……俺らって疵舐めあってるだけなんだろうか」

　――お互い、寂しかったですし……もともとは、わたしが慣れ慣れしくしすぎた。

誘いをかけて、その気にさせたのが悪いと微笑みながら言われてしまった。それでもどうにか手を伸ばそうとあがいても、白瀬のまえにある壁の分厚さにくじけそうになる。

だが、すっかり弱腰になっている綾川を、齋藤は叱りつけた。

「同情だって、立派な情だろ。それのどこが悪いんだよ」

まともな恋人ができず、一時期にはゆきずりの関係ばかりだった齋藤はむっとしたように口を尖らせている。

「寂しいから隣のひとにすがるのって、なんか悪いこと？　いいじゃん、疵の舐めあいでもなんでも。そのうち本物になるかもしれないだろ」

まるで責めるような齋藤の口調に、綾川は「俺だってそう思うよ」とうめいた。

「俺はさ、適当なとこからはじめて、関係作ってくんでもいいと思ってんだよ。でも……」

「でも、なんだよ」

「……彩花に悪いって、あいつ、泣いたんだよなあ。うっかり、テンプレいらねえとか言っちまったけどさ」

言われた瞬間には反射的に、そんなありふれた台詞は必要ないと切り捨てた。だがのちに思い返すたび、そのひとことは存外に重たくのしかかってきた。

綾川自身、彩花に対して罪悪感を覚えないとは言えないし、白瀬の指摘を否定もできない。

彼女に悪いだろうと言った白瀬は、綾川がいずれこうして惑うことを見透かしてもいたのだろうか。そうしてことあるごとに壁を作り押しとどめ、ふと気づけば、走りはじめたはずの綾川の気持ちは受けいれられるさきを見失い、宙ぶらりんになってしまった。

「正直ここ四年、女相手にはずっとブレーキかかっちまってた。おまえには言ったことなかったけど、昔、へた打ってさ」

綾川は齋藤にはじめて、彩花が亡くなって以来誰も愛せずにきたことを、そして過去に浮気をし、彼女を泣かせてしまったことを話した。そのときのことを思いだし、誰とつきあうにも彩花を裏切るようで苦しくて、だめだったことも。

「そんなことあったんだ。ばかだね、寛ちゃん」

「ほんとばかだったよ。おかげで女口説くたび、彩花に泣かれてる気がして……自分でも、ここまで引きずるとは思わなかったけど」

罪悪感はもはや習い性のようなものになっているけれど、やはりいまでも綾川にとって愛する女は彩花しかいないのだと思う。十三歳で出会って、彼女が亡くなるまでの十七年間を、ほかの誰にも埋められはしないのがわかりきっていたからだ。

「なのに乙耶は、男だからいいなんて、詭弁じゃないか？　そういうのって、彩花は許してくれんのかな」

惑いのままにこぼすと、齋藤はしばらく黙ったあと、ぽつりと言った。

「でもさあ、彩花ちゃん、そういうのってうっとうしく思うタイプじゃないっけ」

「……え？」

「自分のせいで、誰かが思うようにできないとか。そういうの、きらいだと思う」

齋藤の静かな指摘に、綾川は知らず息を呑んでいた。

「自分で言ったんじゃん。彩花ちゃんに悪いとか、そんなテンプレな台詞いらないって。そのとおりなんじゃない？　ていうか、彩花ちゃん自身が、そう言うんじゃないの？」

「あ……」

頭を殴られたようにショックだった。妻が生きていたならばそのとおりのことを言うだろうと、唐突に理解したからだ。

「なんだよ、その顔」と彼は睨む。

「いや、だっておまえがそんなこと言うなんて」

「まあね、たしかに俺ちょっとまえまで、彩花ちゃんのこと偶像化してたと思う。でも寛ちゃんも、そのヘンテコな罪悪感のせいで彼女のこと勘違いしてない？」

「勘違い？」

「さっきの話聞いてて、彩花ちゃんの本当の性格思いだしたら、すごい違和感あったんだよ。彩花ちゃん、そんな執念深いひとだったっけなあって。自分が死んでまで、寛ちゃんにひとりでいろとか、そんなこと思うかなって」

彩花を本当に好きで彼女に憧れていた齋藤は、彼女が亡くなってからもずっと、その影響下にあった。彩花が生きていたらどうするか、彩花ならどう考えるか——それを指針《ししん》として、

『彩』というブランドを保ってきたようなものだった。

一時期はそれが高じて、自分と『彩』は別物だなどとわけのわからないコンプレックスを抱えていたが、そのあたりも降矢との出会いによって克服したらしい。

何年も経って、自分に自信を持てるようにもなり、齋藤は冷静になったのだろう。

だが、齋藤の考えかたや生きかたの根底に、根強く彩花がいるのは事実だ。そしてそれがゆえに、齋藤は夫だった綾川より、よほど彼女の思考回路を理解しているのだろう。

「寛ちゃんがそうやって意固地《いこじ》になったり、誰も好きになれなくてひとり寂しくおじいさんになるのが彩花ちゃんの望みかなあ？　そういうの、重たいって怒るんじゃないの？」

言われてみれば、と綾川はうなずいた。

「モテないのをひとのせいにすんなって、ぜったい言うな」

「だろ。彩花ちゃん、やさしいしおおらかだったけど、そのぶん、かなりいろいろ、おおざっぱだったもん」

齋藤にはとても言えないと思っていたが、彩花とはそのことでしょっちゅうけんかした。とても些細《ささい》で、つまらないこと。たとえば頼んだことを忘れられたり、間違えられたり。

そのたび、綾川が「ちゃんとしろ、なおせ」と怒ると、彩花はあきれたように言った。

——だから寛ちゃんって大物になれないんだよね。男のくせに、細かい。

ひっそり『気がまわりすぎる自分』を気にしていただけに本気でバトルになったが、夫婦間の危機を救っていたのもまた、彩花のあのおおざっぱさに裏打ちされたやさしさだった。

――ま、でも、そういうとこがいいとこだよね！

だからこそ、綾川のばかとしか言いようのない一夜のあやまちも、罵《のの》るだけ罵《のの》ったあとに「すんだことはしかたない」と許してくれたのだ。

なにより彼女があそこまでおおらかだった理由は、彼女自身の来し方にも起因する。家に問題があって、若いころから苦労していた。両親が不仲なうえに裕福ではなく、学校の給食費すら滞ることがあった。むろん、修学旅行などの費用のかかるイベントは、参加するのもむずかしかった。

けれど明るく振る舞うことで、折れないようにするすべをちゃんと知っていた。

――なんくるないさ、って言葉が大好きなんだよね。

近年、映画やテレビなどでよく耳にするようになったあのフレーズは、沖縄弁《おきなわべん》で『なんとかなるよ』という意味だと言われているが、本来は『めいっぱい、やるだけのことを正しくやったら、きっとどうにかなる』という願いをこめたぎりぎりの言葉、だそうだ。

楽天的で前向きな、南国特有の明るい地域性と受けとられがちだが、じっさいには戦争時、最悪の事態に陥《おちい》ったあの地はその後も重い歴史を背負ってきた。最悪のところまで追いつめられ、それでも「なんとかなる」と言うしかなかった、その前向きなあきらめがとても好きだと彩花は言った。

——強いよね。そういう、精一杯のあとの言葉は、いいよね。

そうつぶやく彼女だから、綾川は心底、愛していた。

むろん彼女は沖縄になどいったことがない。だから本をたくさん読み、あれこれと考えるのが好きだったのだ。結婚したときも、学生の綾川に旅行に連れだすまでの甲斐性はなくて、余裕ができてきたときには彼女はあっけなく、逝《い》ってしまった。

「生きてりゃ、そりゃ、寛ちゃんは彩花ちゃんのものだったよ。そういうものだった。すごくぴったりだった。でも、いまはもういないじゃないか」

悟ったようなことを言う彼に、綾川はうなずくしかなかった。彼女に関して、ああもしてやりたかった、こうもしてやりたかったと、いまでも悔いは残る。だが、それを彩花が聞いたならば「いつまでも引きずるな」と怒るに違いない。

そして、おおらかでおおざっぱといえば、身近な人物でものすごく、心あたりがあった。

「おまえが降矢に惚れるわけだよな」

笑いながら言うと、齋藤はむっとしたように顔をしかめた。

「なんだよ。寛ちゃんだって信仁のこと気に入ってるくせに」

「きらいとか言ったことねえだろ。あいつ雇うって決めたの俺だし」

年下の幼馴染みをからかいながら、自分は恵まれているとつくづく思う。

初恋の相手とは結婚して子どもを作り、次に惚れた相手についても、周囲の理解はありあまるほどある。

その環のなかに、白瀬もはいってほしいと思うのに、どうにもそれがむずかしい。

ぼんやりと思考に沈んでいると、齋藤がまた核心《かくしん》をついたことを言いだした。

「あのさ。なんか話聞いてると、寛ちゃんも白瀬さんも重たく考えすぎてる気がする。もっと単純でいいんじゃないの？」

「ん？」

「彩花ちゃんしかだめなんじゃなくってさ。いままで彩花ちゃんと同じくらい惚れられるひとがいなかっただけ。でも白瀬さんは本気で好きになれた。そう考えるのはだめなのかな」

惚れっぽくてふられまくってきた齋藤らしい考えかただった。だがシンプルな思考の転換《てんかん》を提案され、それが妙にすとんと綾川の胸に落ちてきたのは事実だ。

ふと、ミチルが歌っていた調子っぱずれの歌を思いだした。

なんくるないさ。ケ・セラ・セラ。

いずれも、自分では動かせないことに悩んでもしかたない、そんな含みを持った言葉だ。

そして恋心が自分の意志でままならないことくらい、とうに綾川は知っていたはずだ。

「そう考えりゃ、たしかに単純な話になるな」

「てより、もともと単純な話だろ。ふたり揃ってまじめで一途《いちず》なもんだから、わざわざややこしくしてるようにしか、俺には思えなかったけど？」

齋藤はそう言って立ちあがり、温室へと向かった。しばらく待っていると、常備してあるポットで淹れたハーブティを差しだしてくる。

「……これ、なに茶？」

「売ってる商品なんだから、ちゃんと覚えろよ。ローズマリー。これで頭すっきりさせなよ。ダウナーになってるの似合わないよ。寛ちゃんらしくもない」

齋藤のブレンドしたハーブティの強い芳香《ほうこう》を吸いこむと、たしかにすっと頭のもやが晴れる気がした。ひとくちすすると、身体の奥が浄化《じょうか》されるような気分になる。

しばらく無言のまま、ふたりで茶をすすっていると、齋藤がぽつりと言った。

「ただ、いっこだけ白瀬さんのために忠告するならさ」

「ん？」

「あのひと、相当いろいろ抱えてる気はする。他人に感情ぶつけられて、いやな目に遭ってるんじゃないかなって、そう思う」

思わせぶりな口調に、綾川は顔をあげた。

「なんか知ってるのか？」

「よくは知らない。あんまり自分のこと話すひとじゃないから……まえのストーカー事件もあるしね。寛ちゃんの腹が決まったら教えてあげてもいいけど、いまみたいにぐらついてるなら、俺が言うことじゃないと思う。噂で聞いた話なんで、俺も責任持てないから」

そう言って、齋藤は口をつぐんだ。自分が泣き言を垂れるときにはいらぬことまでしゃべるくせに、他人のことについては本当に口が堅い男だ。だからこそ信頼がおけるのだが、こういうときにはいささかもどかしい。

それでも、腹を決めるべきは自分とわかっているから、綾川は空を見あげるしかない。

「どうしたもんだろうな」

「寛ちゃんのへったくそな恋愛なんか、俺にフォローはできません」

以前、降矢と齋藤について言った言葉をそのまま打ち返され、綾川は降参《こうさん》と手をあげるしかなかった。

＊　＊　＊

綾川が白瀬にどう問いかけようと齋藤に探りをいれようと見えてこなかった彼の過去は、ある日突然、思いがけない形で向こうからやってきた。

どうにかスタートすることが決定した新番組『オネエ五十人に訊く、こんな話』の第一回収録は、なんとなく微妙な空気だった。

第三回目までの放送ぶんを一気に撮る予定でスタジオにはいった綾川は、特番のときとあまりに違い、すくない人数にすぐに気がついた。

「あれ、五十人いなくない？」

綾川が首をかしげると、ミチルは苦笑しながら首を振った。

「そんな毎回集まるわけないじゃないのよ、綾川ちゃん」

五十人とうたってはいるものの、そうそう毎回オネエメンバーを集められるものではなく、実質的にはその半数程度がローテーションで出演し、『総数で言えば五十人』という形で体《てい》裁《さい》を繕《つくろ》っているような状態なのだそうだ。

「それって詐欺じゃないのか？」

「大人の方便って言いなさいよ」

そんなこんなのしょぼい状態ながら、動きはじめた企画は止まらない。

そして朝からスタジオにつめていた綾川のもとに、ひとりの男が現れた。

「綾川っていうのはどいつだ」

高級そうなスーツをまとう剣呑《けんのん》な顔をしたその男は、すでに撮影を開始したスタジオのなかで声を張りあげた。

彼は背が高く、一見は押し出しの強い色男に見えた。だが端整《たんせい》な顔立ちをよく観察すると、唇は歪み、目にはどこか荒れた気配が漂っている。

「ちょっと、申し訳ありませんが、いまは関係者以外立ち入り禁止で――」

「やかましい！」

ＡＤが飛んできて追い出そうとしたのを、男は激しく突き飛ばす。小柄なＡＤは悲鳴をあげて倒れ、近くにあったセット裏の機材にぶつかった。

「ちょっと、なにあれ……」

いまは収録の合間の待機中とはいえ、いったいなぜ闖入者《ちんにゅうしゃ》がはいりこめたのか。皆が騒然となっていると、ざわつくスタジオのなかを一瞥《いちべつ》した彼はさらに大声でわめきちらす。

「綾川！　どこだ、綾川寛二！　出てこないと訴えるぞ！」

腰を浮かせかけた綾川の腕を引っぱったのは、ミチルだった。

「出ちゃだめよ、綾川ちゃん」

「でも、このままじゃ……」

「あいつよ、この間話したばかボンボンの若社長」

あれが、と綾川は目を瞠る。しかし、単なる噂話で聞いただけの社長が、なぜ綾川の名前を連呼《れんこ》しているのかわからず戸惑っていると、裏でひそひそと打ちあわせをしていたディレクターがこちらに向かってくるのがわかった。

「綾川さん、すみません。どうしてもあなたを出せって聞かないんです」

「ちょっとナベちゃん、聞かないじゃないでしょ。あいつもうスポンサー降りたのに、なんでここにいるのよ！」

綾川の代わりにミチルやそのほかのパネラーたちが「そうよ」「なにあれ」と騒ぎはじめ

る。

「いやでも、うえから言われたことなんで……」

「あんたいっつもその調子じゃないの！　これで綾川ちゃん突き出して、暴力ふるわれたらどう責任とるってのよっ」

「いや、だからその……」

綾川のために怒ってくれるのはありがたいけれど、これではべつのけんかが起きてしまいそうだ。青筋を立てているミチルの腕を摑み「いいですから」と綾川は告げた。

「ちょっと話してきます。なんかあったら、これだけ証人いるから平気でしょう」

「綾川ちゃん……」

心配そうに見つめるミチルにうなずいて、綾川は用意されたパネラー席から降りていった。

つかつかと近づいてきた綾川の上背に、問題の男はぎょっとしたような顔をする。

それもそのはずで、綾川の身長は一八八センチある。いまはそれにくわえて十センチのヒールがついたウエッジソールを履いているうえに、スタイリストは本日も、綾川の長髪を盛りに盛ってくれた。

「なんのご用ですか？」

髪の高さをいれると二メートルを越す女装男に見おろされ、あからさまに相手は怯んだ。おそらく彼も一七〇センチ台の後半くらいは身長があるだろう。見おろされる経験がすくない相手ほど、身長差に威圧感を覚えるものだ。

だがすぐに立ち直り、男はいやな目つきで睨みつけてくる。

「おまえが綾川か。いいか、いますぐに兄と縁を切れ」

「兄？　なんの話だ？　おまえの兄貴なんか、俺は知らない」

「しらばっくれるな！　白瀬の名を知らないわけがないだろう！」

顔を赤くして歯を剝きだす男の口から放たれた名前に、綾川は顔をしかめた。

「白瀬？　白瀬乙耶のことか」

「そうだ。俺の兄だ。といっても、不肖《ふしょう》の、とつけたほうがいいけどな」

尊大にふんぞり返ってはいるけれど、威勢がいいのは口だけだとしか思えない。底の浅さが見てとれる男に、綾川はうんざりしながら、盛った髪を崩さないように頭を掻いた。

「つうか、おまえ誰？」

その瞬間、目のまえの男は耳まで真っ赤になって「俺は白瀬悦巳《えつみ》だっ！」と叫んだ。

「悪い、知らねえ」

「こ、こ、この番組のスポンサーだぞ。それを知らないって、おまえっ」

「え？　だって降りたんだろ？　スポンサーだったのは特番までで」

話が違ったのだろうかと首をかしげる綾川に「うるさい、そんなことはどうでもいい！」と悦巳は叫んだ。

「とにかく、縁を切れ。どういうつもりで兄に取り入っているのか知らないが、おまえのような人間と関わることが、白瀬の名にどれだけ疵をつけるかわかっているのか?」

「いや、わかんねえ」

そもそも、突然綾川のまえに現れたことも不可解だったが、白瀬の名がどうのと言われたところで、なにがなんだかという感じだ。

「疵がどうとかは意味がわからんが、たしかに白瀬さんとは仕事でおつきあいがある。それをなんで、縁を切れだの言われなきゃならないんだ」

綾川があきれたように言い放つと、憎々しげに悦巳は睨みつけたあと、嘲笑を浮かべた。

「なんでもなにもない。女装タレントなどに関わっていること自体が恥なんだ。考えるまでもない話だろう。ああ、わざわざ世間にこんな格好で恥をさらしているから、常識もわからないのか?」

その声が響き渡ったとたん、スタジオ中がブーイングの嵐になった。

「てめえ、もういっぺんいってみろ!」

「誰が常識知らずなんだ、この包茎野郎!」

「kick in your ass!」

「ぶっ殺す!」

ふだんはオネエ言葉で取りすましているパネラーたちが、いっせいに男剝きだしで吠《ほ》えまくる。そもそもこんな場所に出てくる顔ぶれは、酸《す》いもあまいもかみわけて、修羅場をくぐりぬけてきた人間が大半で、それがいっせいに罵声《ばせい》を浴びせるのだからすさまじい。なかには外国人のオネエもいるため、『ass.』のひとことが非常にシュールだ。

（うわあ、オネーさんたち、ぶち切れてる）

スタジオが揺れるような怒号《どごう》に綾川は苦笑したが、悦巳はみるみるうちに青ざめ、あとじさった。あまつさえちらちらと綾川の顔色までうかがってきて、うっとうしいことこのうえない。

「なにびびってんだ。けんか売ったのおまえのほうだろ」

「う、うるさい。とにかく、白瀬の名前を持つ人間が見苦しい真似するのは困るんだ」

「白瀬さんはべつに、見苦しい真似なんかなにもしてないと思うけど？」

「言い訳はいらん！　とにかく言うことを聞けっ」

しらけた顔で対応していた綾川に「いいな、忠告したからな！」と捨て台詞を吐き、悦巳はきたときとは真逆に逃げるように去っていった。

そのみっともない背中には「二度とくるな！」「チンカス野郎！」などと、にぎやかな罵声がぶつけられている。

「……なんだったんだ、ありゃあ」

突然現れて意味不明の言葉を吐き捨てたかと思えば、逃げていった。これで白瀬の身内だと言われなければ、綾川も「電波か？」とスルーしただろう。

だが、名指しで綾川を呼びつけたことといい、不可解なことが多すぎる。

（いったいなにが目的だ？）

もしかすると興信所にでも調べさせて、綾川と白瀬の関係を知られたのかと一瞬あせった。だが表向きは仕事の契約と、子守の手伝い以外には出てくるはずがない。盗聴や盗撮でもされていたらアウトだが、さすがにそこまで調べあげてはいないだろう。

とりあえず悦巳が去ったことで正気に戻ったADが「すみません、撮影再開します、静かに！」と声を張りあげる。綾川は指示どおりパネラー席に戻ると、ミチルが心配そうに小声で話しかけてきた。

「……綾川ちゃん、だいじょうぶ？　なんだったのよ」

「よくわからないけど、俺のダチの弟みたいですね、あいつ。家名の恥だから縁切りしろとかなんとか」

ぼそぼそと答えると、彼は哀しそうな顔になり「たまにあるのよね」とつぶやいた。

「ねえ、ほんとにアンタ、早いところこんな茶番に出てくるのやめなさい？　面倒ばっかりじゃない……綾川ちゃんは、ふつうの男でいられるんだからさ」

大きな手のひらで肩を叩かれ、綾川は静かにミチルへと微笑みかけた。この道三十年と、うそぶく彼も、ゲイであることで荒波をくぐりぬけてきたひとりなのだ。

彼がこちらへと親身になってくれているのはわかる。けれど綾川はあえて、言いきった。

「俺はいまでも、ふつうの男ですよ」

女装しようが男に惚れようが、やっぱり綾川は綾川でしかなく、自分自身をごくふつうの男だとしか思えない。ゲイであることに悩み続けた彼らのデリケートな部分までは理解してやれないかもしれないが、もはやそれは性格の違いとしか言いようがないのだ。

「それにミチルさんもね。ふつうのいい男でしょう」

言わんとすることはすぐに理解されたのだろう。ミチルは一瞬目を潤ませ、そのあと身悶えながら綾川の肩をばしばしと叩いた。

「……いやっだ！　綾川ちゃんかっこよすぎよ、惚れちゃうわよ！　いやっだ！」

「い、痛い。ミチルさん、痛いから」

いやーん、と野太く叫ぶミチルのおかげで「そこっ、静かにして！」とADに怒鳴られる羽目になってしまった。


ハプニングのおかげでまたもや押した収録を終えて、綾川がスタジオを出ると、日はすでに暮れていた。

帰途についた綾川は携帯電話を取りだし、駅までの道すがら白瀬へと連絡をいれた。数コールで電話はつながり、相変わらず穏やかな白瀬の声が耳に滑りこんでくる。

『お疲れさまです。収録終わられたんですか』

「うん。寛は？」

『まだ起きてます。寝ついたら帰ろうと思いますので』

「泊まっていかねえの？」

『帰ります』

やさしいけれど、どこかよそよそしい白瀬の態度。ここ数日悩まされ続けた相手の声を、目をつぶって綾川は聞いた。

――わざわざややこしくしてるようにしか、俺には思えなかったけど？

齋藤の指摘を冷静に受けとめて、綾川はずっと考えていた。あれからまだ、白瀬と顔をあわせてはいない。こうして電話で声を聞くだけの日々が、もう一週間は続いている。

気持ちを定めて関係を深めたい自分と、距離を置こうとする白瀬との温度差が、綾川にはずっともどかしかった。気持ちがすれ違い、悩んでいるうちにどんどんこじれていくようで、たまらなかった。

だがこうして耳をすまし、彼の声だけを聞いていると、ポーカーフェイスの微笑にごまかされることはない。

「乙耶」

『……なんでしょう』

返事がくるまでの、一瞬のタイムラグ。目を閉じた綾川はそこに滲《にじ》んだかすかな怯えを聞きとった。

「おまえ、なにが怖いの」

返事はない。なんの話ですかと問い返しすらせず、白瀬はひたすら沈黙している。図星だからだ。ごまかすのがうまいくせに、白瀬は不思議と嘘はうまくない。

（あんなふうに笑うから、惑わされてたんだな）

言葉と声だけに集中すると、ゆらゆらと揺れている気持ちや怯えが手にとるようにわかる。出会ってからまだ三カ月足らずの男は謎だらけで、こんな気持ちになるのがひさしぶりすぎて、綾川はあせっていたのだとようやく気づいた。

本当の意味で白瀬を知るのはきっとこれからだ。そしてそれはおそらく、簡単なことではないのだろう。

「あのな、乙耶。きょう、おまえの弟がスタジオにきた」

ひゅっと電話口の向こうで、息を呑む音がした。しばしの沈黙のあと『……なんの用で』とつぶやいた彼の声は震えていた。

「用事は、よくわかんねえ。ただ、俺におまえと縁を切れと言ってきた」

『なんで、そんな』

「女装タレントみたいな人間とつきあいがあると、白瀬の家に疵がつくとかなんとか、そんなようなことをわめいてた。収録中だったからな、ネエさんたちが大騒ぎになって、ある意味おもしろかったけど」

白瀬はもう返事もしない。ただ震える息が電話からは聞こえてきて、ときどき喉を鳴らすような音だけがする。

「乙耶、おまえ、なにがあった」

『……あなたには関係ありません』

「関係なくねえから、弟が縁切れとまで言ってくるんだろ」

『ご迷惑をかけて、申し訳ありません』

「そんなこと言ってねえよ。とにかく帰ったら話を……おいっ」

最後まで言うまえに、ぶつりと通話がとぎれた。舌打ちをした綾川がいくらリダイヤルしても、電源ごと落としているのか、定番のメッセージが流れるだけでつながらない。

「逃げやがったな」

低くつぶやき、携帯電話のフラップを乱暴にたたむ。おそらく今夜は、話を聞くにもむずかしいだろう。だがもちろん、綾川はこのままあきらめるような人間ではない。

【あした話そう。逃げるなよ】

いつ見るかわからないメールを送信して、夜の道をまっすぐに歩いていく綾川の顔には、もう迷いはなかった。

＊　　＊　　＊

逃げるな、と言ったところで逃げるのが白瀬乙耶という人間だ。

そして綾川寛二はそれを防ぐためなら、どんな手でも使う人間でもある。

携帯電話の電源を切るという卑怯な真似で話しあいを回避した白瀬だったけれど、彼にはけっして切ることのできない、強いパイプラインがつながっていた。

「乙耶くん、こっちです！」

はしゃいだ声でぴょんぴょんと飛び跳ねる寛は、お気に入りの帽子をかぶって満面の笑みを見せている。その背後には、大型動物を象《かたど》ったアーチ型の入園ゲートがあり、子ども連れの姿で園内はにぎわっていた。

この日からはじまったシルバーウイーク。綾川の会社もカレンダーどおりの休日にくわえ、月末のイベントに向けての調整で平日に代休をあてがい、五連休になっている。

九月もなかばをすぎたというのに、東京は相変わらず暑いままだった。午後の気温は二十九度を超えていて、園内にいるひとびともまだまだ夏の装《よそお》いが多い。

「動物園、二度目です！　ねっ、おとうさん！」

「そうだな。でも乙耶くんとは、はじめてだよな？」

「はい！　はじめてです！」

大興奮の寛は、片手に綾川、片手に白瀬の手を握りしめてご満悦だ。お気に入りの白瀬と、大好きな動物の取り合わせに、スキップするような足取りで歩いている。

「……子どもをダシにするなんて、ずいぶん卑怯なことしますね」

「さんざんひとを無視したあげく、電源切ってブッチした人間に言われたくないね」

「そうさーん！」

「朝っぱらから突然、寛くん連れて押しかけてきて。わたしの都合は考えてもらえないんでしょうかね」

「きりんさーん！」

「必要だったら呼べっつったのはそっちだし、呼んでも応えてくんねえし？　寛の希望なんだから、親としては叶えないとまずいし？」

「かばさーん！」

あちこちの檻《おり》を指さしては、覚えた動物の名前を叫んで上機嫌の寛とは裏腹に、大人ふたりは笑顔のまま非常に冷ややかな会話を交わしている。

朝いちでテンションの高い寛を車に乗せ、白瀬のマンションを急襲《きゅうしゅう》してから、彼はいちどとして綾川を見もせず、ずっとこの調子だ。

（この強情っぱりめ）

表情こそにこやかなままだけれど、白瀬の横顔は青ざめていた。緊張は、はしゃいでいた寛にも徐々に伝わってしまったのか、だんだん息子の態度は落ちつかなくなっていく。

「乙耶くん、おててが痛いです」

「え……あ、ごめん」

はっとしたように白瀬が手を離すと、寛は眉をさげたまま、それでもにっこりと笑った。

「おトイレ、いってきます。待っててください」

「じゃあ、そこのベンチにいるから」

はい、と笑って寛は近場のトイレへと走っていった。ちいさな身体が遠ざかるのをじっと眺めている白瀬に、綾川はふうっと息をつく。

「あのな。俺に怒るのはいい。卑怯技も謝る。でも子どもに気ぃ遣わすなよ」

「……すみません」

「そう思うなら、ゆうべの弟の件。すこしは説明してくんねえ？」

「身内がご迷惑をかけて、本当に申し訳ありません」

「迷惑もクソも、意味がわかんねえんだけど」

うつむき、目を伏せた白瀬はそれっきりなにも言わなかった。ベンチに並んで座ったまま、無言のときが流れていく。

「どうでも話す気はないのか」

ぼそりと綾川が告げても、やはり白瀬は答えない。綾川はいらいらと唇をこすった。こういうときこそ煙草がほしいのに、残念ながら喫煙所は、ここからずいぶんと遠い場所にある。

深呼吸して、綾川はベンチの背もたれに腕を乗せ、空を仰いだ。

「あのな。もう俺とつきあいたくねえなら、そう言ってくんねえかな」

隣にいる細い身体が、びくっと震えた。

「そっちからのアクセスはなし。呼び出せばいいっつったくせに、いざ呼べば理由も言わないで避けられまくり。それでもう十日になる。こんな生殺しは性格的に耐えらんねえ」

「そんなつもりは……」

「ないなら、なんだ。説明してくれよ。別れたいなら別れたいって言えばすむことだろ」

また黙りこくった白瀬に、さすがに我慢も限界がきた。いいかげんにしろと言うつもりで隣を見ると、予想以上に真っ青な顔色の白瀬がいる。

「……めんなさい」

「おい？」

「ごめんなさい。迷惑かけるつもりは、本当になくて、ぼくは……ごめんなさい」

能面のような無表情で、白瀬は自分の手を握りあわせていた。手の甲に爪が食いこみ、このままでは傷がついてしまうと綾川は腕を摑んでその手をほどかせる。

「乙耶、どうした。なにがあった？」

顎《あご》を摑み、強引に視線をあわせさせると、その目はうつろに見開かれたまま潤みきっている。尋常ではない様子にぎょっとして、綾川は白い頬に手を添えた。

「こんなつもりじゃなかったのに。こんな、……あなたに、まじめにつきあうとか、別れたいならとか、言わせるつもりじゃ、なかった」

「乙耶？」

「綾川さんは、いまでも彩花さんが好きなんでしょう？　そうですよね？」

どうしてか、否定しないでくれと必死になって訴えられている気がした。いったいここまで思いつめるほどの、なにが白瀬にあったのかすこしもわからず、綾川は眉をひそめる。

「ぼくとは関係ないって、言ってください。お願いだから」

悲愴《ひそう》な声で懇願《こんがん》する白瀬の態度に、綾川ははっとした。

「おまえ、弟になんか言われたろ」

きのうの悦巳の登場と、過剰なまでの白瀬の怯えをつなげてみれば、推理するまでもない話だ。断定的に綾川がつめよると、白瀬は目を泳がせた。

「あの様子じゃ、まだゲイばれまではしてないみたいだが。なに言われた？　俺とつきあいがあると、営業妨害するとでも言われたのか」

「ちが……」

力なくかぶりを振るけれど、なにか圧力をかけられたのは事実だろう。いったいなにがどうなっているのかわからないけれど、この状態は尋常ではない。

「もういい。きょうは、うちに帰ろう。そこでゆっくり話す」

「でも、寛くんが楽しみにして——」

ふたりははっと顔を見あわせ、ベンチのちょうど正面にある時計を確認した。寛がトイレにいくと言ってから、もう三十分は経っている。

「……あいつ、どこいった？」

綾川は青ざめ、勢いよく立ちあがったあと目のまえにあったトイレへと走っていく。見渡したなかに、寛はいなかった。念のため全員が個室から出てくるのを確認したけれど、やはり寛の姿は見あたらない。

「いないんですか!?」

「いない。たぶん混んでて、べつのトイレにいこうとして迷子になったんだろう」

まずは受付で迷子呼び出しを頼むことにして、白瀬と綾川は園内じゅうを走りまわった。

『迷子のお知らせをいたします。白いパーカーにボーダーのTシャツ、茶色いショートパンツ、茶色いキャップをかぶった男の子が迷子になっています。お心あたりの方は、お近くの係員か園内入り口横、本部事務局、迷子センターまでご連絡願います』

園内に響き渡った放送で、誰かが気づいてくれればいいと思った。寛の名を呼び、心あたりになりそうなところは片っ端から見まわった。

(もう寛にも、持たせればよかった)

まだ早すぎるかと、携帯電話は与えていなかった。寛はそういうものをほしがる子どもではなかったし、せいぜいほしがったのは特撮ヒーローの変身セットで――それだって、ちゃんと帰ってくるならいくらでも買ってやる、という気分になってくる。

(……助けてくれよ、彩花)

こういうとき祈る神を持たない綾川は、霊でもなんでもいい、寛を護《まも》ってくれと亡き妻に祈った。

走りまわっているからだけではなく、全身にどっと汗が噴きでる。

「見つかったか?」

『まだ。そっちは?』

「まだだ」

いったん、白瀬と連絡を取りあい、もともといたベンチのところで合流した。

寛の姿はなく、お互い汗だくで顔をしかめる。綾川もけっして余裕があるとは言えない表情だったけれど、白瀬はいまにも倒れそうなくらいに顔色をなくしていた。

「乙耶、おまえちょっとここか本部センターで休んでろ。顔色まっしろだ」

「いえ。捜します」

言うなり、ふらふらしながら走り出そうとするので綾川はその腕を摑んで怒鳴った。

「休めって！　おまえまで倒れたら却って迷惑なんだよ！」

細い肩を強ばらせ、白瀬は目を瞠った。動揺のしかたが尋常ではなく、いったいなにがどうしたんだと肩を揺さぶりたくなっていると、うつろな声で白瀬はつぶやいた。

「あの子になにかあったら、ぼくのせいだ」

「なに言ってんだ。目を離したのは俺も同じだろうが」

「そういうことじゃない！」

「……乙耶？」

腕を振り払って叫んだ白瀬の声は、どこかふつうではなかった。ふだんの落ちつきもなくして恐慌状態に陥る彼を、綾川は茫然と眺める。

「ぼくと関わったから、ぼくなんかが、こんな場所にきたから……やっぱりぼくなんかが、子どもと関わっちゃだめだったんだ」

「おい、乙耶。どうした」

「ごめんなさい、ほんとに……ごめ……」

綾川の背中に冷や汗が流れた。震えながら涙ぐみ、立ちすくんでいる白瀬の姿はふだんの冷静な彼とは思えないほど頼りなく、すこしの衝撃で壊れてしまいそうにも思えた。

もういちど、細い腕をとる。ぞっとするほど体温が低くなっていて、たまらずにその細い肩を引き、自分に寄りかからせた。

「おまえのせいじゃないし、寛はだいじょうぶだ」

ぐっと肩を摑んだ手に力をいれ、崩れるなと言い聞かせる。無反応だった白瀬はびくりとして、綾川の顔を見あげた。

「見つかる。だいじょうぶだ。なにも問題ない。信じろ」

言いきって白瀬を見ると、うつろだった目が正気づいている。涙ぐむ彼がまたちいさく、「すみません」と謝ったけれど、それは恐慌状態に陥ったことそのものを詫びる言葉だと知れたから、綾川もうなずいた。

「とにかく、もういちど捜そう。呼び出しも、もういっかい頼んで……」

綾川が言いかけたところで、園内放送を知らせるチャイムが鳴り響いた。

『迷子のお知らせをいたします。白いパーカーにボーダーのTシャツ、茶色いショートパンツ、茶色いキャップをかぶった男の子——』

再度のアナウンスかとてっきり思った綾川は、続いた言葉にはっとなった。

『ひろいくんが、お父さんを捜しています。お心あたりの方は、お近くの係員か園内入り口横、本部事務局、迷子センターまでご連絡願います』

あわてて顔を見あわせたあと、綾川と白瀬は無言のまま走り出す。息せき切ってたどり着いた本部事務局では、しょんぼりとした寛が椅子に腰かけ、うつむいていた。

「寛っ！　どこいってた、このばか！」

「おとうさんっ！」

叫んで駆けよると、寛はそれまでこらえていた涙が一気にあふれたのだろう。わああん、と声をあげて泣きながら綾川の腕のなかに飛びこんでくる。

「どこまでトイレにいったんだ、ほんとに……！」

「ごめ、なさいっ、ごめんなさいぃ」

ちいさいやわらかい身体をきつく抱きしめたあと、綾川は一瞬きつく目をつぶる。滲んだ涙をどうにかごまかし、寛の腰を持ちあげて尻を一発、べちんと叩いた。

「いたーい！」

ぎゃんっと寛は叫んだが、「心配かけた罰だ。乙耶くんにも謝れ」と綾川が命じたことには逆らわなかった。ぐずぐずと鼻を鳴らしつつ、真っ青な顔の白瀬へ手を伸ばす。

「乙耶くん、ごめんなさい」

白瀬は無言のまま立ちすくんでいた。返事をしてくれない彼が怒っているのかと、寛はおろおろしはじめる。

「抱っこしてやれよ」

ほら、と寛を抱いたまま腕を差しだすと、白瀬はびくっと震えたあと、こわごわと手を差しだした。いつものなめらかな動作とはまるで違う、ぎくしゃくした動きに寛も緊張しているようだった。だがその手が触れたとたん、凍りついていた白瀬の腕は子どものあたたかい体温で溶かされたように、寛をぎゅっときつく抱きすくめた。

「よか……よかった」

「乙耶くん？」

「無事でよかった。寛くん、よかった、よかった……っ」

床にへたりこみ、腕のなかに寛を閉じこめようとするかのように白瀬は抱きしめている。がたがたと震えている白瀬の姿に、寛の罪悪感はなお高まったらしかった。

「ごめんね、乙耶くん、ごめんなさい。ぼくね、おトイレ混んでたから、違うの探してね、それで、それでね……」

懸命《けんめい》に、つたない言葉でなぜ迷子になったのかを伝えようとしているうちに、寛も感情が高ぶってしまったらしい。見る間に大粒の涙をためたかと思うと、またもや声をあげて泣きだしてしまった。白瀬は無言のままだが、寛の肩に顔を押しつけ、小刻みに震えている。

「さっきまでしっかりしてたのに。お父さんたちがきて、ほっとしちゃったのね」

「あ……どうも、ご迷惑をおかけしました」

園の職員らしい年配の女性に苦笑され、その場に寛を連れてきてくれたのはデート中の高校生カップルだと聞かされた。礼を言いたいと告げたのだが、こちらに預けたあとはすぐにデートに戻ってしまったらしい。

「なんにせよ、いまどきは物騒ですから。目を離さないであげてください」

注意される内容はごもっともとしか言いようがなく、「申し訳ありませんでした」とふたたび綾川は頭をさげて、泣きじゃくる寛と白瀬を連れて帰途についた。

＊　＊　＊

車の後部座席では、寛と白瀬がしっかり抱きあったまま眠りこんでいた。運転していた綾川は、大冒険だった寛はともかく、白瀬がこうも無防備なのはおかしいと感じていた。

「ついたぞ、寛。乙耶くんも起こして」

「ん……はあい。乙耶くん、おうちです。……乙耶くん？」

自宅についたと寛が声をかけても、白瀬はぐったりと目を閉じたままだった。驚いたように寛が一瞬固まり、ちいさな手のひらを白瀬の額にあてて「わっ」と声をあげた。

「おとうさん！　乙耶くん、お熱あります！」

どうしよう、とおたおたしている息子に、車から抜き取ったキーをキーホルダーごと渡す。

「お父さんが乙耶を運ぶから、出たらドア閉めてくれるか？」

「はいっ」

後部座席でぐったりしている白瀬の身体を綾川が抱きかかえると、寛はドアを閉め、リモコンキーでロックをかける。綾川がなにを言うより早く「お玄関開けてきます」と叫んで弾丸のように走っていった。

「あれで迷子になったくせに、凝りねえなあ」

苦笑した綾川が意識のない重い身体を揺すって抱え直すと、寛がドアを開けてくれていたエレベーターのなかに乗りこんだ。

玄関の鍵も寛がせっせと開けたかと思うと、「冷たいお水、持ってきます」と台所に走っていく。どうやら以前、夏風邪で乙耶に看病されたことを覚えていたらしい。

「おとうさん、乙耶くんのお布団どうしますか？」

「とりあえず、俺の部屋に寝かせる。水はそっちに持ってきてくれるか？　あと、冷凍庫からアイスパック出して」

こくこくとうなずいて、寛は手にしたペットボトルを綾川の寝室に届けると、また台所へと走っていく。

迷子になったショックより、大好きな白瀬が倒れたことのほうが驚いたようで、ぱたぱたと子どもなりに走りまわる姿が親として誇らしかった。

（しかし、こっちのほうがまいっちまってるよな）

細い身体をそっとベッドに横たえると、腕のなかの白瀬がちいさくうめいた。

「気がついたか？　だいじょうぶか」

「……のせいです」

浅い息のした、かすれきった声はうわごとのようだった。まだ意識が戻っていないらしいと気づいた綾川のシャツの襟元《えりもと》を、白瀬はきつく握りしめてくる。

「ぼくのせいです。ぼくがいっしょにいると、やっぱり悪いことが起きる」

「……なに言ってるんだ？」

さきほど、恐慌状態になったときと似たような言葉に、綾川は顔をしかめる。顔を覗きこむと、白瀬は苦しそうに目を閉じたままぼろぼろと涙をこぼし、ごめんなさい、ごめんなさい、と泣いていた。

「彩花さんの代わりになろうなんて、思ってなかったのに……ごめんなさい……」

聞いているだけでせつなくなるような声に、綾川の胸がぎちりと痛んだ。

「……おまえ、なに抱えてんだ？」

いったいどんな心の疵があるのだろう。そしてなにより、綾川には意味のわからない謝罪は、いったい誰に向けてなのか――。

なにもわからないままため息をつくと、おずおずとした声がドアの向こうから聞こえた。

「おとうさん、アイスパック持ってきたです……」

「おう、サンキュー。あ、ちゃんとタオルにくるんだのか。えらいな」

不器用ながらタオルで包んだアイスパックを首のしたにいれ、布団をかける。寛は心配そうにじっと白瀬を見つめている。

「乙耶くん、だいじょうぶですか？」

「熱射病かもな。きょうは暑かったし。寛は帽子かぶってたから、よかったな」

きまじめな顔で、寛は「よかったです」とうなずく。

「乙耶くんは寝てるから、じゃましないでおこう。風邪だと、またおまえにうつったら困るしな。ほら、いきなさい。手洗ってうがいして。ごはんになるまで、ライジンガーのＤＶＤ見てていいから」

「はい……」

渋々といった感じで寛は部屋から出た。ふだんなら、大好きな特撮のＤＶＤを観ていていいと言われたら飛びあがって喜ぶのに、ちいさな肩はしょんぼりと落ちたままだった。

「乙耶。早く起きて笑ってやんねえと、寛がへこんだまんまだぞ」

聞こえていないのは承知でささやき、額に浮いた汗を拭う。その手触りが以前とは違いすぎて、せつなかった。

いつの間に、こんなにやつれたのだろう。あれほどなめらかだった肌はそそけ、このところ寝ていなかったのか目のしたにもくまがある。

壁がある、つれないと一方的に腹をたてていたけれど、もしかしたら自分が追いつめてしまったのだろうか。

「これから、もっと追いつめるかもしれないけどな」

許せとちいさく告げて、意識のない乾いた唇に、自分のそれを押しあてた。

＊　＊　＊

白瀬の熱は夜半になってもさがらず、意識もまた戻らなかった。

悩んだ末に綾川が呼び出したのは、こうしたことについてはエキスパートの幼馴染みだ。

「往診にはきてもらったんだよね。お医者さんは、なんて？」

「過労だってよ。風邪とか熱中症じゃないらしい。とりあえず解熱剤の注射一本打って、さっさと帰ってったけど、ほんとにだいじょうぶか？」

いまどき往診《おうしん》してくれる個人病院が近所にあるのはありがたいが、かなり適当な診察だった気がするとぼやく綾川に、齋藤は苦笑した。

「咳もないみたいだし、本当に過労なんじゃないかな。あとは神経がまいったか」

「神経って、知恵熱みたいなもんか？」

「それ誤用だから。知恵熱ってのは乳幼児期の『知恵がつく』ころに、免疫力が弱くて高熱を出す病気のこと」

齋藤はミントの香りのする冷水にひたしたタオルを絞って白瀬の顔を拭く。苦しげな息をつく白瀬の頬がときおり痙攣《けいれん》するのに気づき、軽く眉をひそめた。

「軽く三叉神経痛の症状も出てるっぽいね。起きたらこれ飲ませてあげて。カミツレ……カモマイルのお茶。熱をさげるし、鎮静作用もあるから神経がまいってるときに効く」

「わかった」

「……白瀬さんがこうなるって、相当だよ。カウンセリング資格持ってるひとだから、当然、自分のコントロールもちゃんとできてるし、第一こんな急に身体にくるほど悩むなんて、おかしすぎる」

めずらしく厳しい顔でつぶやく齋藤に、綾川は深くうなずいた。

「弘《ひろむ》、この間、なんか言ってたろ。知ってること、話してくれないか？」

直球で問えば、齋藤はしばしためらった。

「おまえがひとのこと、あれこれ言うのが好きじゃないのはわかってる。……でもこれ、ちょっとふつうじゃねえだろ。なんでもいい、手がかりになることが知りたい」

「なにがあったの？」

綾川は、手短にこのところのできごとを説明した。唐突に白瀬の弟が訪ねてきたこと、それ以来白瀬の様子がおかしくなったこと。そしてきょう、姿が見えなくなった寛に、異常なくらいに彼が取り乱したこと。

「弟が、きたの？」

齋藤は強ばった顔でつぶやいた。その反応に確信を得て、綾川はたたみかける。

「最初は俺が悩ませたのかと思ったし、あまり詮索《せんさく》するのはどうかとも考えた。でももう、ここまで関わっちまった以上、知らないじゃすまされない」

だから教えてくれと頼みこむ綾川を、齋藤はじっと見つめた。

「白瀬さんの家のことについては、俺もざっくりしたとこまでしか知らない。でも、それだけでもけっこう重たいよ」

「予想はしてる」

「寛ちゃん、どこまで覚悟できてる？」

「とりあえず、あいつが女だったらとっくに籍いれてる。その程度には、覚悟したと思う」

きっぱり言いきると、齋藤はふっと息をつき「リビングにいこう」とうながした。

「寝てるけど、話って聞こえちゃうから。あっちで」

わかったとうなずき、場所を移す。寛はすでに寝かしつけていたため、部屋のなかはしんと静まりかえっていた。

リビングのソファに対面で座ると、齋藤は「俺もこれ、直接聞いた話じゃないんだ」と前置きをした。

「だから本当のところ、言っていいのかどうかわからない。でも寛ちゃんには、あのひとのこと助けてほしいから」

強いようで脆《もろ》い友人を綾川にならば預けられると、幼いころと同じ目をして齋藤は言った。その視線は信頼に足る男だろうかと、試しているように強かった。

「信じて、言うよ。だって俺が言わなきゃ、白瀬さん、ぜったいに自分から打ち明けないと思うから……裏切らないでね」

「裏切らない。話せ」

言いきると、齋藤は覚悟を決めたように居住まいを正し、話しはじめた。

「白瀬さんの実家は古くから続いた造り酒屋で、地元の名家だったらしいんだ。それで彼がまだ高校生のときから、縁談まで持ちあがってた」

「いまどき政略結婚か？」

「古いお家柄だと、やっぱりあるんじゃないかな。でも、問題はそこじゃないんだ」

言葉を切り、齋藤は非常に気まずそうに声を低めた。

「結果として白瀬さんは、もともとの婚約者とは別れた。二十歳くらいのころ、妊娠しちゃった別の女のひとと、責任とって結婚しなきゃいけなくなったから」

意外な話に、綾川は目を瞠った。

「あいつが？　女相手にへたうったって？　つうか、ゲイじゃなかったのか」

婚約者の存在までは、カミングアウトできずに周囲に流されただとか、カモフラージュのためだったとか、そういう解釈もできなくはない。けれど、無責任に相手を妊娠させただとか、そういう話は予想外すぎる。

齋藤もまた納得できていないのだろう。微妙な顔で口ごもった。

「んと……どうも、白瀬さん、もともとゲイってわけじゃないらしいんだよね。ただ、その件でいろいろいやな目に遭って、女のひとがだめになったみたい」

これは本人に直接聞いたのだと、齋藤は痛ましげに顔を歪めた。

「そんで、相手のひとも、流産とか……中絶かわかんないけど、なんかあったらしくて。結果的には結婚話は流れたし、実家も出たってことらしい」

伝聞《でんぶん》であるためか、齋藤の口調は歯切れが悪かった。だがそうでなくとも、聞けば聞くほど白瀬にはありえない話としか思えなかった。

よしんば、ゲイでなかったとする。そうしたとき、あんなにもやさしい男が、女性をむざむざ傷つけるような真似をするだろうか？

他人の子である寛にあれほどあまい顔をする白瀬が、堕胎を望むわけがない。

「ねえだろ、そんなん。あいつがそんなばかやるわけねえよ！」

「怒鳴るなよ。俺だって、納得いかないんだよ。ひとづてに聞いた話で、本当かどうか、わからないし」

齋藤自身腑に落ちないのだとむっとしたように言われ、綾川はとりあえず行き場のない感情を引っこめ、煙草に手を伸ばした。ふだん自宅では寛がいるため吸わないでいるけれど、荒れた気分のせいで我慢ができない。

いらいらと煙を吐き出し、ニコチンで気分をなだめながら「それで」と話をうながした。

「そのことがあってからは、跡取り跡取りって大事にしてくれてたお祖父さんに、手のひら返されたって。外で問題起こされたら困るから、金だけはやるけど、一族の集まりとかにはいっさい顔出すなって言われたらしいよ」

「んなばかな、いつの時代だよ」

「俺だってそう思うよ。でも、そういう頭の固いお年寄りは、いるだろ。それに、田舎のほうならまだ、家長制度って本当に強いんじゃないの」

ひどい話だ、とふたりとも憤慨《ふんがい》して言葉がなかった。

だが、いくつか腑に落ちない点もある。白瀬のあの取り乱しぶりは、たかがお家騒動だけで引き起こされたものとも思えない。

なにかまだ、知らないことがあるような気がする。綾川は煙草を忙《せわ》しなくふかしつつ、頭をフル回転させた。

「らしい、みたい、って言ってたな。おまえそれ、どこで知ったんだ？」

齋藤は「まえの職場の噂だよ」と苦々しげに吐き捨てた。

「俺が辞めたあとだったけど、白瀬さんの弟が店に乗りこんできて、昔の破談のこととか、女を妊娠させただとか、いろいろわめきちらしてったんだって。その話の断片つなげると、いまの話になった」

　スタジオに乱入してきたときのことを思いだし、さもありなんと綾川はうなずいた。

「そんなこんなで、白瀬さん、店にいられなくなって。誰にも迷惑をかけられないからって、個人で仕事をすることになったんだって」

（転職はキャリアアップだとか、言ってたくせして）

　哀しい嘘にもどかしくなりながら、ふっとなにかが引っかかった。

　二度の、彼自身が希望しない転職。トラブルのもとになったのは、いずれも女性問題。

　パズルのピースがはまっていくように筋道が見えて、綾川は顔を強ばらせた。

「弘、おまえと乙耶が勤めてた店に弟が怒鳴りこんできた時期と、ストーカーがついた時期、どの程度かぶってる？」

　唐突な綾川の言葉に、齋藤は「え、なんで」と首をかしげた。

「この間あいつに聞いたんだ。ストーカーがついたのは、おまえと同じ店に勤めるまえの、知りあいの店のせいだと言ってた」

「えっ、なにそれ」

「風俗店がはいるようなビルで営業してたんで、ホストサービスと誤解した客が、噂を聞きつけて押しかけてきたんだ、って言ってた。でも……」

　——齋藤さん。その話はいいでしょう。

——齋藤さんには言ってませんでしたけど、彼女は。

あのとき、言葉を切った瞬間の白瀬は、あきらかにしゃべりすぎたという顔をしていた。

そして、やたらと風俗店の話をしつこくし、強引にごまかしていた気もする。

「ストーカーってセクハラしたから結婚しろだの騒いだんだったよな。それで白瀬は昔、女を妊娠させて破談になった。ちょっと、符号があいすぎないか」

「ちょ……え、まさか」

齋藤はごくりと息を呑んだ。青ざめながら記憶をたぐり、答えにいきついて顔を歪める。

「俺と白瀬さんは、二カ月くらいしか同僚じゃなかった。で、ストーカーは俺がまだその店にいた時期だった」

「弟がきたのは？」

「俺が辞めてから、すぐのころ。だからふたつのできごとは、一カ月も間が空いてないよ」

「それでこの間は、スタジオにまで乗りこんできた」

共通項はすべて、弟につながる。綾川も齋藤も、ひどくいやなものを予想して黙りこんだ。けれど完全に答えを出すには、まだ欠けているピースが多すぎる。

「あとのことは、本人に聞くしかないよ。俺も、ちょっとしゃべりすぎたかと思ったけど、逆にわからないことが増えた」

「そうだな」

綾川は頭を抱え、齋藤は無言でうつむいた。重たい沈黙が流れ、ややあって齋藤が不安そうに問いかけてくる。

「ねえ、寛ちゃん。白瀬さんのこと――」

「あれは俺のだ。よけいな心配しなくていい」

齋藤の声を遮《さえぎ》るように、綾川は言いきった。自分でも驚いたが、考えるよりさきに口から出た言葉だった。そして言い放ったあと、それが本音だと自分でも納得していた。

齋藤は一瞬目をまるくし、本当にほっとしたように唇をほころばせた。

「なら、いいね。安心だ。寛ちゃん、自分のものは大事にするから」

心から信じていると伝えてくれる幼馴染みの声に、綾川はかすかに笑って彼を小突くと、指さきで煙草をもみ消した。

＊　＊　＊

翌日。齋藤と夜遅くまで話していた綾川が午後近くなって起きあがると、白瀬はとうに床をあげていた。

「お騒がせしてしまって、すみませんでした」

「起きて平気なのか」

動物園に着ていったのと同じ服を着ている彼は、「もう平気です」と言い張る。けれどその顔色はまだ青く、とても言葉どおりとは思えなかった。

「きのうは、本当にご迷惑をかけてしまいました。すみませんでした」

「うん。いいから座れよ。……寛は？」

「おともだちと遊んでくるといって、出かけてます」

そうかとうなずいて、綾川はソファに腰かける。隣に座れと顎をしゃくってうながせば、白瀬は抗わず腰をおろした。

「家のこと、話してくれないか」

自分の取り乱しぶりを知っていたせいもあるのだろう。この日の白瀬は、あきらめたような笑みを浮かべるだけで、数日まえのようには抵抗しなかった。

「きのうの乙耶は、ちょっと尋常じゃなかった。悪いと思ったけど、齋藤から昔の店のトラブルとか、家の噂もすこし聞いた」

綾川が昨晩の話と、そこから立てた推論を述べる。ショックを受けるかと思っていた白瀬は、意外なことにあっさりとしていた。

「もうほとんど、聞いちゃったんですね」

「でも、それがぜんぶじゃねえだろ」

弟のことと婚約者のこと、それからストーカー。いま持っているピースだけで組みあげたパズルには、まだ欠けている部分があると気づいたこと。

「根っこがぜんぶつながってる気がするんだ。だから、おまえが教えてくれなきゃ、なにもわからない」

隣にいる白瀬を見つめて言葉を待つと、彼は肩を上下させて深い息を吐いた。

「……たいした話じゃ、ないですよ。まあ、いろいろと面倒はあったんですが」

他人事のように笑って、白瀬は過去を語りはじめた。

「もうご存じでしょうけど、わたしの実家は『太白代酒造』という酒造メーカーです。遡《さかのぼ》ると江戸時代に創業してから三百年の造り酒屋でした」

もともと造り酒屋は素封家《そほうか》が多く、そこの長男として育てられていたのが白瀬だ。だが地方の古い家柄にありがちな封建的な家風で、現在の太白代酒造の会長が、家長として暴君ぶりを発揮していた。

「一応、しきたりどおりにいけば長男のわたしが跡継ぎだったんですけど、会長がそれをよしとしなくて。弟と競わせて、どちらかに家督《かとく》を継がせるって話になってたんです」

「まあ、優秀なほうに継がせるってのはアリだと思うが……」

現会長である白瀬の祖父は、もともと次男だった。戦争のため長男を亡くし、繰りあがって家督を継いだ形になった彼には、長子継承にいささか思うところがあったらしい。

白瀬自身はけっして語らないけれど、彼の聡明さを綾川は知っている。おそらく学生のころにも優秀で品行方正な青年だったに違いない。だが、いま白瀬はここにいて、弟の悦巳は会社を継いでいる。それがなにを意味するのか、言うまでもない話だ。

「……乙耶のお父さんは？」

苦い気分になりながら綾川が問うと、白瀬はかぶりを振った。

「父は兄弟がいなかったんです。だから競わせることができず、そのぶんをわたしと弟で、と祖父は思ったようなんですが、事情がありまして……その話も途中でなくなりました」

綾川が「事情って？」と問いかけたあと、しばらく白瀬は黙りこんでいた。思いつめたような表情に、ここからが核心なのだと綾川は悟り、無言で待った。

次に口を開いた白瀬の言葉は、すこし意外なものだった。

「高校時代、わたしは、遅れていたおたふく風邪にかかったんです」

「おたふく？」

「ええ。高熱で数日間寝こんだんです。それで……ご存じですか？　おたふく風邪で熱を出すと、子種がなくなるという話」

じっさいには熱を出すことそのものが原因ではなく、おたふく風邪のウイルスが睾丸《こうがん》で炎症を起こし精巣炎《せいそう》などを引き起こすためだという説があるそうだ。

だがそんな詳細は知らない祖父が、「念のため精子を検査しろ」と言い張り、白瀬は笑いまじりに病院で検査を受けた。

幸い、精巣炎には罹患《りかん》していなかった。だが結果はとても、笑えるものではなかった。

「おたふく風邪とは関係なく、わたしの精子は生殖能力がごく弱いとわかったんです」

「え……弱いって、どれくらい」

「重度乏精子症《ぼうせいしししょう》といって、ほぼ自然な受精は不可能な状態です」

綾川が熱を出したときの白瀬のうろたえた意味を知り、愕然《がくぜん》とした。言葉の端々から、白瀬が男性不妊について調べあげただろうことは理解できる。

だから白瀬は、単なる熱では身体に影響しないこともわかっているはずだ。それでもいやな記憶が呼び覚まされたのだろうことは想像がついた。

（あんなに、子どもが好きなのに）

寛を猫かわいがりする様子からだけでも、彼が本当に子ども好きなのはわかった。きっと身体のことさえどうにかなるなら、いい父親になっただろう。

いずれにせよ若い白瀬には重すぎた事実で、ショックを受けるのも当然だ。

しかし、そんな検査を孫に受けさせるような祖父は白瀬をどう扱ったのか。

事実は綾川の予想以上にひどかった。

「それからは、弟のほうをあからさまにひいきしはじめて、家に居場所がなくなりました」

祖父は長男の白瀬より、素行《そこう》の悪い次男に肩入れしはじめた。立場は一瞬で逆転し、それは本当に、驚くほどの変貌ぶりだったらしい。

「そのこと自体は、べつにかまわなかったんです。もともと跡継ぎがどうとか、そんなことはどうでもよかった。酒造業にそこまで執着もなかったですし。ただ、……人格否定だけは、つらかったです」

疎外《そがい》されただけではなく、家のなかで徹底して白瀬はいじめ抜かれたのだろう。伏せたまぶたの青白さにかつての苦痛が滲んでいて、綾川のほうが苦しくなった。

「なに、言われた」

「種なしは男じゃない、って正面から言われもしました」

残念ながら、時代遅れの男性優位主義に虐《しいた》げられるのは女性だけではない。艶福家《えんぷくか》の政治家などが失言した例があるように、『男は種馬であるべき』という思考回路を持つ人間はいまだにいる。そして、自分の咎《とが》ではなく身体的に生殖がむずかしい相手を蔑《さげす》む人間も。

苦々しい事実に、綾川は顔を歪める。持って行き場のない怒りにかられ、拳を握りしめるのが精一杯だった。

「わたしひとりの問題ならそれでよかったんです。ただ、弟は……昔から女性にはルーズで、いろんなひとを泣かせていました。けれどそれすら、あてつけに使われた」

次から次へと女性問題を起こすことすら『男の証』と褒《ほ》めそやし、強引にことに及ばれた女の子らの訴えすらもみ消したと聞かされ、綾川は衝撃を受けた。

「もみ消すって、まさか」

「避妊を怠《おこた》った結果傷ついた女性を、金銭で解決した。そういうことです」

口ぶりからして、いちどや二度ではなかったのだろう。ますます綾川は憤《いきどお》りを覚え、だがひとりの親として、そんなことを息子に言う人間がいるなどと信じたくはなかった。

「おまえの親は、息子のためにそんなことをしたのか？」

「いえ……あれこれ言ったり、弟の件をもみ消したのは親ではなく、祖父です」

封建的な祖父が支配する家では、白瀬の両親はなんの力もなかった。それというのも、白瀬の母は家から望まれた縁談というわけではなく、幼馴染み同士が気持ちを添わせたうえでの、いわゆるできちゃった婚だった。

「そういうのもあって、ぼくは……ぼくさえいなければ、父は間違えなかったと言われ続けて育ちました」

幼いころから繰り返し言われたのだろう。まるで芝居《しばい》の台詞を読みあげるように、抑揚《よくよう》のない声で白瀬は言った。あれほど豊かでやさしい声に、なんの色もない。そのことにぞっとして、綾川は身を震わせる。

「でも、弟も同じ両親なんだろう。それでなんで、そんなに差が」

「弟、だからです。祖父にとっては自分と同じ、『兄』に虐げられた存在だから。一度目の子は間違いでも、二度目の子は自分があきらめたあとにできたのだから、当然の結果。いつも祖父はそう言っていました」

偏《かたよ》りがすぎる傲慢《ごうまん》な言いように綾川は吐き気さえ覚えた。けれど、白瀬の話はまだ終わりではないらしい。

「弘から聞いて、もともとの婚約者と破談になったのはわかった。でもそれが、おまえが家を追い出されたことと、ストーカーと、どうつながる？」

問いかけると、白瀬はぎゅっと目をつぶった。だがすぐにあきらめきったような笑みを浮かべる。もう何年もそうしてきたとわかる、作り笑いだ。

「玲子《れいこ》さん……もと婚約者は、わたしの身体のことがわかったあと、弟の婚約者になりました。そして、ちょうど同じ時期、弟の彼女が妊娠しました。その彼女はそれまで金でかたをつけてきた相手とは違って、代議士の娘だった。だから、わたしと結婚しろと言われたんです」

「乙耶と？　なんで！」

「責任をとるのは……長男のつとめだと言われました」

怒りのあまり唇を震わせた綾川が「そこだけ、都合よく長男かよ」と吐き捨てる。白瀬はやはり、笑顔のままだ。もうこれ以外の顔を忘れたというような、凍った笑顔。

「どうせ自分には子どもなどできないんだから、かまわないだろうと。それをくれてやるのだから感謝しろと、そう、言われました」

笑いながら言う白瀬がせつなすぎた。そしてなぜ彼がそんな目に遭うのだと理不尽さに怒りを覚えた。どうしていいのかわからないまま、たまらなくて隣にいる彼の肩を引き寄せる。きつく肩を抱くと、すこしだけ白瀬が、ほっと息をついた。

「……けっきょくは、結婚しなかったんだろ」

「ええ。無理だったんです。弟とも恋愛というよりゆきずりに近い関係だったようで、さほどの情もなかったらしくていちどは納得してくれたんですけど」

世間体や金銭的な援助を考えて、白瀬との結婚を了承した彼女は、けれど最終的にはその結婚から逃げだしたいと言いだした。

——兄弟でたらいまわしにされるとか、気持ち悪い、最悪！

——だいたいあんた跡取りでもないのに、『払い下げ』もらってどういうつもり⁉

望んでもいなかった妊娠で、人生が変わってしまった彼女のフラストレーションは、すべて白瀬に向けられた。

「彼女は荒れて、身重《みおも》の身体なのに夜遊びするようになって……何度かいさめたんですけど、聞いてくれなくて。けっきょく、泥酔《でいすい》して道で転んだあげく、流産してしまったから、破談になったと聞かされました」

どう考えても彼女の自業自得だろうに、なじられたのは白瀬だったそうだ。婚約者ひとり監督できないのかと罵られながら、彼女の両親にも、祖父にも弟にも、白瀬は頭をさげ続けた。

「もう、限界だと思ったんです。そのあと、二度と顔を見せるな、家を出て行けと言われて本当に助かったと思った」

「いくつのときだよ、それ」

二十歳のときだと聞かされ、綾川はやるせなかった。自分が彩花と幸福な結婚をしたのと同じ歳だ。けれど、同じく二十歳で結婚問題に関わった白瀬は、地獄を見ていた。

「二十歳って、それまでおぼっちゃんだったんだろ。どこでくらしたんだ。学校は？」

「高校からそんな状態だったので、大学は奨学金に切りかえていました。追い出されましたけど、一応は生前贈与もしてくれたので。ひとりで生きていくぶんには、困りませんでした」

むしろほっとしたのだから、気にしないでくれと白瀬は言った。

「でも、つらかったのは……あとになって、弟の彼女……真奈《まな》さんが自分の意志で中絶したのだと知ったことでした」

「流産じゃなかったのか」

「嘘だったそうです。ぼくとは結婚したくないからと」

人称がぶれ、白瀬の手が震えた。それを握りしめても、綾川の手ごと震わすほどにひどい。

「店にストーカーしにきた女は、その彼女か」

問いかけると、白瀬の唇はかすかにわなないた。

「破談になったあと、彼女は中絶の話やなにかが噂になって、もう誰とも結婚できなくなったと。だから責任をとれと」

かすれた声でつぶやく白瀬の言葉に、綾川は引っかかった。

「地元は出てきたんだろう。なんで東京の、おまえの居場所がわかったんだ？」

「弟から、ぼくがそこにいると聞いたそうです。……まだ、つきあっているそうで」

「な……だって弟は、婚約者は」

「結婚、しましたよ。不倫しているそうです。それを疑われているから、おまえがなんとかしろと、真奈さんには言われました」

今度こそ綾川はもう、言葉がなかった。本当に最低の連中だ。どこまで白瀬を利用する気なのだと腹の奥が煮えかえり、なのに彼自身はそれすら、自分の咎だと言う。

「言われても、しかたないんです。なんの罪もない赤ん坊を、殺してしまった。ぼくは、それをどうしようもなかった」

「乙耶のせいじゃないだろ、そんなの。ひとつも！」

考えなしの弟と、考えなしの女のせいだ。リスクは彼らが負うべきであって、白瀬の責任はなにひとつない。なのに祖父に虐げられた時間が長すぎるのか、白瀬はすべての罪を背負ったような、絶望したうつろな目で言うのだ。

「でも、ぼくが生まれなかったら、父も母も祖父に虐げられなかった。ぼくがこんな身体でなかったら、弟は無軌道《むきどう》にならなかったかもしれないし、彼女だって、ちゃんと子どもを産んでくれたかもしれない！」

うわずった声で叫んだ白瀬は、いま、まともな精神状態ではないのだろうと悟った。どうしてやればいいのかわからないまま、綾川はひたすら彼を抱きしめる。

（なんだよ、それは。なんでここまで、おまえが傷ついてんだよ）

あちこちから傷つけられて、傷つきすぎて、なにもかも自分のせいだと思いこんでいる。だから彼は、セラピストになったのだろうか。必死で他人を癒す方法を学んで、せっせと助け続けるのは、そのせいなのだろうか。

そんなのはせつなすぎる。綾川は白瀬を抱きしめた腕に力をこめ、冷えて強ばった身体がすこしでもあたたまらないかと願った。

もうこれ以上、しゃべらせたくないと思った。傷口をこじ開け、過去をほじくり返すような真似をすべきではないような気もした。だがそうして蓋《ふた》をしてしまったら、白瀬はまた逃げてしまうかもしれない。

「女、だめになったのは、それからなんだな」

二十歳の青年が味わうには、ひどすぎる修羅場だ。それも当然だと思いつつ静かに問いかけると、白瀬はこくりとうなずいた。

「家を出たころ、本気で死のうと思ったこともあったんです。でも、たまたま同じ大学に、ゲイのともだちがいて、子どもなんか俺も作れないよって言われて」

色のない声、記憶に沈みこんだ彼の危うさに、綾川は腕の力を強くする。

「もちろん、もともとそういう要素はあったんだろうと思いますけど……でも、女性は、子どもは、ぼくには怖くてさわれない。ぼくが関わると、またためになってしまうから」

白瀬は、男相手のほうが、心の疵に障らなかったのだろう。

それは自分も同じかもしれない、と綾川は思った。彩花の存在が大きすぎて、思いだして苦しくて、罪悪感も強くて、だから誰も愛せなかった。

心に疵があって、女性とうまく関係が持てなくて——狭まった選択肢のなかで、それでも寂しくて、誰かを求めた。

「男なら強いから、ぼくのことくらいじゃ傷つかない。ぼくだって男だし、あのことではなにも、傷つかなかった。可哀想なのは……彼女と、子どもで」

男は強い。それもまた、封建的な家で洗脳のように言い聞かされた言葉なのだろう。

そんなわけがないと綾川は思った。ぼろぼろになったのは白瀬も同じだ。なにより白瀬は、綾川を傷つける力がある。

肉体的にではなく。目のまえでこうして弱られただけで、胸が痛くてつらい。拒絶されれば苦しい。別れたら——たぶん、泣くだろう。

なのに、そんな影響力など白瀬はなにも、わかっていない。

「だから、ごめんなさい」

みじめなほど身体を縮こまらせ、謝る白瀬に「なにがだ」と綾川は強く言った。

「寛くんも、ぼくがいっしょにいたら、危なく――」

「ならない。俺がさせない」

わなわなと震える細い手が、綾川の腕を痛いほどに掴んでくる。すべてを自分の咎だと責め続ける白瀬の精神状態は、ひどく危うい。ほんのすこし扱いを間違えただけで、壊れてしまうかもしれない。

けれど、けっして壊れさせはしないと教えるように、指を握り、肩をさする。

「き、きのうだってぼくが目を配ってれば」

「俺も悪かった。寛も言いつけ聞かずに悪かった。おまえだけじゃない」

寛は元気だし、だいじょうぶだ。何度も何度も、そう繰り返し、ちいさな頭を撫でた。

いつのまにか寛をなだめるのと同じ手つきになっていると気づいたが、それは白瀬も同じようだった。

「ぼくは、綾川さんの子に生まれればよかった」

「そうだな。そうしたら、護ってやったよ。そのクソジジイからも、弟からも」

寛のように、大事にしてやれた。痛めつけられてもこれほどやさしい白瀬を、さらに曲がらず育てたら、どんな大人になったのだろうか。

それとも、傷つくだけ傷ついてぼろぼろだから、彼はやさしいのだろうか。

やるせなく思いながら、綾川は保護者の手をやめ、恋人の強さで細い身体を抱きしめた。

「でもそうしたら、キスはできないから、やっぱり却下《きゃっか》だ」

「あは、は」

ちからなく笑って、なぜか白瀬はかぶりを振った。ぱたぱた、と涙が散って、それでも表情だけは微笑むから、綾川の胸は掻きむしられる。

「テレビで見て、あなたに憧れてたんです。ずっと」

「俺に？」

とくに目立ったコメントをするわけでもないのにと言えば、派手な女装と明るい笑顔で、綾川はその場の誰よりも力強く見えたと白瀬は言った。

「いつも堂々としてたのが、すごく、かっこいいって思ってました。齋藤さんからも、ときどきお話聞いてて……自分で会社大きくするなんて、尊敬してました」

屈折して、逃げるように生きていた自分と違って、とても眩《まぶ》しかった。白瀬は憧れるようなまなざしで、綾川を見つめる。

「直接会ってみたら、綾川さんは、ほんとに強くて、すてきで。寛くんもかわいくて」

「そんなことは――」

「彩花さんのお話を聞いて、感動しました。ぼくと同じ二十歳のときに結婚の話があって、

でも綾川さんはちゃんと大好きなひとと結婚した……それは本当に、ぼくにとっては夢みたいな、すてきなことでした」

「乙耶……」

「うらやましかった。ぼくにないものを、綾川さんはぜんぶ、持ってる気がした。だから、ちょっとでいいから近づきたかった」

——すごく、すごくすてきなことだと思います。

あのときは、ただ若かった恋を認めてくれたのだと思っていた。白瀬にとって、どれほど重いひとことかも知らずに。

「彩花さんみたいなすてきな方がいたひとたちに、ちょっとだけ、まじってみたかったんです。ごっこ遊びでいいから、はしっこで、見させてもらえれば嬉しいって」

そんな、あきらめきった言葉は聞きたくない。白瀬はもっと、ほしがっていいのに。

うわごとめいたつぶやきが胸に痛くて、綾川は白瀬をじっと抱きしめ続けていた。

「ごっこじゃなくて、ちゃんとまざればいいだろ」

「無理です……」

「無理じゃねえよ。乙耶がそう決めれば、いつだって」

この腕も、気持ちも、持っていけばいい。そう続けるつもりでいた綾川は、ふと腕のなかの重みが増していることに気づいた。

「乙耶？」

泣きながら白瀬は眠っていた。誰にも預けられなかった過去を打ち明けて、疲れ果ててしまったのだろう。涙のあとを指で拭い、青白い顔をしっかりと胸に抱きしめる。

また熱があがったのだろう、細い身体は火照《ほて》っている。

「ほんとにさ。俺のもんに、なれよ」

髪に口づけ、ひっそりと綾川はささやく。

そしてすり抜けそうな彼を捕まえるため、自分にはなにができるのか。綾川はこんこんと眠り続ける白瀬を腕にしたまま、必死に考え続けた。

＊　＊　＊

次の日の朝、綾川が朝食を寛に食べさせていると、玄関横にある寝室から悲鳴のような声が聞こえてきた。

「――なんで!?」

その後、ドアをすごい勢いで開ける音に続き、ばたばたっと玄関まで走る音、そしてふたたび部屋のなかに戻る音が続く。

父と息子は目を見あわせ、にんまりと笑みを交わした。

「乙耶くん、起きたね」

「起きたな」

白瀬を眠らせている部屋は玄関からはいってすぐの位置にあり、いま綾川と寛が食事をとっていたダイニングはこのマンションのいちばん奥にある。

(あの状況じゃ、こっちに顔は出せないよな)

鼻歌でも歌いそうな上機嫌でハチミツつきのトーストを食べている寛に「ゆっくり食べろ」と言い置いて、綾川は席を立った。

「おっす。起きたか」

「おっすじゃないですよ」

寝室のドアを開けると、ベッドのうえにいた白瀬はきっとこちらを睨んでくる。腕を組んでドアの横の壁にもたれ、綾川はにやにやしながらその姿を眺めた。

「鞄も、靴も、服もないんですが」

「隠した」

さらっと言うと、下着一枚すらない白瀬は布団にくるまったまま、ぎょっと目を瞠った。怒ってはいるものの、ゆっくり寝たせいか顔色はだいぶましになっている。

「隠したって、なんでそんな」

「じゃなきゃ、おまえ勝手に帰るだろ」

体調の戻った彼が、ぜったいに帰ると言うのは予測できていた。へたをするときのうのように、さっさと起きて逃げだそうとするかもしれず、白瀬を強引に自宅に引き留めるための強硬措置として、綾川はこの手段をとったのだ。

「ご丁寧に自分の服まで封印して！」

「だってそのままだと、おまえ俺の服着ちゃうだろ。いまのおまえは危なすぎる。目ぇ離したくないんだ。だから、ここにいろ」

綾川の着替えがはいったクローゼットや箪笥《たんす》は、白瀬の言うとおりとがっちりと封をしてある。といっても取っ手部分を荷造り紐でくくりつけ、ガムテープで隙間を目張りしただけなので根気よく作業すれば開かなくはないが、それより早くこちらのほうが気配に気づくだろうと綾川は踏んでいた。

「なんでそこまで……」

布団にくるまったまま脱力する白瀬に、綾川はゆっくりと近づいていく。見おろす位置に立つと、彼はびくっと警戒《けいかい》したように身を強ばらせ、うつむいた。

「弟の件が片づくまで、乙耶は俺といっしょに行動しろ」

その言葉に、白瀬ははっとしたように顔をあげる。

「この間のスタジオの件と、きのうの話で確信した。ストーカー女けしかけたの、おまえの弟だろ」

「なんで……」

「なんでもなにもあるかよ。話聞いてりゃわかる。おまえが自分の居場所作ろうとしたとたん毎度毎度顔出して、徹底的にぶち壊してるのは誰だ？　おまえになんの恨みがあるのか知らないが、ちょっと異常なくらいのつきまといだ」

自分が原因で追い出すことになった兄に、詫びるどころか追い打ちをかけている行動は不可解すぎると告げれば、白瀬はうなだれた。

「綾川さんには、ご迷惑ばかりかけて……」

「そう思うなら事情を話せ。こっちだってもう、無関係じゃねえんだよ」

強情にも、白瀬は黙りこんだ。だがじっと見おろす綾川の視線に負けたのか、大きなため息をついて口を割った。

「昔、くらべられていたせいなんでしょうね。家督を自分が継いだことで勝ったと感じたんだと思います。でもぼくが追い出されたあと、思っていた以上の家の面倒なことがいやになったみたいで」

「ストレスぶつける相手がおまえってわけか。でも、なぜそこまで行動読まれてるんだ」

「母にだけは定期的に、連絡をいれてたんです。せめて居場所だけは知らせてほしいと、家を出るときに懇願されたので」

誰にもばれないよう昔は無記名の手紙で、いまはメールだけで連絡を取りあっていた。だが、年にいちどの連絡はおそらく、弟に盗み見られていたのだろう。

「最初の就職から、ずっとそうでした。状況が安定して、知りあいが増えると誰かがトラブルを起こしてその場にいられなくなる。何回も続くうちに、母に連絡をとってしばらくあとからそれが起きるんだと気づいて、母には申し訳ないけれど、ここ数年……例のストーカーの件があったころからはメールも出してませんし、居場所も教えていません」

「それでも、またきたわけか。今度は興信所でも使ったかな」

たぶん、と白瀬はうなずいた。

「途中から、俺のこと避けたのはそれでか」

「……あなたとのことがこんなに長く続くと思わなかったので。スタジオに弟がきたと言われるまえから、予感はありました」

目を伏せて薄く微笑む白瀬の言葉に、長いの感覚が違いすぎると思った。彼と肌をあわせてから、一カ月とちょっと経った程度でしかないのに、それですら長いと感じるのか。

(どれだけ、ひとりだったんだ)

齋藤の話を鑑《かんが》みるに、ゲイコミュニティの集まりでもけっして彼は深入りしなかったという。それはいずれ、弟の手で壊されることを知ったうえでの防御策だったのだろう。

「自分に関わったらだめだと言ったのもそのせいか。……もしかして、やくざの絡んだ不動産の件、あれも弟が嚙んでるのか」

「確証はありません。でも弟の不倫相手の彼女は、代議士の娘さんだったので」

名前を聞くと、数年まえに暴力団との癒着《ゆちゃく》で失脚した地方の政治家だった。そしてその失脚の時期と、白瀬へのストーカー行為の時期は合致《がっち》していた。

「パパがお金なくなったんで、弟にたかった。それを利用して弟はおまえにいやがらせした、ってとこか」

あわよくば、結婚して白瀬に養わせようとでも思っていたのかもしれない。つくづくとんでもない連中に目をつけられたものだと綾川はあきれた。その表情を見てとり、白瀬は哀しそうに、力ない笑みを浮かべた。

「だから言ったじゃないですか。ぼくに関わると、ろくなことがないって。迷惑ばっかりかけて、ほんとに疫病神《やくびょうがみ》みたいだ」

すべてがつまびらかになったいま、白瀬はもう壁を作るつもりはないようだった。そんなことをしなくとも、綾川が離れていくと思っているからだろう。

舐めるな、と綾川は不敵に笑った。

「いまさら、自分のせいで迷惑かけるだの言ったところで、はじまらないだろ。あいつのことは、俺がなんとかする」

「え？」

「で、おまえはおれとつきあい続行。つーかいっそここに住むか？　いまは物置になってるけど、部屋ひとつあまってるし」

唖然となって目をしばたたかせていた白瀬は、綾川の言葉に食ってかかってきた。

「な……なんとかするって、なんですか。なんでそこまで干渉《かんしょう》してくるんです！　これはぼくの家族の問題でしょうっ」

「つっても、俺にけんか売ってきたのはあっちだし」

「綾川さんはぼくと縁を切ればすむことです！　ぼくが弟に言いますから、これ以上は関わらないでください」

必死になって白瀬は自分のことは自分でカタをつけると言う。だが綾川は「無理だろ」と彼を睥睨《へいげい》した。

「話をした程度で聞くタマかよ。犯罪すれすれのいやがらせしてくるような相手なのに」

「でも、それは」

「乙耶はずっと逃げてきたよな。一生、そうやって弟につけまわされて生きるつもりか？　ここらでケリつけなきゃ、どうしようもねえだろが」

たたみかける綾川に、白瀬は唇を噛んでうつむいた。

「いいか。おまえがされてたのは間違いなく暴力で、虐待だ。そのせいで負け犬根性が染みついてる。だからいちどだって弟にもジジイにも抵抗したことがないんだ」

なにもかも自分のせいだと思いこむのは、長年にわたって植えつけられた歪んだ価値観のせいだ。身体へのコンプレックスがそれに拍車《はくしゃ》をかけ、逆らいきれずにいるのだろう。

「おまえが弟に虐げられる理由なんか、どこにもない。それを自分でしっかり理解しろ」

きつい言葉で指摘すると、白瀬は真っ青になって身体を震わせた。哀れなくらい縮こまる彼を抱き寄せて慰めたいと思ったけれど、まだあまやかすには早い。

腕組みをして見おろしたまま、綾川はさらに白瀬を追いこんだ。

「ひとの世話ばっかしてないで、自分の疵もちゃんと癒せ。トラウマ克服しろ。手伝ってやるから」

「……そこまでしてもらういわれがないでしょう」

絞り出すようなか細い声だった。それでも刃向かうように睨んできた表情は、まだ気力が折れていないと知らしめるものだった。

「いわれならある」

「どこにっ！」

彼らしくもなく、声を荒らげてわめきちらしてきた。怒った表情は作り笑いよりよほどいいと、むしろおもしろそうに綾川は眺めた。それでいい、噛みつく気力があるなら、ちゃんと立っていられるはずだ。

「俺は、俺の家族に手ぇ出すやつは、許さないって決めてる」

当然だと言わんばかりに告げると、白瀬の身体が衝撃を受けたように揺れた。

「か、ぞくって、だからぼくはそんなんじゃ」

怯んだように顎を引き「恋愛じゃないって言ったじゃないですか」と言い訳のようにつぶやいた。その発言については、綾川も初手《しょて》で失敗した自覚があるため、いささか気まずく頬を掻く。けれど、もう何度も好きだと言ったし、抱きしめもした。これでわからないと言い張るのは、とぼけているのか、怖いからか。

両方なのだろうとわかっていて、だめ押しの言葉を発した。

「いろいろあいまいだったけどな。いまの俺は、おまえに、気持ちはちゃんとあるぞ」

ひゅっと白瀬は息を呑む。すくんだ肩に手をおいて、綾川は彼の目を覗きこんだ。

「つうかまあ、最初は勢いだったのは認める。けどいまはもう違う。ちゃんと、おまえは俺のなかにいるよ」

ベッドのうえでちいさくなる、裸の白瀬の足下に膝をつく。視線を見あげる角度にしたのは、威圧感を与えたくないからだ。選ぶのは白瀬だと、教えてやりたいからだ。

「なんで……こんな、厄介ごとばっかりの人間にそんな」

「なんでって、まあ、惚れたからだろ」

青ざめていた白瀬の顔が、徐々に赤くなっていく。その変化を見守りながら綾川は彼の手をとり、握りしめた。

「俺はさ、案外単純だから、やりたい相手って、好きだってことなんだよ」

ここまで言ったのに、白瀬は往生際悪《おうじょうぎわ》く「でも、性欲だけじゃあ……」とぐずった。

「だからさあ、その性欲覚えるのが、いまじゃ、おまえだけなんだよ」

「だけど、単にあれは流されたっていうか」

白瀬は握りしめてくる手からすら逃げたいように、身をよじる。

「綾川さんは、ぼくなんかじゃなくてもっと、ちゃんとした女性のほうがいいと思います」

「だから女はやだっつってんだろ」

「それは思いこみじゃないのかと……」

ぐずぐず言う白瀬に、言い聞かせるのもだんだん面倒になってきた。

なによりまいったのが、逃げられないために裸に剝いたのだとはいえ、布団のなかが素肌だと思うと気が散ってしまう自分自身にだ。

昨夜は体調不良で抱けなかった。そのまえからずっと避けられていた。正直いって、やりたい。ときどき覗く素肌に、さっきからちょっと――いやかなり、むらむらしている。

(つうかもう、いいじゃねえかよ。こんだけ惚れたっつってんのに)

なかば欲求不満のやつあたりもあって、綾川の声は尖ってしまう。

「だったらなに？　証明すりゃいいわけか？　いまからよそで、女引っかけてきて、やってみせりゃいいわけか」

「そ、そんなことは」

あわてたように白瀬がかぶりを振るけれど、綾川は乱暴に言い放った。

「どうなんだよ、あ？　乙耶は俺に浮気してきてほしいのかよ！」

大声で主張することか、くだらない。そう思いつつ答えを待った。

長い沈黙のあと、白瀬は目を真っ赤にしてうつむき、ちいさな声で言った。

「……やです」

「聞こえませんが」

意地悪くうながすと、涙目で白瀬は睨みつけてきた。

「いやです！　ほかのひととしないでください！」

「ほらみろ」

ほっとして、細い身体を抱きしめる。

正直いって賭《かけ》だった。あれで白瀬に「お好きに」だとか「ご自由に」などと、あのアルカイックスマイルで言われたら、立ち直れなかったところだ。

「脅すなんてひどい」

「そっちがひでえよ。俺のこと試したくせに」

「そんなこと、してないです。ただぼくは……ただ、自信が、なくて」

完全に落ちるまでやるまいと思ったのに、弱い声で言うから、ついキスをしていた。

「好きだっつってんだから、自信持て」

こうして触れるのは十日ぶりの唇は、記憶にあるよりすこしかさついている。怒濤《どとう》のできごとがあったおかげで、実質的な日数よりもずっと離れていた気がして、ついしつこくなる。

「んん、んっ」

遠慮もなしに舌をいれてあまい唾液を貪っていると、白瀬が苦しそうにうめいた。「悪い」とささやき、何度かついばんだあとにようやくキスをほどくと、くたりと身体をもたれさせてくる。

「ぼくは彩花さんみたいに、心、広くないんです」

「だなあ。殴るより、落ちこんで別れるよな」

「わかってるなら、しないでください」

白瀬はぐず、と色気もなく洟《はな》をすする。はじめは、彼のどろりとした艶《つや》やかさと色っぽい誘惑に屈したはずだったのに、子どものようにしかめた顔のほうがよほどいとおしかった。

「……俺けっきょく、好みは変わってねえのかな」

「え？」

意地っ張りで自己主張があって、ときどき強情でめんどうくさい。けれど底抜けにひとがよくてやさしい。それは彩花と白瀬にだけ綾川が見いだした、共通項だ。

なにより、どれだけ面倒があろうと護ってやりたいと思う、そんな気持ちを思いださせてくれた相手をいまさら手放すわけにはいかない。

――いままで彩花ちゃんと同じくらい惚れられるひとがいなかっただけ。でも白瀬さんは本気で好きになれた。そう考えるのはだめなのかな。

齋藤が言ったとおり、本質は単純な話だったのかもしれない。好みの相手が、ずっと見つからなかった。それだけのことなのだ。

「なんでもねえ。ともかく、いろよ。いっしょに」

肩を抱いて「な？」とうながすと、白瀬は根負けしたようにこっくりとうなずいた。けれどやはり、やられっぱなしは性にあわなかったらしい。

「だからって、靴、隠すって。子どもみたいなことするんですね」

白瀬は目を潤ませながら、ちいさく笑って意地悪な顔をした。

「綾川さんって、もうちょっとスマートに遊んでるかと思ってたんですが」

「そうじゃないのは、もう知ってんだろ。最初のとき、あんだけがっついたのに、なにがスマートだっつの」

あてこすりにも綾川が笑って答えると、白瀬はぽろりと口をすべらせた。

「でも、じょうずだったし」

「え？」

反射的に顔を見つめると、「あ」と口を開いて白瀬は赤面し、綾川はにんまりと笑う。

「へえ。あっそ。俺じょうずだったんだ。よかったんだ？」

「言葉のあやです」

目を逸らした白瀬の頰を手の甲で撫でる。起きぬけだというのに鬚《ひげ》のあとはまったくない。そういえば体毛も全体に薄いようだといまさら思いだして、綾川はよからぬほうにつながりそうな思考を急いでシャットアウトした。

性欲だけだろうと言われた直後に求めたら、またまめんどうくさい方向に落ちこまれそうだ。軽く息をついて気を落ちつかせ、綾川は穏やかな声を出すようつとめた。

「夫婦だって、熱愛状態から結婚するばっかじゃないだろ。そういうふうに、俺と、ゆっくり作っていくの、悪くねえと思うけど」

白瀬の頭を手のひらに包み、抱き寄せる。ほんのかすかに、でもたしかに彼がうなずいて、綾川はほっと息をついた。

「弟のこと……どうしたらいいんでしょう」

「考えがある。要するに手出しできない状況にすればいいわけだしな」

苦労しているわりにおひとよしの白瀬には、反撃の手は想像もつかないのだろう。「考えって、どんな」と驚いたように目を瞠るから、綾川はにやりとした。

「いまはまだ秘密」

「え、そんな。教えてください。ぼくになにかできることとかあれば――」

勢いこんで綾川の腕に手をかけると、身体を覆っていた布団が肩から滑り落ちる。あらわになった胸を思わず凝視してしまうと、視線に気づいた白瀬は、あわてて布団をなおして赤くなる。

「ど、どこ見てるんですか」

「えーと、乳首？」

「いや、答えろってことじゃなくていまのはっ……あ！」

隙間に手を突っこみ、ぷつんと立ったそれを指でいじる。びくっと震えて身体を強ばらせた白瀬に、もう限界だと綾川は強引に彼を抱きしめる。

「ちょ、ちょっと、綾川さんっ」

「んだよ。そんな格好でいつまでもいるからだろ」

「服を隠したの誰ですか！　着替えるからどいて、どい、……っ」

抵抗する腕を押さえつけ、さきほどよりずっと淫らに口づける。白瀬は息継ぎの合間にか細い声で「いや……」とつぶやくけれど、本気の抵抗ではないから手をゆるめなかった。

暴れたせいで乱れた布団のはしから手をいれ、なめらかな腿を撫でる。「んんっ」と舌を絡めたまま白瀬があまくうめき、いっそこのまま最後までいきたいと綾川は思った。

「……なあ、やんね？」

耳を噛んでそそのかすと、白瀬は困ったように視線をうろつかせる。

「そんな、い、いま、朝」

「夜ならいいのか？」

顔を近づけたまま問いかけると、白瀬は涙目で「ばか……」となじった。それがまた色っぽくて、強く抱きしめたままキスを繰り返していると、突然、ドアが開いた。

「！」

白瀬は硬直したけれど、綾川はさほど動じないまま、ゆっくりと彼の唇を舐めてキスをほどき、指さきで唾液を拭った。

「おとうさん、お話すみましたか？」

「おう、終わった」

寛に見られたことで真っ青になった白瀬は、声もなく硬直している。きょとんとしたままの寛は、かわいらしく小首をかしげた。

「ちゅー、してました」

寛が言ったとたん、腕のなかの白瀬はじたばたともがきはじめた。だが逃げることを許さず、腕の力を強めながら綾川は息子に笑いかける。

「ああ。パパがもうひとりできたぞ。仲よしのちゅーだ」

「ふうん、そうですか」

白瀬はそのひとことにまたフリーズした。だが寛は平然と綾川の言葉にとうなずく。

「じゃあ、乙耶くんは、うちの子ですか？」

にっこりと笑う寛に「うちの子だ」と綾川もうなずいた。

「あしたから、ここに住むってさ」

「なっ……」

「ほんとですか！　わあい！」

よほど嬉しかったようで、寛はぱちぱちとちいさな手を打ちあわせ、飛び跳ねている。

衝撃の場面を見たはずの寛のあまりにあっさりした態度に、白瀬は唖然としたままだ。

「じゃあ、おくつはもう、返していいですか？」

「おう。宝探し終了だ」

「はあい」

ぱたぱたとかわいい足音が去ったのち、白瀬はようやく正気づいたのか、綾川の身体を揺さぶってきた。

「な、な、な。あ、あの、あの」

「ちゃんとしゃべれよ」

動揺のあまり言葉も紡《つむ》げず、意味もなく手を開閉している白瀬の指を摑んで、音を立ててキスをすると、全身を真っ赤に染めた彼は綾川の手を振り払った。

「なんですか！　いまの！　どういうことですか！」

「寛にうちの子っつったから、おまえうちの子決定」

「ありえない！」

ふだんの冷静さをかなぐり捨て、頭を掻きむしる姿がおかしくて、綾川は大笑いした。

「笑いごとじゃありませんよ、どうなさるんですかっ」

「心配すんな。あいつは弘についても教えてあるし、そういうことに偏見を持たないよう教育してる」

ひとに言っていいことと、そうでないことの違いも寛は幼いながら理解している。それぞれの生きかたがあり、それぞれの形があって、周囲に面倒さえかけなければそれでかまわないのだと言う綾川の言葉を、ちゃんとわかっているのだ。

「もともと、あいつもよくわからん器《うつわ》のでかさだしな。親父が女装してる格好と、そうでないときとあるのに『きょうはパパの日だ』って言えばそれで納得してたから」

白瀬は「そんなばかな」とうめくけれど、事実は事実だと綾川はうそぶいた。

「ばかなもなにも、俺のまわりはそんなんばっかだ。俺の女装と弘のおかげで、免疫ついてんだよ。ちなみに、おふくろももう知ってるし」

「おふくろ……って、知美《ともみ》さんですか？　う、嘘でしょう⁉」

白瀬は声を裏返したが「嘘じゃねえし」という綾川に絶句した。

綾川の母である知美には、白瀬がきのう寝ているうちに報告した。いろいろ心配もかけていたし、綾川自身が腹を決めるため、聞いてほしかったのもある。

正直、どんな反応が返ってくるか読みきれなかったが、さすがに彼女は綾川の母だった。

——彩花ちゃんが死んでから、あなたもどっかいっちゃったみたいだったから。いっそのこと、弘くんでもいいから、いっしょにいるひとが見つかればいいと思ってたし。

「そのうち、姑《しゅうとめ》として挨拶するわ、だとさ」

それが、懐の広すぎる母のコメントだったと告げると、白瀬は気絶しそうになっていた。

「嘘だ……ありえない……」

「嘘じゃねえって。それにもともと、おかま社長って言われたあたりで疑ってたっつうか、あきらめてたらしいし。べつにおまえが気にすることじゃねえよ」

「気にするなってそんな、無理です！」

またぞろ罪悪感がこみあげてきたのだろう、さきほどまではキスの余韻《よいん》で赤らんでいた顔色が、みるみるうちに青ざめていく。

だが綾川は、白瀬がダウナーになりきるより早く、とっておきの手を繰り出した。

「じゃ、おまえ、寛ほしくない？　うんって言ったら、おまえのだぞ？」

「な……」

ぐっと白瀬は押し黙り、目がこぼれるかというくらいに見開かれる。見る間にそこに涙がたまって、綾川は親指で目元を拭った。

「いまなら俺もついてくる。セットでどうだ」

意地の悪い質問だとわかっていた。子どもが好きで、けれど我が子を持つ可能性の薄い白瀬にとって、寛がどれだけ大事なのかはわかっている。

「いっしょに子育て、やってみたくないか？」

「脅したり、エサちらつかせたり……卑怯です……」

恨みがましい上目遣いに噴きだし、「じゃ、いらない？」と覗きこんだ綾川のまえで、白瀬は顔をくしゃくしゃにした。

細い喉が、何度も波打つ。必死になにかをこらえるように歯を食いしばり、白瀬はついに白状した。

「いる……」

「好きか？」

答えはなく、力なく握った拳で、肩を叩かれる。

幸せな痛みに目を細め、綾川はちいさな頭を抱えこむと「心配するな」とささやいた。

「いままで、乙耶は苦労してきたんだから、そのぶんの見返りはちゃんともらえる」

信じて、ほしがれ。

綾川のあまやかすような声を呑みこむように、白瀬はその唇を押しあてて、必死になって口づけてきた。

涙の味がするキスは、綾川にはどこまでもあまく感じられた。

＊　＊　＊

月末になり、かねてから準備してきた『彩』のイベント日が近づいてきた。社内サロンの設営準備も着々と進み、齋藤と白瀬をはじめとしたスタッフが一丸となって取り組んだおかげですべての手配は完璧。

しかし、なんら問題はなかったはずのスケジュールは、イベントまであと三日という時期、メインスタッフの打ちあわせ中はいった一本の電話によって変更せざるを得なくなった。

「ちょっ、待ってくださいよ。収録が突然変更になったって、どうして」

『いや、ほんとすみません！　メインタレントさんがどうしても予定あわなくて、その日しか空いてないっていうんですよ』

電話の相手はテレビ局の制作スタッフで、急遽《きゅうきょ》『オネエ五十人に訊く、こんな話』のスケジュール変更を頼みたいと言ってきた。なにしろ調整をつける相手は大量にいて、電話口の声は疲れ果て哀れなものだったが、綾川もそうそう簡単にうなずけない。

「でもその日はうちのほうも仕事が……」

よりによって、変更された収録日は『彩』のイベント日だ。責任者として立ち会わないわけにはいかないと綾川が告げると、彼はみじめなほどの声で頼みこんできた。

『そこをなんとかお願いします！　もうこれが最後なんで！』

「え、最後？」

説明されたところによると、どうにかスタートさせたものの視聴率があまりに悪く、ワンクールを待たずに番組終了が決定してしまったのだそうだ。

『スポンサーも次々降りてしまって、あちこち土下座してまわったんです。どうにか、初期のスポンサーが一社だけ、最終回ならってことで再契約してくれたんですけど』

「その一社って、どこです」

綾川の声が不意に低くなり、白瀬がはっと顔をあげる。目顔でうなずくと、電話口の相手は綾川の望んだ答えをくれた。

『無理を言っているのは承知ですが、こんなことはもう二度とないのでお願いします！』

泣きついてくる相手の声を聞き流しつつ、綾川はちらりと室内の顔ぶれを見まわした。

齋藤はあきらめ顔でかぶりを振り、降矢は苦笑いを浮かべている。

白瀬はかすかに顔をひきつらせ、それでも笑った。

「……わかりました。いきます」

返答したとたん、電話の向こうからは歓声があがり、こちらでは「あーあ」というぼやきが聞こえた。

電話を切るなり、渋面《じゅうめん》を浮かべた降矢が「しゃーちょーうー」と睨んでくる。

「悪い。けどもうこれで番組打ち切りだし、本当に最後になるらしいから、頼む」

片手をあげて拝んでみせると、やれやれとでも言うように降矢は広い肩を上下させた。

「まあ、当日の段取りはもう組めてますし、社長のやることっつったら、最初の挨拶くらいですからね。どうにかなりますけど」

「綾川さん目当ての女性客がちょっとがっかりする程度かな」

白瀬が微笑みながら揶揄《やゆ》すると、「そこは白瀬さんが代理で」と降矢が快活に笑い、そのあとふっと彼は表情を引き締めた。

「ていうか、やっぱりきましたか。例のやつ」

「そうらしい」

綾川は不敵に笑ってみせる。さきほどのテレビスタッフが漏らした、急遽引き受けたというスポンサーの名前は、『ブラン・バフォン』。白瀬の弟、悦巳の会社だ。

白瀬の身にいままで起きた不運がすべて悦巳のせいであったことは降矢と齋藤にも話した。これから綾川がやろうとすることについて、彼らに了承を得ずには進められなかったからだ。

「子会社とはいえバックに大手酒造がついてるような相手、敵にまわしたりして、どうなっても知りませんよ」

「とか言いながらおもしろがってるだろ、おまえ」

「まあね。ちょっと昔の職場の同僚で、酒類の卸《おろし》担当だったやつに探りいれたんですけど、おもしろい話が聞けましたので」

かつて大手の総合商社に勤めており営業部でも出世株だった降矢は、有名ロハス系ブランドの担当だったが各部門にも知人が多く、いまだにそちらの伝手《つて》と情報網を持っている。

「おもしろいって、どんな？」

「太白代酒造本社のほうと、ブラン・バフォンの関係は、必ずしも良好ではないようです」

白瀬がはっと顔をあげる。なにごとかを言いかけた彼を視線で制した綾川は、続けろ、というように降矢に顎をしゃくってみせた。

「まず、ブラン・バフォンの社長、白瀬悦巳についてですが、奥さんが本社と大口取引のある大手居酒屋チェーンの社長令嬢。ぶっちゃけ嫁さんに頭があがらない状態であるにも関わらず浮気三昧《うわきざんまい》」

ありがちな話ではあるが、白瀬の顔色はとたんに青くなっている。実家を出てからほとんど連絡もしていないというから、おそらくそんな話は聞いていなかったのだろう。

「大学卒業後には修業のため本社営業部に平社員として入社したんですが、はっきり言ってお荷物扱い。経営者親族であることを鼻にかけていただけでなく、契約ミスなどの損害を出すこともしょっちゅうで、本社の会長も業を煮やして子会社のほうに飛ばしたらしいですね」

「ん？　けど、社長なんだろ？　そんなに仕事できないやつが、なんでまた」

「だから社長、らしいです。創設二十年の子会社のほうは株式会社になってて、外部から誘致してきた重役連中ががっちり仕事の手綱《たづな》は握ってる。裁量権《さいりょうけん》は一応あるもののアウェイな状態らしくて、会長のほうから次に問題を起こしたら処分すると通告されているそうです」

「よくもそんな話まで聞きこんでくるもんだな」

綾川が感心ともあきれともつかない顔をしていると、会社が大きいほどにプライベートも案外だだ漏れになるものだと降矢は言った。

「財閥系だの親族経営なんかだと、社長と部長が本妻の子と愛人の子、なんて話もざらにありますからね。うまいことつきあっていくには情報は欠かせないってんで、情報交換しているうちに末端まで話はまわりますから。太白代酒造もそれなりの老舗《しにせ》なんで、ちょっとつついたら、電話一本でぼろぼろ出てきましたよ」

綾川が「えげつねえ話だ」と顔を歪めて嗤《わら》う。降矢はちらりと白瀬を気遣うように見た。

「白瀬さんに関しては、まったく話が出てきませんでした。ご本人としてはきつい話かもしれませんが、最初からいなかったことになっている感じですね」

「……そうでしょうね」

青白い顔で微笑んでみせる白瀬に、降矢は目を伏せたけれど「ただ、悪い話じゃないと思います」とつけくわえた。

「というと？」

「聞いた話ですけど、太白代の会長は典型的な独裁者でもありますが、経営手腕についてはそれなりの人物だそうです。もし家に連れ戻すつもりであるなら、それなりのアプローチもするでしょうし、お披露目《ひろめ》の問題もあるから、周囲への根回しもしていないわけがない」

けれど白瀬の長男は、最初からいないことになっている。そこがどうも引っかかると降矢は言った。

「家の名に泥を塗るだなんだ言ってたそうですけど、いない人間にそんな真似はできない。そもそも太白代の会長クラスの大物なら、多少のスキャンダルならもみ消せる程度の力はありますよ。第一、本社のほうはすでに外部からＣＥＯを招いているそうですし」

「つまり、白瀬さんの仕事をじゃましたりいやがらせを続けているのは、弟さんの単独行動だってこと？」

齋藤の発言に降矢は深くうなずいた。

「ってわけで、本社のおじいさまがしゃしゃり出てくる可能性は、ほぼありません。社長、どうなさいます？」

「そりゃ、ガチンコタイマン勝負だろ」

白瀬は不安そうに視線を揺らしながら、じっと綾川を見つめている。にやりと笑って、綾川は立ちあがった。

「なくすもんがすくない人間のほうが強いって、相場は決まってるからな。あとは相手の出方次第だ」

おそらく次の収録日、悦巳はまた綾川の顔を見にくるに違いない。どうする、というように白瀬を見ると、彼はごくりと息を呑み、覚悟したようにうなずいた。

＊　＊　＊

数日後、『オネエ五十人に訊く、こんな話』の最終回収録は、なんとなく盛りあがらないままで幕を閉じた。

化粧台と着替えのためのパーティションが並ぶ控え室では、微妙な空気の収録後についてあれこれと話に花が咲いていた。

「ちょっとお、きょうってけっきょく十五人しかいなかったじゃないの」

「なんか、出演料払いきれなくなったらしいわよ」

野太い声のオネエたちが「しょっぽいわよねー！」と笑いあう声を聞きながら、綾川は苦笑いするしかない。

人数が減ったぶん、コメントを求められたりしたらどうしようと思っていたが、結論から言えば収録中はほとんどミチルなどメインメンバーの独壇場《どくだんじょう》で、綾川は相変わらず座ったまま笑っていただけだ。

ともあれ、最後の義理が果たせたことにだけはほっとする。そして今度こそ、誰にどう頼まれようとテレビ出演の仕事は断ろうと心に決めた。

「綾川ちゃん、お疲れ。めずらしくまだ着替えてないのね。帰らないの？」

「ああ、きょうはちょっとひとを待ってて……」

声をかけてきたのは、ミチルと並んで人気のあったオネエタレントのSAKAMAだ。背は綾川ほど大きくないが横幅は綾川の倍ほどもある彼女の本名は阪間猛《さかまたけし》といい、本業は料理研究家で、愛嬌《あいきょう》のあるキャラクターのおかげか昼のバラエティでもレギュラーになっている。

「待ってるって誰を……ってやっだー！　ボクかわいいわね、どうしたの？」

SAKAMAが太い声を裏返し、綾川がはっと振り返ると、ドアの隙間から覗いていた寛が照れたように笑っていた。

「だあれ？　子役ちゃん？」

「いや、俺の息子」

「えっ、綾川ちゃんの!?　いやっだあかわいい！」

「ありがとうございます。おいで、寛」

こっちだと手招くと、ゲストパスを首からさげた寛が小走りに近寄ってきて、椅子に座っていた綾川の膝にしがみつく。

「うっわあ、やっぱ父親がイケメンだと息子もかわいいわよねえ！」

「いくつ？　お名前は？」

「あやかわひろいです。ろくさいです……」

「テレビ局、見学してどうだった？」

「広くてびっくりしました。しゅーろくも見ました」

綾川にぺったりとくっついたまま、それでも礼儀正しく答える寛の姿に、「かわいいわ！」とオネエたちが身悶える。だがなにしろ声が野太いので、怒号のように聞こえるのはいたしかたなかった。

「お疲れさまでした、綾川さん」

「ああ。乙耶もお疲れ。無事にイベント終わったか」

はい、と微笑んだ白瀬と綾川の様子に、ＳＡＫＡＭＡはぎらっと目を輝かせる。

「ちょ、なによなによ綾川ちゃん。アンタ、ノンケじゃないの。このきれいな子はなんなの」

「あー、彼はうちが業務委託してるセラピストさん。きょうはうちの子がテレビ局見学したいっていうんで、連れてきてもらったんですけど」

「そんな説明でごまかせると思ってんのアンタ！　きりきり吐きなさいよ！」

「いやまじで、ほんとにっ……ていうかSAKAMAさん、く、苦しい」

体重百キロという触れこみのSAKAMAの太い腕に首を絞められ、綾川は本気で死にそうになったけれども、どうにかごまかしていると矛先《ほこさき》を引っこめてくれた。

「いいけどさっ。あーしかし、ミチルちゃんどこいったのかしら？」

「……さあ。きょうはお帰りになったんじゃないですかね」

「んもう。飲みにいくって言ってたのに。いいわ、ケータイにメールするから。じゃあね、寛くん。きれい子ちゃんも、またね」

「ばいばい、ボク。綾川ちゃん、お疲れ」

口々に言いながら、帰り支度を終えたオネエたちはひとり、ふたりと控え室を出ていく。

そして室内に残ったのは、綾川と白瀬、寛の三人だけとなった。

ひさしぶりに見る綾川の女装姿に、なんだかもじもじしながら寛が問いかけてくる。

「おとうさん、まだ帰れないですか？」

「ああ、うん……」

白瀬がかすかに眉をひそめてこちらを見やり、綾川も顔をしかめた。

「見こみ違いだったかな。きょうはくると思ってたんだけど」

「こなかったんですか？」

「うん。収録も完全になにごともなく終わっちまって、着替えないで待ってたんだけどな。

どうしたもんか……」

綾川がちらりと着替え用のパーティションに目をやったところで、ドアが開いた。はっとして息を呑むと、足音高くはいってきたのは白瀬悦巳だった。

「あ、なんだ。やっぱりきた」

綾川がむしろ喜んでいるかのような声を発したとたん、悦巳は顔を歪めて睨みつけてくる。

「いい度胸だな。俺の忠告も無視して、こんなところにまでそいつを連れてくるとは」

「忠告？」

「縁を切れと言っただろう！　いったい、いつまで関わる気だ」

悦巳は険悪な表情で白瀬を睨む。びくっと震えたのは、弟に対しての恐怖が染みついているからだろうか。綾川はやんわりと寛を白瀬のほうへと押しのけ、立ちあがった。

「縁切ったのはそっちだろうが。なにをいつまでも兄ちゃんに絡んでんだよ」

一歩も引かず動じない綾川が、ジミーチュウのヒールのおかげで二メートルになった長身でじろりと頭上から睨《ね》めつけると、怯んだように悦巳はひくひくと唇を痙攣させる。

ふん、と顔を逸らした彼が声をかけたのは、綾川のうしろで青ざめている白瀬にだった。

「乙耶。いいかげん、家の恥をさらすのはやめて戻ってこい」

「なに、それ。なんでいまさら？　本気じゃないだろう」

よもやの話に白瀬は驚き、怯えもあらわにあとじさる。だが綾川がじっと見つめると、嫌悪感を必死にこらえるように顔を歪め、震える声を発した。

「もうやめてくれよ。何年もまえからいやがらせしてたの、悦巳だろう」

「なんのことだ？」

「玲子さんと結婚したんだろ。なのにどうしていつまでも、真奈さんにあんな真似させてるんだ。彼女、相当追いつめられてた。もう身体は平気なのか？」

「どっちもおまえを捨てた女だぞ、おまえに関係ないだろうが！」

綾川は口をはさまず、弟と対峙《たいじ》する白瀬をじっと見ていた。

「関係ないっていうなら、ぼくはいま白瀬の家には関係ないだろ。戸籍《こせき》だって二十歳のときに独立戸籍にさせられたし、本当の意味で籍は抜けてるんだ」

初耳の話に、綾川は目を瞠った。そこまでさせられたのかと視線で問えば、白瀬は哀しげに目を細めて笑ったあと、綾川よりもまえに踏みだし、毅然《きぜん》とした表情で弟へと向き直る。

「もう、他人なんだよ。そう決めたのはおじいさまで、ぼくをそこまで追いこんだうちのひとりがおまえだ。それなのに、いまさら戻ってどうする」

「やかましい！　おまえが俺に逆らう立場か、種なしのできそこないのくせに！」

その瞬間、綾川は大きく脚を踏みだして悦巳へと近づいた。「ひっ」と顔をひきつらせる男は、白瀬を相手にしていたときの傲慢さが嘘のように青ざめている。

「もういっかい言ってみろ」

「乙耶にいま言ったことだ。俺のまえで、もういっかい、言ってみろよ」

視線でひとが殺せるなら、いまこの瞬間悦巳は死んでいただろう。すさまじい形相《ぎょうそう》でつめよった綾川の剣幕《けんまく》に、白瀬が背後からしがみついてきた。

「綾川さんっ、だめです！」

「なにもしてねえよ。さわってもないし」

舌打ちして、綾川は目を逸らした。悦巳はほっとしたように息をつき、まだ青ざめた顔のまま「ふざけやがって……」と震えながら言った。

「なにがだ。俺は、もういっかい言えって言っただけだろ」

「調子に乗ってあまく見るなよ。こっちはおまえの素性も調べあげてるんだからな」

「……興信所でも使ったのか？　ひとのプライバシー嗅ぎまわったのか」

「大事な兄の交友関係を調べたことの、なにが問題だ？」

不遜《ふそん》に笑う悦巳に、綾川はぴくりと眉を動かしたが、無言のまま目を伏せる。

「このおかまの変態野郎が。グリーン・レヴェリーだったな？　おまえみたいな人間、潰すなんてわけがないんだぞ」

「……潰す？　いったいなにする気だ」

「ネガティブキャンペーンでも張って、不買運動を起こしてやろうか。俺がちょっと口をきけば、いろいろしてくれる連中はいるからな」

あらゆる手を使って仕事の妨害をしてやると、悦巳は高らかに笑った。

「それも田川《たがわ》組の誰かにやらせるつもりなのか？」

「はは！　わかってるならいちいち逆らうなよ」

妙に芝居がかった態度で肩をすくめてみせる男に、綾川は軽蔑の視線を向けた。白瀬もまた同じような目で弟を眺め、嫌悪するように顔を背《そむ》ける。

「卑怯だな。自分の手は汚さないで、他人まかせか。それでも犯罪教唆《きょうさ》にはあたるぞ」

「おっと、あんまり強気な態度はとらないほうがいいんじゃないのか？」

「そっちのほうが脅迫じゃねえか！」

「おまえがその調子でいるなら、子どもだってなにが起こるかわからないぞ」

悦巳がねばついた口調で言った言葉にうなだれ、綾川は肩を震わせる。やりこめたと感じたのか、調子に乗って悦巳は罵り続ける。

「だいたい、そんなナリでひとまえに出られるのが信じられないね。男のくせに似合いもしない化粧して、気持ち悪いったらない。ああ、それとも露出趣味か？　なるほど、変態の感覚ってのはわからない――」

「おとうさんをいじめないでください！」

涙まじりの高い声が、聞くに耐えない罵詈雑言《ばりぞうごん》を遮った。

「おとうさんは、ぼくのために、おかあさんの格好したんです！　ぼくがわがままだったから、おかあさんいないって泣くから、いっしょうけんめいしてくれたんです！」

はっと息を呑んだ綾川が止めるより早く、寛は悦巳のほうへと駆けより、ちいさな手で彼のボトムを引っぱった。

「おとうさんは気持ち悪くない！　あやまって！　おとうさんにあやまって！」

「うるせえガキだな。なんだこいつはっ」

「あやまれ！　ぼくのおとうさん、ばかにするな！」

「寛……」

ぼろぼろ泣きながら訴える寛に、悦巳はただいやそうに顔をしかめただけだった。あまつさえ、「やかましいっ」と声を荒らげ、その手を振りあげる。

「やめろ、おまえっ……」

綾川が我慢も限界と足を踏みだすより早く、駆けよった白瀬が寛を抱えこんだ。振り下ろされた手がこめかみにあたり、白瀬は一瞬よろけたけれど、膝をついて寛を背中にまわし、悦巳を睨みつけた。

「こんな子どもに手をあげるなんて、なにを考えてるんだ！」

細いとはいえ大人の男である白瀬がよろめくほどの勢いで、寛を殴ったらどうなるのか。綾川はさすがに青ざめた。

（こいつ、ほんとにぶっ殺したい）

だが、手を出すわけにはいかない。爪が手のひらに食いこむほど拳を握りしめていると、そんな綾川を悦巳は嘲った。

「ここまでされて、反撃もしないのか？　けっきょくおかまはおかまだな。種なしとつるんでるだけあって、だらしない。ガキなんて、殴ってしつけりゃいいんだよ！」

「……暴力を振るうのが、あんたの男らしさなのか？」

押し殺した声で綾川が言うと、悦巳は自慢げに笑って「けんかもできないクソ野郎が」と罵った。

「まあいいさ。楽しみにしてろよ、じっくりいろんな手を使って、社会的に抹殺《まっさつ》してやる。変態は死ねばいい」

呵々大笑《かかたいしょう》する悦巳に、綾川の我慢はついに限界がきた。ちいさく噴きだし、「くく」、と喉を鳴らして笑うと、悦巳は怪訝《けげん》そうに顔をしかめる。

「ふは、ははは！　そうか、抹殺するつもり、ね」

「なんだよ。びびりすぎて頭がおかしくなったか？」

不気味そうに顎を引いた悦巳のまえで、綾川はうなだれていた顔を起こし、表情を隠していた長い髪をかきあげる。そこに現れた顔は、怯えるどころか不敵な笑みに彩《いろど》られていて、悦巳は驚いたように目をしばたたかせた。

くすくすと笑いながら、綾川は鈍い彼に状況を思い知らせるひとことを発した。

「あんた、ここ、どこかわかってるのか？」

「え？」

なにがなんだかわかっていない悦巳をよそに、綾川はパーティションのある壁際に向かって声をかける。

「ミチルさん、撮れたよね？」

「ばっちりよ！　ああもう、長かったわよぉ。収録終わってからこっそりここに隠れてさ、SAKAMAのやつがケータイ鳴らしたときは、やばかったわ」

出てきたのは、姿が見えないと言われていたミチルだった。その右手にはハンディタイプのデジタルビデオカメラを、左手にはICレコーダーを持っている。

「きょうはぜったいにくると思ってたんで、用意してた。あんたの非人道的発言だとか、子どもに手をあげた映像はこれでばっちりだ」

どれだけ挑発《ちょうはつ》されてもいっさい手出しはせず、寛に手をあげられたとき、とっさに動けなかったのもこのせいだった。なにより白瀬がいるから、信じていられた。

「な……っ」

みるみるうちに悦巳は青ざめ、わなわなと震えだした。意味もなく周囲を見まわし、誰も自分を助けるものがないと気づくと、いまさらのようにおどおどと問いかけてくる。

「そ、そんなものをどうするつもりだ」

必死に体裁を取り繕おうとする悦巳に、綾川はにんまりと笑いかける。

「地位も名誉もある会社の社長が、かよわい女装のゲイを偏見もあらわに罵って、子ども相手に手をあげて、暴力ふるって恫喝《どうかつ》した——なんつう話、みんな大好きだよねえ？」

綾川の、およそかよわいとはほど遠い獰猛《どうもう》な笑みに、悦巳の顔からは脂汗が噴きだした。

「テレビで流す気かっ。もみ消せば、そんなもの」

「わざわざんなことしねえよ。もっと簡単、ネットに流す」

「ネット？　そんなものでなにができるっていうんだ」

悦巳はいまどきの情報ツールに疎《うと》いのか、そんなことを言ってのける。やれやれと綾川はかぶりを振った。

「ボケてんの、それともまじでわかんねえの？　テレビよりよっぽど、ネットのほうが情報が早い。とくにこの手の差別発言や動画には、みんながよってたかって食いつくし、マスコミよりよっぽど『正義感』あふれる皆さまがいるんだよ」

綾川にしても、いちどならず叩かれたことはある。よくぞここまで食いつく、となかば感心するくらい、ネットはゴシップが満載だ。

「風評被害の怖さは知ってるだろ。俺はもともと、こんなナリが売りだが、あんたらにとっちゃなくすもののほうが大きいよな？」

「なん……そ、そんなうさんくさい話、誰が信じると思うんだっ!!」

「あほか。ネット発の情報がテレビで取りあげられる、なんてこともよくある話だろ」

「ついでに言えば、うさんくさい話もなにも、証拠はここにあるわよ」

ばかじゃないの、と言いたげにミチルがICレコーダーとデジタルビデオカメラを掲《かか》げてみせる。目を見開いたまま、それに飛びつこうとした悦巳の腕を摑んで止めると、今度こそ綾川は襟首《えりくび》を摑んで締めあげた。

「今度は善意の第三者に暴力ふるうつもりか？」

にやあ、と笑った綾川に、悦巳はもうなにも言えずにがたがたと震えはじめた。

「いいか、あんたが真奈とかいう女に乙耶をストーカーさせたことも、詐欺まがいに妙な不動産屋をけしかけたことも、本気で調べようと思えば調べはつくんだぞ」

「なんでそれを……」

ひゅっと息を呑んで語るに落ちた悦巳に、綾川は心底うんざりした。けれど底が浅くて考えなしな、この程度の人間だからこそ、くだらない子どもじみた感情で悪質ないやがらせをするのだろう。

「これ以上、あんたが俺たちや乙耶につきまとうつもりなら、いまの話と真奈との不倫話、まとめててめえの嫁にちくったうえで、ネットに動画ばらまいてやる」

「そっ、ばかな、そんなことは……そ、そうだ。いくら出せばいい？　買い取るから」

ここで買収を提案する神経がわからない。本当にこのままでは殴ってしまいそうで、綾川は突き飛ばすようにして悦巳の身体から手を放した。

「ぐだぐだうっせえよ！　これ以上俺のまえで胸くそ悪いことしゃべるな、空気が腐る！」

ジミーチュウの足で仁王立《におうだ》ちのまま大喝《だいかつ》すると、真っ青になった悦巳は腰が抜けたのか、その場にへたりこむ。それでも容赦なく睥睨し、綾川は最後通牒《つうちょう》を突きつけた。

「五秒で出ていかないと、いまの話、本気でやるぞ」

「ひい……！」

悦巳はまるで虫が這うようなポーズで、まさしく這々《ほうほう》の体《てい》で逃げていった。その姿が完全に見えなくなったあと、綾川はぐしゃぐしゃと髪をかきまぜる。

「あーくそ！　むかっ腹たつ！」

「よく我慢したわねえ、綾川ちゃん」

ぽん、と肩に手を置いたのはミチルだった。大きく息をついて彼に笑いかけたあと、しゃがみこんだまま茫然としている白瀬と寛のまえに膝をつく。

「怖かったよな。すぐ庇ってやれなくてごめん。……けんかは終わりだ、寛」

おずおずとうなずく白瀬は、寛を強く腕に抱えこんだままがたがたと震えていた。涙目になっている彼のきれいな顔は、こめかみのあたりが赤く腫《は》れている。そっとその痕に触れ、綾川は声をかけた。

「だいじょうぶか、乙耶」

「へ、平気です。ただ、な、なんでだろ。力が、はいらなくて」

口では平気だと言うけれど、トラウマの象徴だった弟と対峙することが精一杯だったのだろう。腰が抜けたように立ちあがれないでいるのは、終わって気が抜けたショックからかもしれないと綾川は思った。

「殴らせちまって悪かった。でも、寛を庇ってくれてありがとう」

ふるふると白瀬はかぶりを振り、気丈《きじょう》にも笑おうとして失敗したような顔になった。

「ぼ、ぼくはいいです。でも、でも、寛くんが、ショックを受けてないかと」

「――ぼく？」

もそもそと腕のなかで身じろいだかと思うと、けろっとした様子で顔であげた寛に、白瀬が驚く。

「え、え……？」

「けんかは終わりっておとうさんが言ったので、終わりなんです」

「そ、それでいいの？」

おろおろしている白瀬は、このくらいの年ごろの子どもの切りかえの速さについていけないらしい。綾川は「ガキは案外、たくましいんだ」と笑って息子を抱きあげ、白瀬の腰を抱いて立ちあがらせる。

「ぜんぶ終わったあと、あいつには乙耶と話だけさせようと思ってたんだけどな。読みがあまかった」

「いえ……」

さすがにこんな場面に巻きこむつもりは毛頭《もうとう》なかった。前回のことを踏まえ、てっきり収録まえか最中に乗りこんでくると思いこんでいた。だが悦巳はなかなか顔を出さないし、協力を頼んだミチルとも計画を変更せざるを得ず、かなりやきもきしていたのだ。

予想外だったとはいえ、自分の浅慮《せんりょ》を呪いながら息子の額に自分のそれをこつんとあて、ちいさな身体を揺らしてみせる。

「寛も悪かったな。びっくりさせて」

まだ涙の痕が残る頬をこすってやると、寛は「いーです」とふるふるかぶりを振った。

「もう悪いひとは、やっつけたんです。ね？」

「おう。みんなでやっつけた。寛もかっこよかったぞ」

「さっきのオジサンは、ドクターゴーヨクみたいですね！　きらいです！」

子どもに不人気の特撮悪役にそっくりだとむくれる寛に、さきほどの騒ぎが彼の心には疵にならなかったようだと気づいて、綾川はほっとした。

「そっか。きらいか。じゃあ乙耶は？」

「乙耶くんはライジンピンクみたいなので、だいすきです！」

「えっ、まって、それ女の子じゃ……」

「気にすんのはそこかよ」

大笑いした綾川は、まだ女装も解かない、メイクも落とさないままで白瀬にキスをする。パシャ、と電子音が鳴って驚くと、ミチルがにやにやしながら携帯電話のカメラをかまえていた。

「ちょっと、なに撮ってんのミチルさん」

あせった綾川が声をうわずらせると、ミチルは手にした携帯を振ってみせる。

「あらあ、愛の記念じゃなーい。第一アンタ、アタシのこと完全に忘れてたでしょ」

図星をさされ、綾川はうっと顔を歪める。白瀬は真っ赤になってうつむいた。意味もなく咳払いをして、綾川はあらためて頭をさげる。

「ほんとごめん。協力ありがとう」

ビデオを撮るという思いつきは、今回の計画について協力を仰いだ彼の助言によるものだった。その際、いっさい綾川は抵抗せず、言葉でもむろん肉体的にも、悦巳に危害をくわえたと言われる行動をとってはいけないと忠告されていた。

「映像的には完全に被害者よ。出るとこ出てもだいじょうぶ。無線転送で、そこのパソコンにもデータはいってると思うけど……ちょっとパソコンは自信ないわあ」

「あはは、あいつにカメラ壊されたときの保険だから、こっちに残ってりゃだいじょうぶ」

本当にありがとう、と綾川がもういちど深々と頭をさげると、ミチルはにんまりと笑った。

「いいのよお。さっきの写メが眼福《がんぷく》だったから、お礼はこれ待ち受けにさせてもらうわ」

「……流出は勘弁《かんべん》してよ？」

綾川が眉をさげると、「そんな野暮《やぼ》はしないわよ」とミチルは口ひげにふちどられた唇をすぼめた。

「これはアタシの個人的な、お・た・か・ら。あとはごゆっくりね。あっでも、子どものまえで刺激強いことしないのよ？」

うふっと笑って投げキスをし、親切だがいろいろ謎な彼は手を振って去っていった。

「ありがたいんだけど、ときどき困るんだよなあ、あのひとは」

「あはは……」

やれやれ、と綾川が苦笑して白瀬と目をあわせると、困ったように笑う彼の唇に、ルージュがついていた。

「ふつうと逆だな」

唇に残ったそれを指で拭い取ってやると、白瀬は目を潤ませながら言った。

「……いまさら、ふつうもなにも」

「そりゃそうか」

くすくすと笑いあったあと、寛といっしょに白瀬を抱きしめたまま、綾川は真顔になる。

「乙耶」

あらたまって名前を呼ぶと、彼は「はい」と背筋を正した。

「とりあえず終わったんで、もいっかい確認、いいか？」

うなずく白瀬の頬に手を触れ、綾川はじっとその目を見つめた。

「あー。まだいろいろ、寛は手がかかるし、会社も大変だし、……俺も独り寝は寂しいって思いだしちまったし」

もうとっくにあれこれしたのに、そのひとことでふわっと頬を染める白瀬がいとおしい。

「だから、これからずっと、いっしょにいてくれると助かる」

「……はい」

涙ぐんだ白瀬にもういちど口づけようとした綾川は、視界のはしによぎったものに「げっ」と声をあげた。

控え室の鏡に映った自分の姿は、悲惨《ひさん》なものだった。

メイクは崩れ、せっかくの一張羅《いっちょうら》であるインポートのスーツもよれよれ、髪はぐちゃぐちゃ。およそ、ひとさまに見せられるような状態ではない。

「うっわ最悪。告白するには、しまんねえ格好だったなあ。みっともねえ」

さすがにがっくりしてうなだれると、腕のなかのふたりは涙目のまま同時に言った。

「そんなことないです！」

「おとうさんはかっこいいです！」

今度は、涙ぐみそうなのはこちらのほうだ。

女装のパパはなにも言えず、大事なものをまとめてぎゅっと抱きしめた。

＊　＊　＊

ぐちゃぐちゃになったスーツを着替え、むろん崩れたメイクもしっかり落とした綾川は、寛と白瀬をともなって帰宅した。

時計を見ると、もう深夜十二時近い時刻となっている。当然寛は起きていられず、白瀬の腕のなかですうすうと寝息を立てていた。

「遅くなっちゃったけど、寛くんのお風呂、どうしますか」

「無理だろ、そんだけ寝てりゃ……」

帰る途中のファミレスで食事をとるまでは、興奮状態ではしゃいでいた寛だったけれど、車のなか、後部座席で白瀬に抱きついたあとからは涎《よだれ》を垂らして眠りこけていた。

「じゃあ、このままベッドに運びますね。着替えだけさせますか」

「悪い。俺ちょっとこっち片づけるから、頼むわ」

こっち、と綾川が示したのは、ミチルが撮影してくれたビデオカメラとICレコーダー、そしてデータの転送されたパソコンだ。

寛を寝かしつけてきた白瀬がリビングに戻ったとき、綾川は無事撮影できていたデータを確認したのち、音声データと映像データをＤＶＤに焼きつけていた。

「……そのデータ、どうするんですか？　ほんとにネットにアップするんですか？」

背後からそっと問いかけられ、綾川は画面から目を離さずに答えた。

「それはあくまであいつを止めるための保険っつか、はったり。これはあちらの本社の法務部宛に送りつける。今後いっさいの接近禁止を要求する内容証明といっしょにな」

「でもそんなことして、通用するものなんですか？　おじいさまは、さすがに悦巳を庇うと思うんですけど」

心配そうにつぶやく白瀬に苦笑した綾川は、半身をよじって腕を伸ばし、驚く彼の腰を抱いて膝に座らせた。「わ」と声をあげた彼は、うっすらと赤くなる。

「あのな、この間も言ったけど、おまえずーっとこんな連中といっしょにいたから、感覚が麻痺《まひ》してんだよ」

悦巳の行動は、脅迫に恐喝、ストーキング行為に対する教唆、白瀬に対する暴力と、てんこもりで刑事告訴の要素がつまっている。白瀬の祖父は傲慢がゆえに「この程度で」とあしらうかもしれないが、企業の顧問弁護士ならこれがどれほどまずい内容か理解するだろうと告げれば、白瀬は目をまるくしていた。

「DVだとか虐待の話とか、聞いたことあるだろ。おまえがやられてたのはそれ。で、白瀬家のなかの常識と、外の常識は違うんだ」

「そう、ですね。頭ではわかってるんですけど……」

どうしても、無駄だと反射で思ってしまう。肩を落としてつぶやいた白瀬の顎を掬《すく》いあげ、綾川は口づける。

「……もう、口紅の味、しませんね」

キスをほどくと、白瀬がそっと綾川の唇を指で押さえる。照れたように笑っているその表情に、背筋にざわっとなにかが走る。眇めた目の奥に情欲が透けていたのか、見つめあっていた白瀬ははっと息を呑んだ。

「乙耶、舌だして」

「え……」

笑いのない顔で「早く」と命じると、頬を染めた白瀬が目を伏せながらおずおずと舌を覗かせる。ちらりと見えた赤い舌に吸いつき、膝のうえに乗った脚を抱えて腰をまたがせた。

「んんんっ」

股間が密着する体勢に、白瀬が抗議するようにうめく。だが食らいつく勢いで唇を結ぶ綾川のせいで言葉にはならない。逃げようとする細い身体を撫で下ろし、両手で尻を摑んでさらに腰を押しつけると、高ぶった熱を感じた白瀬の舌がひくりと緊張を示した。

「いいよな？　もう」

「あ、綾川さん……」

「さんざんお預けしてくれて、もう限界なんだよ。やらしてくれ」

服を取りあげ『うちの子』宣言してからここ一週間近く、白瀬は綾川の家に泊まっていた。だが、いろいろ複雑な思考回路を持つ彼はこの日の対決がよほど不安だったらしく、落ちこんだ顔をさらしていて、とても手をつけられる雰囲気ではなく、キスすらできなかった。

気持ちもわからないではないし、弟のことが片づくまでは——と綾川も我慢していたが、今夜ばかりは知ったことではない。

白瀬とはじめて寝るようになってから三日にあげずの状態だった。おかげで綾川はすっかり男としての自分を思いだしてしまったというのに、弟の影がちらつきはじめたあたりから避けられるようになり、最後にこの肌に触れてからもう三週間は経っている。

「言っただろ、独り寝は寂しいって」

「あの、でも、いっしょに寝てたじゃ」

言い訳じみたことを口にする白瀬の尻を撫でまわしながら、綾川は嫌みな笑いを浮かべて顔を近づける。

「手ぇ出すなってオーラまき散らしてな」

「う……」

横で寝ていてなにもできないのが、どれだけきついか本当にわからないのだろうか。それとも白瀬は、綾川相手では本当は欲情しないのだろうか。

「なんでおまえ、平気なわけ？　俺相手じゃ勃起《ぼっき》しねえの？」

「そっ、そういうことを口にしないでくださいって、何度も言って」

「まじめな話だよ。ほんとはいやなのか？」

からかうなと顔をしかめていた白瀬は、綾川の言葉に目をしばたたかせた。

「もともとゲイじゃないだなんだ、俺のことを言ったよな。けどそれ、おまえもいっしょだろ。つーか、ことの起こりから俺ばっかサカってるし、ここんとこの態度見てると、本当に俺って親父ポジションでいいのかって気がするんだけど」

さすがにこれだけ惚れさせられて、父親代わりはせつなすぎる。いやな予測に眉をさげた綾川に、白瀬はあわてていた。

「ちが、違います！　そんなことないです」

「じゃ、なんで平然としてんだ」

じっとりとした目で見る綾川に、白瀬は「あ、う」と意味のない声を発して唇を嚙む。しつこく見つめ続けていると、困り果てたように赤くなり、片手で顔を覆ってしまった。

「乙耶？　答えろよ」

「……きらいに、なりませんか」

かすれた声は、耳をすましていなかったら聞き逃してしまうほどちいさなものだった。

「きらうって、なに。おまえを？」

こく、と白瀬はうなずく。なにがどうなってそういう思考にいきつくのかさっぱりわからないけれど、たぶん説明されても理解できない気がした。

「あー、まあ、いいや。とにかく俺とすんの、いやじゃないな？」

「はい……恥ずかしいですけど」

三十二の男が羞じらって頬を染めるさまなど、ふつうはしらけるものだと思う。けれども、抱きしめた身体は震えているし、長い睫毛《まつげ》を伏せた白瀬の風情は、なよやかな色気が漂って、綾川の脳と心をぐらぐらにする。

細い首に手をかけ、引き寄せて、舌を絡めて口づける。あまえるようにしなだれてくる身体の形も感触も、もうこの手に馴染んでしまった。

「んふんっ……」

深くキスをしたままシャツごしに乳首をいじると、ぴくんとちいさな尻がはずむ。しつこく両方の突起をこねまわし、かりかりとひっかくと、絡んだ舌がひくひくと痙攣し、唾液の量が増えていく。

「ベッド、いこか」

「あっ……は、い……っ」

顎をくすぐるように撫でながら頬をついばみ、耳に吐息を吹きかけるようにしてささやく。

かくんと白瀬の身体から力が抜け、しんなりとしたそれを手にしたまま綾川は立ちあがる。

足下のおぼつかない白瀬を寝室に連れこむと、さっさとベッドに押し倒した。

膝で体重をかけてのしかかったまま、綾川はシャツのボタンを乱暴にはずす。

適当にまとめていた髪をほどいてばさばさと振ると、無言の白瀬がじっと見つめている。

(そういや、最初っからコレ、見てたな)

じつのところ、綾川が髪をほどく仕種《しぐさ》が好きらしいのは、言葉ではなくこの熱っぽい視線で知っていた。意地悪く笑って、綾川は自分の髪をひとふさつまむ。

「ぼちぼちコレ、切ろうかと思ってんだよな」

「えっ」

「新番組も視聴率悪くて、打ち切りだし。もういいかげん、女装はいいかと思って」

顔も身体も、どうやっても女ものが似合わないため、苦肉の策で伸ばした髪だ。必要がないとなれば切りたい。そう告げると、白瀬はあからさまにがっかりした顔をした。

「乙耶、俺の髪好き?」

にやっと笑って問いかけると、自分の反応にやっと気づいたのだろう。赤くなった彼は目をしばたたかせる。

「え、いや、べつにあの」

「じゃ、やっぱ切っていい？」

むっと顔をしかめた白瀬に笑ったまま口づける。角度を変え、舌を吸って唾液をすすり、ボタンをはずしてゆるんだシャツの隙間から手を滑りこませて、ちいさな乳首を指で潰す。

「んあっ」

「髪はさ、切らないから……そろそろこっち、だめか」

腰のうしろに手を這わせ、ボトムの縫い目を思わせぶりになぞる。びくっとする白瀬に、綾川は正直に言った。

「俺、やっぱ好きなやつにはいれてえんだけど。乙耶、それは好きじゃないんだろ」

指までは、だましだましでいれたことがある。そのときも痛がりはせず、感じてもいたが、とにかくひどい怯えようだった。

つらそうにぎゅっと目をつぶって、必死に耐えるばかりの彼が可哀想で、けっきょくいままで身体をつなげたことはない。

「好きじゃ、ない、っていうか」

「まえに、いやな経験した？　身体、向いてないとかか？」

「いえ……」

「いっかいだけ、やらしてくんない？　おまえのなか、知りたい」

どうしてもだめだというなら、いままでのように疑似行為で我慢するしかない。それも覚悟のうえだけれども、チャレンジくらいはしてみたい。

お互いに乱れた衣服で抱きあっている状態で、ちいさく、ささやくような声を交わす。ここまでは近づいた。けれどちょっとのことで白瀬は逃げるから、慎重にたしかめないとむずかしい。

じっと見おろして答えを待つと、赤く染まった顔を背けて白瀬はぼそぼそと言った。

「……その、ぼくは、もともとゲイだったわけではなくて」

「そりゃ、お互いさまだろ」

さっきも言ったばかりだと綾川が顔をしかめれば、白瀬は困ったように顔をしかめた。

「だから、その。……そういう、ことをしても、一線を超えるというか、そういうのは」

言葉を切った白瀬の鎖骨から首、顔へと順番に血がのぼっていくのがはっきりと見えた。

あざやかな色の変化は薄明かりでも克明《こくめい》にわかる。しばらくぼんやりとその色っぽい首筋を眺めていた綾川は、ようやく意味を理解して声を裏返した。

「え、ちょっ、おまえって、処女⁉」

「なんですか、その驚きかたは！」

白瀬は気分を害したように嚙みついてくるけれど、綾川にしてみると信じがたい事実だ。

「いや驚くだろ。あんな顔して、のっけで誘ったくせに、なんだよそれは」

かなりの手だれたふうだったと綾川が疑わしげにつぶやくと「どんな顔してたかなんて、

知りませんよ！」とやけくそのように白瀬は言った。

「ただっ、憧れてたから、会えて、嬉しかったし、でも綾川さん、音叉使うってなんだそれ、って、ずっとうさんくさそうに見るから、腹、たってて……」

「腹たったって、やっぱからかうつもりだったのか？」

それはそれでいやだと綾川が言うと、白瀬はますます怒ったように目をつりあげる。

「そんなことしません。ただ、綾川さんの素顔見たのはじめてだったし、すごくかっこよくて、ちょっと舞いあがってただけじゃないですか！」

「……乙耶？」

たったいま耳にはいってきた言葉に、綾川は反応しきれなかった。

——きらいに、なりませんか。

あのひとことはもしや、綾川に幻滅《げんめつ》されていまいかと、そういう意味だったのか。いまの言葉たちを総合すると、なにやらとんでもなく褒めていただいているうえに、綾川に対して崇拝めいた気持ちさえ持っているように聞こえるのだが、あのつれない態度とのギャップが激しすぎる。

うまく状況を呑みこめない綾川をよそに、白瀬は軽い興奮状態のままなおも言いつのる。

「だいたいキスしたときだって、お酒はいってたから、すこしわけわかんなくなってたんです。なのにいつまでもしつこく、誘った誘ったってそんな、言わなくたって」

「いや、待て、待て待て」

なんだか見えてきた、と頭が痛くなりつつ、綾川は手のひらを見せて、まくしたてる白瀬を止めた。

「確認するけど、おまえもしかして、酒、弱いのか」

「……ほとんど飲みません。記憶、飛ぶので」

考えてみると、最初の打ち上げ以後は寛といっしょにいることが多くて、アルコール類はあまり縁がなかった。飲んだのもビールがせいぜいで、それも白瀬は口を湿らせる程度。

「いやでも、待てよ。そのまえも、なんか思わせぶりにしてたじゃねえかよ」

夏の夕暮れで目を閉じた、白瀬のきれいな顔はいまだに克明に覚えている。あれが誘ったのではなくてなんなのだ。混乱しつつなじると、白瀬は睨んできた。

「思わせぶりって、なんですかそれ」

「ほっぺたさわっただろ。それで、キスしてくれって感じで目を閉じて」

「そっ、そんなこと、してません！　あれは体温低いかって言うから、たしかめさせただけじゃないですか」

白瀬はぎょっとしたようにかぶりを振った。どうも、本気で言いがかりだと気分を害しているらしい。あれこれと記憶を掘り返した綾川は、もはや茫然となった。

（あれぜんぶ、計算じゃなくて、ただ、無駄に思わせぶりなだけってことか……？）

だが、そう考えれば、いざことに及んだときのためらいや、羞じらいかたも納得はいく。キスをしたあとに手が震えていたのも、やたらに赤くなるのも――そちらのほうが、正しく白瀬の感情を表しているからだ。

「うわ……なんだそれ……」

「綾川さん？　だいじょうぶですか？」

がっくりとうなだれた綾川に、心配そうに白瀬が問いかけてくる。眉をよせた表情は、相変わらず色っぽい。けれどそれは、狙った色気ではないのだ。

ちょっとこれはダメージがでかい。自分にうんざりしながら、綾川は白状した。

「俺さあ、おまえにほっぺたさわられたときに、誘ってんのかと思ったんだよ」

「だから、それは」

「うん、だからさ、要するに……最初から、そういう目で見てたんだなと思って」

白瀬はきょとん、と目をまるくした。そして意味を悟り、じわじわとまた赤くなる。

慣れたように見えたのも、笑う顔が誘っているように感じたのも、単なるこちらの思いこみでしかなかった。綾川が、そういうふうに見たかった。誘われたかった。けれど素直に認めるには相手が想定外すぎて、混乱しきっていただけだ。

「責任とるもクソもねえな。おまえのせい、みたいに言ってごめん」

「え、でも、ぼくは、嬉しかったし」

綾川の謝罪に、白瀬はあせったようにかぶりを振る。その言葉に綾川が「ふうん？」と笑うと、彼はやわらかな唇を震わせたあと、覚悟を決めたようにちいさくつぶやいた。

「……本当のこと、言っていいですか」

綾川が「いいよ」と笑うと、おずおずと手を伸ばし、綾川の髪に触れてくる。

「違うって言いましたけど、やっぱり、誘ってたんだと思います」

長い髪を梳きながら、白瀬はもう片方の手で綾川の手をとった。大事そうに握りしめ、頬に押しあてる。

「俺の子なら護ってやれたのにって、言ってもらえて、死んでもいいって思いました。ほんとに嬉しかった。……でも、ぼくは綾川さんが寂しいのにつけこんだんだって、それだけだって自分で自分に言い聞かせてて」

わかっている、というように綾川が白瀬の頬を撫でた。苦しそうに息をつき、けっきょくは最初からこだわり続けていることを、彼は口にする。

「彩花さんに申し訳なくて、でも、あの」

あの、と白瀬はもういちど言ったあと、何度も唇を噛んだ。何度もためらい、それでも、ゆらゆらと揺らぐ気持ちをどうにか紡ごうと、震える声を発する。

「す、好きでいて、いいですか」

緊張した面持ちの問いかけに、綾川はちいさく噴きだした。たったそれだけを言うのに、

こんなに前置きをしなければならないなんて、本当におかしくてたまらない。

「いまさら訊くか、それ」

「あの、彩花さんの次でぜんぜん、かまわないので……っ」

臆病そうに差しだされたそれを、綾川は身体ごと捕まえ、抱きしめる。白瀬は目を瞠ったまま、腕のなかで硬直していた。なめらかな頬に自分の頬をよせて、綾川はささやきかける。

「弘が言ってた。彩花はいつまでも俺がひとりで、無駄に貞操《ていそう》守っても、喜ばないだろうってさ。自分のせいにして、いじいじ生きるなって言うだろうって。言われてみりゃあ、そういう女だったんだ」

本当に大きな女だった。だからたぶん、彩花のでかい懐に、もうひとりいっしょに抱えこんでもらえるだろうと綾川は思う。

「いちばんとかどうとか、順番はつける気ねえよ。あいつはあいつ、乙耶は、乙耶」

こくりとうなずく頭を撫で、顔をあげさせる。嚙みしめすぎて赤くなった唇を丹念に舐めて、本格的に服を脱がせはじめた。

あちこちに口づけながら服を開き、ほっそりした首筋に舌を這わせたところで気づく。ほんのり、ベビーパウダーのにおいがした。

「あれ？　風呂はいった？」

すん、と鼻を鳴らして問いかけると、白瀬はぴくりと身を強ばらせた。

「スタジオにいくまえに……寛くんが、汗かいてたので、いっしょに」

「じゃ、なんで赤くなってんだよ」

白瀬は、気まずくなったときのお得意の反応で答えた。無言で目を逸らしたのだ。

「……ふうん」

ぐずったくせに、待っていたわけだ。綾川が笑うと、拳で胸を殴られる。

「セラピストが暴力ふるうなよ」

「あなたの言葉の暴力のほうがひどいでしょうっ」

「心外だ。やさしくしてんだろ。いつも」

逃げようとする身体を押さえこみ、さっさとシャツもボトムもひっぺがした。往生際悪くじたばたする白瀬はうつぶせに這ってもがくけれど、脚を摑んで下着も引き下ろす。

「ちょっと、やです……っ」

「暴れると見えるぞ」

そのひとことでぴたりと硬直するのだから、世話はない。その間にさっさと自分も裸になった綾川は、この日のために降矢にこっそりゆずってもらい、ベッドの横に備えておいた必須アイテムへと手を伸ばし、ボトルのキャップを開けた。

「な、なんでそんなの、持ってるんですか」

「企業秘密」

でろりと落ちてきた粘度の高い液体を、きれいな背中にすっと塗り伸ばす。温度差に驚いたのか、「わ」と白瀬がちいさく声をあげた。

「いつものお礼に、マッサージしてやる。いきなりやんねえから、安心しろ」

「どんなマッサージなんだか……」

「細かく聞きたいか？」

にやりと笑うと、白瀬は横目で睨んだあと、枕に顔を伏せた。赤い首筋から続く肩を両手で掴むと、一瞬だけぴくりとしたが、抗わない。

ゆっくりとなめらかな肌をほぐしながら、強ばっている身体をやさしく撫でる。

（まさか、酔っぱらった弘の猥談《わいだん》が、こんなとこで役に立つとは思わなかったな）

ふられてばかりだった年下の幼馴染みは、やけ酒を飲むと口が軽くなり、聞きたくもないセックスライフをえげつないほど詳細に語ってくれた。そのなかには暴力まがいの話もあって、強引にされると最悪なことになるのだと、いやというほど知り尽くしている。

——痛くしないとか言う男って嘘ばっかだからね。あれ言われると怖いんだよ。

乱暴されて病院にいく羽目になったこともある齋藤の言は非常に重たく、軽いトラウマにもなっている。

また、綾川自身が男同士のセックスについてはまだビギナーな自覚もあり、いささか自信もないため、痛くしないだのやさしくするだのという、口さきだけになりかねない言葉はうかつに言えなかった。

だが、この緊張ぶりからすると、それで正解なのだろう。おそらくいま白瀬になにを言っても、聞こえてはいまい。

(とりあえず、あせるな)

自分に言い聞かせながら細い肩をゆっくり揉み、腰をマッサージしていると、ふ、と白瀬がちいさな息を吐いた。ふわっと緊張がほぐれ、体温があがりだす。綾川もほっとして、ため息を逃がすために冗談めいたことを口にした。

「うまいだろ？」

「ん……じょうず、ですね」

どこかなまめかしい声に煽《あお》られそうになりつつ「一応、サロンの実習はひととおり受けてるからな」と綾川は言った。

「どっか、凝ってるとこあるか？」

「じゃあ、あの、ふくらはぎを」

了解、と告げて白瀬のきれいな脛《すね》を揉みほぐす。たしかツボはこのあたり、とかつて習った知識を掘り起こして、リンパが流れるようにと上下に力をこめていると、白瀬が「もっとうえのほうも……」とちいさくつぶやいた。

(エロい声)

ももやしつつ膝の裏に触れると、びくっと腰が揺れる。性的な刺激への反応と知れるのは、同時に「んん」とちいさな声が漏れたからだ。

「……んっ、はあ……」

もういちど、膝裏をやさしく指で圧しながら撫でる。左右に腰が揺れ、尻にきゅっと力がはいった。ローションにぬめる手のひらを這いあがらせ、腿を両手で包んで撫で下ろすと、わずかにあわされた脚がゆるむ。

腿と腿の隙間に手のひらをすべらせると、はふ、と白瀬が息をついて、背中が反った。

「ん、ん……っ。ああ、そこ……」

もう、緊張をほぐすためのマッサージではないとお互いが知っていた。綾川の両手は尻を撫で、唇は首筋に押しあてられて、その股間の硬直が白瀬の肌を押す。

脚の間に本格的に手をいれ、ローションに濡れた指で根元を揉むと、細い身体がびくっと跳ねた。その勢いに乗じて腰をあげさせ、震えているカーブの狭間にボトルをかざして、ゆるい液体をかけ流す。

「気持ちいい?」

「んあ……あっん、ああ、ん」

派手な水音を立てて、人工的に濡らした性器をしごいた。刺激の強さに逃げようとするから、背中からのしかかって肩に噛みつき、浮いた胸にも手を這わせる。

もどかしげにシーツのうえでもぞもぞと動く脚に綾川のそれを沿わせてこすりつけると、あまい悲鳴をあげてかぶりを振った。

「乙耶、答えてない。気持ちいいか？」

「いや、だ、そんな……」

「じゃあ、いい？」

再三問いかけると、消え入りそうな声で「いいです……」と答えた。涙がまじったようなそれは、何度聞いても綾川の欲情をそそる。

「うあっ、あ⁉」

ぬるりとすべった指が、白瀬の奥まった場所に触れた。せっかくとろりとしていた身体が瞬時に硬直し、綾川は内心舌打ちしたが、平然と言ってのける。

「いいって言ったろ」

「えっ、そっち、じゃない……あっ、ひ、あ！」

敏感な粘膜の際を、指の腹でさすってローションを塗りつける。圧迫するだけでも怯えるけれど、もう片方の手でいじっている性器は、そのたびにひくひくと震えて硬度を増す。

試しに、ほんのすこし指をもぐらせた。ここまでは知っている。もうすこし、第二関節まで押しこむと、白瀬の背中がびくっと跳ねる。

「え、あ、ま、待って」

「痛くしねえよ」

言うまいと思っていた言葉が、ついこぼれた。白瀬はぴくりと肩を震わせ、綾川は、怯えさせたかとこっそり冷や汗をかく。

（やばい、やめるか？）

だが顔をしかめた白瀬が、震えながらもうなずき、身体の力を抜こうとつとめているのに気づいて、このまま続けることを決めた。

「無理だったら、ちゃんと言えよ」

「は……い」

顔を覗きこむと、涙目になりながらすがるように見つめられた。そんな顔をすると無理を押したくなるのにと思いつつ、呼吸を整えながら粘膜を探った。

入り口は締まっていて、なかはやわらかい。ここまでは経験があるが、このさきはまだ、未知のゾーンだ。とにかくあせるなと自分をなだめていると、痛いほどになった綾川の性器に、いきなり刺激がきた。

「おいっ……」

「あの、ぼくも……します」

白瀬のきれいな手が、それを摑んでいる。やばいからよせ、と睨みつけたのに、あの目で懇願されると弱い。ましてや、思わせぶりに唇を舐める白瀬には、脳が吹っ飛びそうになる。

「じゃあ、して。それからこっちに脚、よこせ」

「は、はい。……ん、む」

投げ出した脚のうえ、膝枕をするような体勢をとらせると、白瀬はやわらかい唇を開いて綾川のものをくわえる。これも、何度かの行為で経験はしていたが、ぎゅっと指を締めつけてくるあの場所をいじりながら――というのは、格別に興奮する。

(やべえな、くそ)

ちゅぷちゅぷと、白瀬の口が立てる音が快楽と同期している。それだけでも背中が粟だつほどに興奮した。

じつのところ綾川は、口淫は不慣れだ。彩花とはあまりに幼い時期に出会ったせいで、セックスそのものを創意工夫するより、ごく自然に抱きあうだけで満ち足りていた。

そのため、性技を凝らしてあれこれされたのは、白瀬にも打ち明けた酔った勢いの浮気のときくらいだ。それ以外はほとんど、白瀬の愛撫しか知らないと言ってもいい。

まして男相手のセックスは彼が最初で、おそらく最後だ。こんな経験不足の男の、いったいどこがじょうずだと思ったのやら。不思議になりつつ白瀬を見おろせば、綾川のそれに吸いつく顔をもろに見てしまった。

「んっ、んふ、ふう……っ」

うっとりと目を閉じて、おいしそうに、いとおしそうに、白瀬は舐める。強烈にいやらしくて、なのになんだか、日だまりで満足した猫のようにかわいらしくも思えた。

「んんうっ⁉」

「あ、悪い」

瞬時に質量を増したそれに、白瀬が噎《む》せて驚く。びくっと反射的に背中を反らしたとたん、綾川の指さきにすこし引っかかるような、かすかな膨らみがあたった。

白瀬は「ひ！」と短く叫んで硬直する。その反応にぴんときた。

「あ……これ？」

「あ、あああ、そこ、だめっ」

怪我の功名《こうみょう》とばかりに、おそらく前立腺《ぜんりつせん》とおぼしき場所を撫でてやると、白瀬が腹に抱きついてくる。さわってもいないのに、白瀬のそれは反り返って濡れている。乱れる姿に、もっとひどくしたいと思って指を激しくすると、「あっあっ」と声をあげて泣きだした。

「や、やだ、やめてくださいそれ、やっ」

「だめ」

「だめって、ああ、それが、それっ、あ、ひんっ」

びくっびくっと、腰をまえに突き出したかと思えばまるまって、言葉どおり身悶えていた。指を呑んだ場所も快楽にとろかされ、二本、三本と増えてもやわらかに受けいれる。

「や――ああ！　あ！　だめ、へんっ、そこへんっ……びりびり、して」

「そんな、いいの？」

白瀬の乱れっぷりにごくりと喉を鳴らし、ふっくりと腫れたようなそこを指の腹でこする。

「あう！」と短く叫んだ白瀬は、泣き濡れた目で綾川を見つめ、ふるふるとかぶりを振った。

「腰っ……へんです、あっ、勝手に、動いて……」

「エロいよ。もっと振って」

もうフェラチオどころではなくなった白瀬をシーツに転がし、はしたないくらい脚を開かせてさらにじっくりと指でいじめた。不規則に痙攣し、爆《は》ぜる肌がなまめかしい。あえぐ声がいやらしすぎる。過剰なくらいの反応に綾川も刺激され、股間が痺れて痛くなる。

「もう、やめ、やめてください」

「やめない。ごめん」

「いやだ、やめて……ん、ん、やめっ、うんっ」

すすり泣いて腕を摑んでくる白瀬の唇に忙しなく口づけながら、同時に乳首をつまむ。軽く指で圧迫しただけで、喉の奥にはあまったるい悲鳴が注ぎこまれた。

「ふあ……うう、う」

「乙耶、いれてください、って言ってみ」

感じすぎてうつろになっている目を覗きこんで告げると、白瀬はもうなにを考える余裕もないのか、「いれてください……」と鸚鵡返《おうむがえ》しにつぶやく。

「俺を、好きか？」

「すき、すきです」

朦朧としているのをいいことにつけこむのは最悪だと思いながら、こうでもしないとめったに素直にならないのだからしかたがないと綾川は開き直った。

「それと、さっきのと、両方続けて言って」

調子に乗って続けると、さすがに一瞬だけじろっと睨まれる。けれど白瀬は、たまらなく色っぽい濡れた目で、綾川の髪に手を伸ばし、それを撫で梳きながら言ってくれた。

「だいすき……だから、もう、ください」

まなざしの強烈さに、ぐらん、と眩暈《めまい》がした。無言の綾川にじらされていると思ったのか、白瀬は拗《す》ねたような顔をして、「お願い」とまで言った。

「もういれて、いれてくだ、……っい、あああ、あ！　あん！」

せっかく引き出した、せがむ言葉を最後まで聞けず、脚を抱えこんで一気に突きいれた。むしろ予告もせず身がまえる暇がなかったのだろう。ゆるんだ白瀬のそこは、綾川のけっしてちいさくはないものを奥まで呑みこんで、しっとりと締めあげる。

汗をしたたらせた綾川は、緊張を逃がすための長い息をついたあと「あ」と声をあげた。

「やっべ、ゴムつけんの、忘れた」

「え、あやっ、つ、つけて、つけてくださ」

白瀬はあせった声をあげたけれど、「ごめん、無理、抜けない」ときっぱり却下した。

「そんな！」

「だいじょぶ、俺、三年半は童貞《どうてい》だったから」

「そういうことじゃなくて、あの……っ、あう、ま、待ってって、言ってるのに、あっ」

どういうことだろうが、もうどうでもいい。下半身に思考回路を乗っ取られた綾川は、あわてる身体を押さえこみ、試すように軽く腰を振る。それだけで、爪さきまで痺れた。

「あー……すっげ、なにこれ。せっま……っ」

ぶるり、と綾川の全身が震えた。うっかり気を抜けば、この瞬間にも暴発しそうなくらいに快い圧力。はじめて白瀬と寝たときも、最高に気持ちいいと思ったけれど、今回のこれはそれをはるかに凌駕《りょうが》する快感だった。

うっかりすると、脚にはさませたときと同じように乱暴に動いてしまいたくなる。だが見おろした白瀬はぎゅっと眉間《みけん》に皺をよせ、綾川の肩にしがみついている。

「痛い？」

「痛く、ありませ、ん」

問いかければそう答えるけれど、つらくないわけがない。しつこいくらいいじったので準備はできているだろうけれども、なんと言っても処女なのだ。「無理すんなよ」と念を押すと涙目で微笑む。

「してません。平気……だから、やめないでください」

震える唇がせつなくて、これはどうあっても無理はさせられないと思った。綾川は白瀬の汗に湿った額から髪を払って、まぶたのうえに唇を押しあてる。

「わかった。やめねえよ、それでいいんだろ？」

「はい……はいっ」

ほっとしたように、嬉しげに白瀬はうなずくが、綾川はうっと息をつめた。

「はい、っておまえ……それエロいよ……」

「どっ、どこが、ですかっ」

彼は心外だと目を瞠るけれど、ベッドのなかでもいちいち丁寧な白瀬の言葉は、なんとも淫靡《いんび》に感じる。けれど、どうやら無自覚で色気を垂れ流す恋人は、まるでわかってくれないらしい。

「まあいいよ、たぶらかされちまっといて、いまさらだ」

「なに、なんで？　あの……ああっ！」

説明が面倒だと、ゆるやかだった動きを速める。白瀬はびくっと震え、肩にしがみついていた手を綾川の背中にまわし、揺さぶられるたびに切れ切れの声をあげた。

「つ、強いですっ、あ、んんっ」

「だから、ですってそれが……っああ、もう、いいや」

とにかく、言葉にならないほどあえがせればいい話だと、さきほど見つけた弱点を狙い定めてやさしく小刻みに突いた。慎重に痛くしないように気遣いつつも執拗にこすりあげると、その甲斐あって白瀬は声もないまま身悶えたのだが――これはこれで、すごかった。

目を閉じて揺さぶられる白瀬の細い指が、すがるものを探してシーツを這う。何度も何度もかぶりを振り、髪を乱して、こらえきれないように枕を噛む。

「んく、ふ……っ、んーっ、んーっ！　ふはっ、あ、あひ……」

突くたび、白い歯は力をなくして「あ」の形に開く。けれど快楽に圧迫された喉からはくぐもった声しか出ず、ひくひくと震える舌はどうしていいのかわからないように、唾液で濡れた枕を意味もなく這う。

(だから、エロいっつの……！)

いや、それをいちいち、卑猥《ひわい》だと思う自分のほうこそおかしいのか。綾川は自問したが、もはやその思考こそが欲情に散漫《さんまん》になっていることには気づかない。

「乙耶、枕食ってないで、キスしろ」

「っ……は、い……」

命じられ、わななく腕でどうにか綾川を摑もうとするが、律動をやめないからできるわけがない。「あ、あ」と困ったように声をあげた白瀬は、腰を波打たせながら泣きついてきた。

「あや、かわ、さん、綾川さん、でき、できない」

「じゃ、どうする」

「し、して、して。キス、して」

　丁寧語もいいけれど、舌足らずなそれはもっとよかった。うわごとめいたおねだりを引きずり出した唇を、蹂躙《じゅうりん》するように奪った。ぬらぬらと絡む舌、ようやく届いた腕が嬉しそうに綾川の頭を抱き、しんなりした脚は腰に絡みついてくる。

（あー、やばい、口もあっちもぬるっぬる……きもちいー……）

　息が苦しい、けれどキスをやめたくない。いやらしく濡れた――綾川が濡らした粘膜に、締めつけられて、ぐにゃぐにゃに揉みこまれると背骨が溶けそうだった。

　綾川の腕に鳥肌がたち、頭が煮えたように熱くなる。もっと思いきり腰を振って、犯して、奥の奥で出したいと、思考がそれだけに支配されそうになる。

「やばい、いきそ……」

「んん……っは、あう！　あ、ぼく、ぼくもっ」

　キスの合間、綾川が歯を食いしばってうめくと、白瀬が背中に爪を立ててびくっとした。はずみで逸れた唇から頬をたどり、形のいい耳に嚙みつくと、ますますびくびくと腕のなかで跳ねる。

「乙耶、痛くない？　ごめん、もっと動いていい？」

「い、です、ど、どうぞっ」

変にまじめな言葉遣いがおかしいのにいとおしい。許可をもらった綾川は、すっかりこなれてやわらかくなった白瀬のなかを抉《えぐ》るように突き、衝動のままに腰をまわした。

脈が激しすぎてすこし耳が遠くなっている。その鈍った聴覚にも、白瀬の息づかいとあえぎ声は鮮明で、もっと聴きたくて手を這わせ、ちいさな乳首を軽くつねった。

「いあっ！　だめ！」

胸をいじると、びくびくとつながった場所がうねる。ペニスを握りしめて絞るように粘膜にこねられ、腰の中心から迫《せ》りあがってくる射精感。

「乙耶、乙耶ごめん。なか、出したらごめん」

「いいです、いい、です、からっ、あ！　あぁあ、いい、いいっ」

両肩を押さえこみ、腿を抱えてめちゃくちゃに突いた。痛がるどころか白瀬はとろけそうな声をあげ、淫奔《いんぽん》なまでに乱れてよがる。

（ほんとにはじめてかよ、これで）

綾川は歯を食いしばり、強烈な刺激に耐える。追いつめるたび白瀬の内部はどろどろにとろけてうねり、そのくせきつい締めつけで綾川のそれに食らいつき、吸いこむような動きをみせた。

いやらしすぎる。気持ちよすぎる。そのことにいっそ腹がたち、うっかりほったらかしていた白瀬の性器を握りしめ、素早く突きながら同じリズムでしごきあげた。

「うあ!? あ、だめです、それっ、いっ、あっ……んん！」

「だめじゃない」

いやいやをするようにかぶりを振り、きゅっと唇を嚙みしめた白瀬の背中が反り返る。薄い皮膚に腰骨がくっきりと浮き出るのがきれいで、綾川のそれがまた膨らみ、ぬかるんだ粘膜のなかがめいっぱい充溢《じゅういつ》するまで張りつめる。

「いけ」

「でちゃっ……あっ……あ……いく、だめ、いくっ」

「んんん！」

激しく揺さぶられ、泣きながら彼が射精した瞬間、またざわりとなかがうねった。

無意味な意地だが、どうにかさきにいかせたことに安堵した綾川の声がうわずった。

「……っはは。いったな」

「ひあ……」

引き締まった身体はしっとりと汗に濡れ、そこに粘った体液が飛び散っている。激しく息を乱した白瀬の汚れた腹が呼吸のたびに波打ち、薄い胸が膨らんでしぼむ。

その光景は、ひどくなまめかしく、ときどき痙攣するように震える姿は綾川の征服欲を満足させる。反面、視覚からの刺激が強烈すぎて、こらえるのも限界だった。

「じゃあ、俺も、いっていいな？　乙耶」

「あ、はい、いって……あん！　あっ、あっ、あ！」

今度こそすべての遠慮を捨てて、好き放題に細い身体を食い散らす。

大きく腰を引き、叩きつけるようにひと息に突くと、塗りこめたジェルと、おそらく綾川の体液がまじったものがあふれ、お互いの身体を濡らした。熱のこもった体液が流れる感触に、白瀬は「あー……！」と淫らすぎる声をあげた。

「や、もっとゆっくり、ああっ」

「無理。ごめん。……ああ、くっそ、食っちまいてえ」

耳に噛みつき、頬に歯を立て、尻を鷲掴《わしづか》んでめちゃくちゃに揉む。肩口に顔を埋めた白瀬がすすり泣くから、涙を舐めた。

湿ったシーツから身体が浮きあがるほど痙攣している。感じすぎたせいか、こわい、こわい、とうわごとをつぶやく白瀬を抱きすくめて、怖くても逃がさないとねじこんだ。

「ま、だ？　まだですか？」

「ん……乙耶、いま、いく、から……っ」

喉の奥であえぎをかみ殺した綾川は、ぐんっと背筋を反らせる。我慢に我慢を重ねた熱情をたっぷりと、彼の身体へと注ぎこんだ。その瞬間、白瀬の膝がびくんと曲がり、腿が痛いくらいに綾川の腰を締めあげ、離さないと言わんばかりの力に胸が痺れた。

「っあー……、やばかっ、た」

緊張しきっていた身体の力が抜け、どさりと白瀬のうえに倒れこんだ。まだ白瀬の身体はときどき震えていて、ひくひくと喉もあそこも不規則にひきつる。

「やりすぎた？　悪い。途中、よすぎてぶっとんだ……」

「い、え。平気、です」

涙の残る目元を指で拭うと、しゃくりあげながらも微笑もうとする。たまらなくなってキスをすると、さすがに力のない舌がちらりと綾川のそれを舐めた。口づけたままゆっくりと引き抜くと、「ん」と息をつめた白瀬が顔をくしゃりと歪める。また一瞬むらっとしたけれど、さすがにこのまま連続は鬼すぎるとあきらめ、ぐったりした身体の隣に横たわる。

急激に眠気が襲ってきて、綾川はひさびさの倦怠感《けんたいかん》に、出そうになったあくびをかみ殺す。

「眠いんですか？」

「おう。俺、いいセックスすっと、眠くなんの」

赤くなりつつ、白瀬は「なんですか、それ」とくすくす笑った。綾川は「なんですかって、本当の話」と、眠たげな声でつぶやいた。

「彩花以外で眠くなったことなかったんだけどなー……」

言ってしまったあと、朦朧としていた綾川ははたと気がついた。

もしかしたらこれは地雷か。あわてて白瀬の顔を覗きこむと、怒った様子も傷ついた様子もなく、感激したように目を潤ませている。

「それ、すごく嬉しいです」

そっとささやくような声で言い、あまえるように綾川の肩に頬をすりよせてくる。心臓がぎゅわっと絞られるように痛くなり、まだ汗に湿った身体を強く抱きしめる。

「やばい。おまえ、かわいい」

「また、綾川さんは」

「いやほんと、かわいい……」

かわいくて困った。ぎゅうぎゅうに抱きしめた腕のなかで、冗談ばかりと笑う白瀬は、目を閉じている。

そのままどうか、この顔が赤面していることに気づかないでくれと、綾川は妙にあせりながら、こっそり祈る。

遠いどこかで、このええかっこしい、と彩花が笑ったような気がした。

＊　＊　＊

十月がきて、ようやく真夏の猛暑は鳴りをひそめた。それと同時に、白瀬と出会ってから怒濤の勢いで起きたできごともすべて落ちつき、完全に穏やかとは言いきれないながらも、それなりに平和な日常が戻ってきた。

「お疲れさまでした、白瀬さん。このあとの予定、押しませんでしたか？」

「平気です。きょうは施術はいってませんので。寛くんと待ちあわせするので、時間までここにいさせてもらいますけど」

「あー、もう小学校終わる時間か……子どもはいいな」

この日は会議が長引いて、外に食事に出るのも億劫《おっくう》になった『グリーン・レヴェリー』の男性社員プラス一名は、会議室兼取締役室で遅い昼食の仕出し弁当をつついていた。

「そういえば接近禁止令、無事に叶ったそうですね。おめでとうございます」

「ありがとうございます」

ふと箸《はし》を止めた降矢の言葉に、白瀬は眉をさげて微笑んだ。

例のビデオを撮った翌日、ＤＶＤにくわえて、白瀬家の次男がいままで、勘当《かんどう》された長男にどのようないやがらせを行ったか、そして真奈との不貞行為があることまでをつまびらかに報告した書類をいっしょに送った。

このあたりは証拠がないと言われると厳しいため、お返しとばかりに調査事務所を利用させていただいた。むろん依頼したのは綾川で、悦巳はあきれたことに調査開始一週間で、真奈とラブホテルから出てきたそうだ。

そして今後、白瀬乙耶ならびに綾川寛二とその親族等について、白瀬悦巳からの接近禁止令の申し立てを裁判所へ提出すること。また、それ以後もつきまといの事実が発覚したならば、同送したＤＶＤの内容をしかるべきところに公開、悦巳の不倫も奥方に報告させていただく——という旨の文言も当然そのなかに記したところ、速攻で太白代酒造の弁護士からの電話がきた。

——要求された条件は、わたくしが責任を持ってすべて遂行《すいこう》いたします。その代わりに、この映像はくれぐれも、外部に漏らさないでいただきたい。それから、不貞行為については、こちらで処理いたしますが、これもどうかご内密に。

「電話の向こうで、冷や汗かいてたな、あれは」

綾川がひとの悪い顔で笑うと、白瀬びいきの齋藤は冷たく言い捨てる。

「ちょっとは肝冷やせばいいんじゃないかな。だいたい、最終的な目的が悪質すぎ」

むすっと言って弁当の煮染《にし》めをつついたあと、はっとなったように白瀬を見つめた。

「あ、お身内のこと悪く言って、白瀬さんには申し訳ないけど。ごめん」

「いえ。もうあれはさすがに、わたしもなにを言っていいかわからなかったので……」

脱力したように微笑む白瀬は、どこか吹っ切れたように笑っている。

「原因がはっきりしてよかったと思ってます。あきれてしまって、なんだかばかばかしくなりました」

当初のつきまといは不倫を疑われた悦巳が、真奈と白瀬を結婚させて疑惑を晴らそうというあさはかな目的のためだったようだが、今回また出没した理由が謎だった。

太白代酒造の弁護士が電話をかけてきた際、歯切れの悪い相手に「けっきょくのところ、悦巳の今回のいやがらせの理由はいったいなんだ」と訊《たず》ねたが、当然と言えば当然ながら、最初は口を割らなかった。だが、綾川はそれに不服を唱えた。

——条件丸飲みじゃなかったんですか？　理由もわからないんじゃあ、それなりにこちらも考えないと……ねえ？

言うことを聞かないとばらすぞとにおわせれば「ご内密に」の念押しを再度告げたあと、あきらめたように彼が暴露《ばくろ》した内情は、本当にあきれるようなものだった。

「まさか、自分の横領の責任、お兄さんにひっかぶせるつもりで追いつめてたとか、想定外すぎましたね」

降矢が遠い目でつぶやき、綾川は「あほだからだろ」と吐き捨てる。

悦巳は数年まえから、立場を利用して社内の経費を大幅に使いこんでいた。ほかにも、今回のようにテレビ番組のスポンサーになるなど、多額の費用がかかる案件を独断で決定し、責任をとって退職を迫られていたのだ。

「しかも勘当して、表向きには長男なんかいなかったことにまでしてたくせに、白瀬さんが名前だけ子会社の役員になってたとか、意味がわかんない」

「あれは、わたしも驚きました」

苦笑する白瀬は、彼自身がまったく知らない間に『ブラン・バフォン』の役員扱いで、その会社の架空《かくう》社員にされていた。

そのため、悦巳は浅知恵で、いないはずの役員が横領したことにすれば自分は責任を逃れられると考えたらしい。

「いやがらせしたのも、脅して追いつめて言うこと聞かせればいいと思ってたらしいからな」

苦い声で綾川がつぶやくのは、じっさいに白瀬が追いつめられて思考力を奪われ、言うなりに結婚させられそうになったという過去を知るせいだ。

それを思うと、トラウマを植えつけていったとはいえ、真奈がいやがって破談に持っていってくれたことには感謝するしかない。あそこで彼女と籍をいれでもしていたら、白瀬は一生あの家で、弟に飼い殺しにされただろう。

「にしても、架空社員って。給与明細とか通帳調べりゃわかるんじゃないの、それ」

「ご丁寧に、白瀬乙耶名義の通帳を弟が作ってたんだとさ」

給与や役員手当は、当然白瀬に支払われてはいない。しかも経理上の処理をごまかすために動かした多少の金額についても、悦巳が着服していたそうだ。

「税金対策っていうのかな、それ。そんな真っ黒いお金、いやだなあ」

齋藤がぼやくと、綾川はさらに怒りもあらわに吐き捨てた。

「節税じゃねえよ、ありゃ脱税と横領だろ。こいつ、一円ももらってないんだから」

「べつにいらないんですけどね。とくに困ってもいませんし」

欲のないことを言う白瀬はきれいな箸使いでメダイの塩焼きをほぐしている。暢気《のんき》なことを、と綾川は舌打ちした。

「なに平然としてんだよ。おまえの名前勝手に使われたんだぞ。冤罪《えんざい》かぶせられかけたのに、腹たたねえのか？」

「うーん。もう終わったことなので、どうでもいいです。……あ、メダイおいしい」

このマイペース人間が、と綾川は苦笑する。

だが最初にこの話を聞いたときには、ショックでへたりこんでいたのを綾川は知っている。同じく、孫息子のあまりのばかさに、太白代酒造の会長は憤りのあまり血圧をあげ、倒れて入院してしまったそうだ。

――お見舞いにいくのは、喜ばれないんでしょうね。

おひとよしにもぽつりとこぼした白瀬に、綾川はすこしあきれ、けれどこういう人間だから好きになったのだろう、とも思った。

「でもさ、内密に内密にって、そんなのほんとに内緒にできんの？」

「ま、俺の送ったＤＶＤについてはともかく、横領の件については確実に無理だな」

絶対的な権力者であった会長が倒れた影響は大きく、オーナー企業だった会社は、数年まえから株式上場していたため、総会で徹底的に糾弾《きゅうだん》されることになるだろう。

綾川がそう予想すると、もくもくと弁当を食べていた白瀬が、ぽつりと言った。

「本社についてはもともとCEOがいましたから、その彼と、父が運営することになるみたいです」

「ん？　おまえそれ、誰から聞いたんだ」

「……母と、数年ぶりに電話したので」

はにかんだように微笑む白瀬の顔は穏やかで、この事件にもひとつだけいいことがあったのだなと綾川は思った。だが、すこしばかり許せないこともある。

「ちょっと待て、聞いてねえぞ。いつした、そんな電話」

本格的な引っ越しはまだとはいえ、あれ以来白瀬はずっと綾川の家にいる。なのにそんな話はひとことも聞いていなくて、すこしばかりショックだった。だが白瀬は、これまたあっさりと言ってのける。

「ついさっきですよ。弁護士さんから、わたしの連絡さきを聞いたからと」

「なんだ。すぐに言えよ、そういうのはさあ」

絡んだ綾川に、白瀬はやんわりと「言いそびれて、すみません」と告げる。そうして受け流されてしまうと、狭量《きょうりょう》な自分がみっともない気がして、綾川は黙りこむしかない。

「……なんだよおまえら、その顔は」

気づくと、にんまりとこちらを見やる降矢と齋藤がいて、綾川はぐっと顎を引いた。

「いや、おふたりはいつ、入籍なさるんですかね、と思いまして」

「え？　なんですか、それ」

にやにやと言う降矢に、白瀬は目をまるくし、綾川は苦い顔をする。小舅《こじゅうと》じみていた綾川が片づいたのが、降矢はおもしろくてしかたないらしく、ことごとくからかってくるのだ。

「だって弘から聞きましたよ、女だったらとっくに――」

「うるさい！」

いままでさんざん冷やかしてきたことのツケを払わされ、不機嫌に怒鳴るけれど、降矢はまるで応えた様子がない。齋藤までもが顔を背けて笑いをこらえるのに肩を震わせていて、この男の口が堅いと信じた自分はばかだった、と綾川は拳を握りしめる。

「あの、なんの話ですか？」

「なんでもねえよ」

幸いにして、自分のことに関してだけはえらく鈍い白瀬は、綾川の恥ずかしい発言には思いいたらなかったらしい。というより、仕事については自信に満ちた大人の顔をするくせに、虐げられた過去のせいで自己評価が異常に低いのだ。それはある意味、ナイーブすぎる齋藤よりも厄介で根深い問題だと綾川は思っている。

（ま、ゆっくりいきゃいい話だ）

まだ白瀬のなかには、いろいろとわだかまりがある。受けた傷は深く、知りあって間もない綾川がひといきに手にいれようとすれば、戸惑って逃げてしまいかねない。

慎重にゆっくりと包囲網《ほういもう》を狭め、気づいたときにはがんじがらめになっていればいい。

なにしろ、綾川には強力な切り札があるのだから。

『社長、寛くん見えました。そちらにいま向かわれてます』

内線電話で連絡をくれた塚本に礼を言ったかどうか、というタイミングで、ぱたぱたぱた、とかわいらしい足音が聞こえてきた。

「乙耶くん、こんにちはー！」

「はい、こんにちは」

黄色い帽子と制服姿で飛びこんできた寛に白瀬は嬉しげに微笑み、抱きついてきた子どもを受けとめる。

（んっとに、寛がいるといい顔するよな）

その笑顔に、なんだか息子に負けた気がしなくもないけれど、けっきょくは綾川も相好《そうごう》を崩す。微笑んでいるふたりが、まとめて自分のものであるならば、なんであれかまわない。

だがやはり、父としてちょっとばかりせつないような気分もして。

「寛……あの、お父さんには？　挨拶は？」

「あ、おとうさんいたんだ。こんにちはっ」

ぴょこ、と頭をさげた寛は、すぐに白瀬へと抱きついて「ねえねえ、あのね」ときょうのできごとを話しはじめる。

「うっわ、ひろくん適当……」

「だめじゃん。負けてんじゃん、社長」

さらににやにやしはじめた齋藤と降矢に「やかましいっつの！」と吠え、綾川は食べかけだったメダイの塩焼きを口のなかに放りこんだ。

あとがき

今作は『心臓がふかく爆《は》ぜている』スピンアウトとなっております。脇役にいた、女装子持ち社長、綾川が主人公です。

裏話をしてしまうと、じつのところ『心臓が〜』のプロットを立てていた段階では、綾川は影も形もありませんでした。当初『心臓』の初稿では、齋藤の友人キャラには本当にかわいい女の子のようなおかまちゃんを予定していたのです。が、執筆中いろいろと肉づけをしていった際、齋藤も降矢もごくふつうの青年として描きたくて、比較的地味目なテイストで作りあげたわけですが、なんかもうちょい、インパクトほしいなあ……と思いまして。

あれこれといじっているうちに、綾川寛二というキャラクターができあがりました。

そしてもともとのおかまちゃんキャラの、女性的な役割を担った部分は、彩花のキャラクターとして分離させ、現在の彼らができあがっております。本当に一心同体夫婦だったわけですね（笑）。

結果として、この形がもっとも自分的にしっくりきたと思っていますし、こうしてスピンアウトの形で続編も書くことができました。

白瀬の職業については、友人のセラピストが音叉を取り入れたことで「これおもしろい」とネタにさせてもらいました。ネットで調べると、ちょっとスピリチュアル系な説明が多いんですが、作中でもいろいろ説明しておりますとおり、医療系にも一部取り入れられてる、比較的新しい療法のようです。

ちなみに、綾川がうさんくさいなあと思いつつ施術されたときの感覚は、自分自身の体感をもとにしています。ぴよーんと振動する音叉を当てられる感覚は、なんとも不思議です。

ちなみに体調が悪いときに施術を受けると、音が硬くなった身体に跳ね返って止まってしまうというか、音がすぐ消えてしまったりします。おもしろいですよ。

今回の主役である綾川は、脇役の気のいい兄貴系、長髪くん、というわたしがわりと好んで出すタイプのキャラクターだったのですが……長年の読者さんからは「このタイプだと、ヘタレ攻めですか？」と鋭いツッコミをくらったりしました（笑）。が、自分でも意外なことに、真っ正面から頼れる兄貴キャラが崩れませんでした。

『心臓』と今作については、便宜上、グリーン・レヴェリーシリーズと呼んでいるのですが（ほかに思いつかなくて、会社名でまとめてしまいました）、こと攻めに関してはいつも以上に等身大の男子、というのを心がけております。わりと欠点てんこもり。でも悪辣《あくらつ》なところは案外なくて、好きな相手を『自分なりに』大事にする男が書きたいな、と思ってのキャラクターだてでしたが、綾川はかなりお気に入りのキャラになりました。

白瀬は、これもまた好きでよく書く、ワケアリ美人受けなのですが、ここのところ書いたなかでも群を抜いておしとやかなキャラクターになった気がします。直前に、自著のなかでもかなりビビッドな、慈英×臣シリーズの新刊を刊行したばかりだったので、なんとなく攻めも受けもふたりそろって穏和なのがいいなあ、という気分だったのかもしれません。

綾川については、前作で愛妻家だったという話が出ていたため、一部読者さんから「寛ちゃんは彩花ちゃんひと筋がいいのに〜」というご意見もいただきました。むろん、そこを踏まえて、今作は書かせていただきました。いないのに、やたら存在感のでかい彩花は、ある種のわたしの理想かなーというあたりをぶちこんだキャラでもあります。

あと今回の話のキーポイントでもあり、表紙にも出張った寛（笑）。子どもいっぱい書けてむっちゃくちゃ楽しかったです。三人で今後もいちゃいちゃ暮らしていってくれればいいなあと、作者ながら思います。

ちなみに表紙ラフは四点頂き、どれも素敵だったのですが、子どもいりを選んだのは私と担当さんの趣味でございます……。カラーの寛が見たかったので……。

それとラフの綾川があんまり素敵だったので（女装姿もあったのです！）本当は担当さんと、ページがあまったら掲載させて頂けないかなあ……などと話しておりましたが……楽しさのあまり書きすぎて、みっちみちだったため、夢は叶いませんでした。

そして、その素敵なカットを頂いた志水ゆき先生。ラフの綾川髪おろしバージョンや、バレッタでまとめたバージョンなどたくさん描いて頂いて、どれもテンションあがりました。白瀬の大笑い顔や、寛の敬礼も本当に本当にかわいくて。カットも、降矢がビキビキきているのが大好きで、何度も眺めました。ご多忙のなか、素晴らしいイラスト本当にありがとうございました。

担当さま、毎度ながら大量の原稿で、ゲラチェックだけでも本当に大変なところ、もろもろにご迷惑かけまくっております。が、おかげさまで楽しく書かせて頂いて、幸せです。今後ともよろしくお願いいたします。

チェック協力、Rさん＆ＳＺＫさん、いつも細々とありがとう！　それから、セラピー関係の監修お願いしたKさん、初稿・完成稿で二度のチェックをありがとう。業界裏話も大変参考になりました。

最後になりますが、この本でルチル文庫さんでの私の刊行部数が百万部になるそうです。本当にたくさん出していただいたなあ、としみじみしております。

またそれを記念しまして『心臓がふかく爆ぜている』のドラマＣＤ化が決定いたしました。詳細はまだ未定ですが、決定したら幻冬舎コミックスさんのサイトか、私の個人サイトなどで発表になると思いますので、どうぞよろしくお願いいたします。

これも、読んでくださった皆さんのおかげです。本当にありがとうございます。

今後も頑張っていろいろ書いていく所存ですので、よろしくおつきあいくださいませ。

✦初出　静かにことばは揺れている……………書き下ろし

崎谷はるひ先生、志水ゆき先生へのお便り、本作品に関するご意見、ご感想などは
〒151-0051 東京都渋谷区千駄ヶ谷4-9-7
幻冬舎コミックス　ルチル文庫「静かにことばは揺れている」係まで。

幻冬舎ルチル文庫

静かにことばは揺れている

2010年9月20日　第1刷発行

✦著者	崎谷はるひ　さきや はるひ
✦発行人	伊藤嘉彦
✦発行元	株式会社 幻冬舎コミックス 〒151-0051 東京都渋谷区千駄ヶ谷4-9-7 電話 03(5411)6432[編集]
✦発売元	株式会社 幻冬舎 〒151-0051 東京都渋谷区千駄ヶ谷4-9-7 電話 03(5411)6222[営業] 振替 00120-8-767643
✦印刷・製本所	中央精版印刷株式会社

✦検印廃止

ISBN978-4-344-82057-9　C0193　Printed in Japan